내가 죽인 사람 나를 죽인 사람

내가 죽인 사람 나를 죽인 사람

히가시야마 아키라 장편소설

민경욱 옮김

해피북스
투유

차례

1.

　열한 살의 듀이 코너즈가 색맨을 만난 곳은 웨스트 7마일 로드 길가에 있는 시먼 피자가게 주차장이었다.

　2015년 11월 7일의 일이다.

　이날, 듀이 코너즈는 다리가 불편한 할머니를 위해 검은 올리브와 이탈리아 소시지가 올라간 피자를 샀다. 혼자 사시는 할머니는 피자가게에서 아주 가까운 롭슨 거리에 살고 있었다.

　피자가 든 종이상자를 안고 가게에서 나오자, 벽에 금이 간 주차장에서 한 남자가 뭔가를 조립하고 있었다. 대나무를 척척 조립해나가자 금방 어른 키 정도 넓이의 틀로 완성되어 갔다. 거기에 초록색 새틴 천이 올려지자 가설 받침대와 같은 구조물이 되었다. 마치 카니발에 등장하는 사격이나 원반던지기의 경품을 올려놓는 받침대와 비슷했다. 새틴 천에는 사행심을 조장하는 듯한 붉은색 동양 문자가 자수로 새겨져 있었다. 남자가 가설 받침대 위에 작은 집을 만들자 그것이 천 색깔과 어우러져 마치 푸른 언덕 위에 세워진 단독주택처럼 보였다.

듀이는 다가가 말을 걸었다.

"무슨 일이 시작되나요?"

돌아본 남자는 푸근한 인상의 동양인이었다. 트위드 재킷에 물방울무늬 넥타이를 하고 펠트 천 중절모를 쓰고 있었다. 대부분의 동양인이 그렇듯 온후한 미소를 머금은, 도통 속내를 알 수 없는 표정이었지만 그 점이 거꾸로 신비한 분위기를 자아냈다.

"인형극이야." 목소리는 높았으나 귀에 거슬리지 않았다. "나는 인형사지."

"어디서 왔어요?"

"대만. 이건 대만의 전통 인형극으로 포대극(布袋劇)이라고 한단다."

"이제부터 인형극을 해요?"

"내가 인형사니까."

"하지만 무대가 너무 높은 거 아닌가요?" 듀이는 연달아 물었다. "이렇게 높으면 나무에 올라가 인형을 조종해야 할 것 같은데요."

"나는 극 무대 안에서 인형을 조종해." 그렇게 말하고 얇은 비단 천을 두른 미남자를 조종해 보여주었다. "우리 인형은 서양 인형과 달라. 이렇게 인형 안에 손을 넣고 천 아래에 숨어 머리 위 무대에서 움직이지."

남자가 인형을 조금 움직여 보여주자 듀이는 눈을 반짝이며 뺨을 붉게 물들였다. 소년은 곧바로 목각 인형이 뭔가 소중한 것을 잃고 한탄하며 슬퍼한다는 것을 깨달았다.

"우와! 굉장해!"

"정말 고맙구나."

인형사가 인형을 든 손으로 모자를 만지자 마치 인형이 그의 입을 빌려 인사한 것 같았다. 열한 살 소년의 눈으로는 인형과 인형사를 쉽게 분간할 수 없었고, 이것이야말로 세계의 당연한 모습 같았다. 인형과 인형사는 언젠가 반드시 자신에게 찾아올 마법사였다. 혹시 세 가지 소원을 들어주겠다고 하지 않을까 하고 듀이는 생각했다. 할머니의 다리를 낫게 해주고, 아버지가 어머니를 그만 때리고, 돈을 잔뜩 달라고 해야지.

"하지만 여기서 인형극을 하려면 로마노 씨의 허가가 필요해요."

"로마노 씨?"

"여기 피자가게 주인이에요."

인형사는 낮게 신음하며 생각에 잠긴 표정을 지었다.

"이렇게 사람이 없는 데서 하기보다 조금 앞에 쇼핑몰이 있으니까 그쪽에서 하면 될 거예요."

듀이 코너즈는 신이 났다. "오늘은 토요일이니까 그쪽이 훨씬 사람이 많아요. 저기, 괜찮아요? 머리가 아프세요?"

"아, 괜찮아." 관자놀이를 누르면서 인형사는 핏기 잃은 얼굴로 웃었다. "옛날에 생긴 상처가 가끔 아프단다."

"정말이요? 안색이 나빠요."

"이제는 괜찮다."

"그럼 제가 도와드릴까요?"

"응?"

"그럼 아저씨가 조금은 쉴 수 있잖아요. 인형극에 대해서는 잘 모르지만 그래도 도움이 될 수 있으니까."

"정말이니?"

"제가 해야 할 일을 알려주세요. 하지만 우선 피자를 할머니에게 가져다드려야 해요."

"그럼 나는 여기서 기다릴게."

"20분…… 아니, 15분 정도면 올 거예요!"

소년이 달리기 시작하자 상자 속 피자가 이리저리 부딪쳤다.

인형사는 눈이 부신 듯 그 뒷모습을 배웅했는데 이 시점에서 이미 일곱 명, 그것도 소년에게만 손을 댔다. 디트로이트 전에는 인디애나폴리스, 그전에는 아칸소 주 리틀록에서. 가여운 소년들을 살해한 후 언제나 포대 자루에 사체를 넣어, 연방경찰은 그에게 색맨(sack man)이라는 별명을 붙였다.

색맨의 범행이 주도면밀하다고는 할 수 없었다. 사람이 없는 곳에서 때로는 팬터마임을 하는 사람이나 풍선 아티스트, 혹은 브레이크 댄서로 분해 소년들에게 접근했다. 목격정보도 있었다. 그런데 과거 4년 동안, 무슨 영문인지 경찰의 수사망에 걸리지 않았다.

이번에도 듀이 코너즈를 데리고 가는 모습을 피자가게 주인인 시드니 로마노가 목격했다. 가게에는 우연히 근무를 끝내고 맥주를 마시러 온 알렉스 세이어도 있었다. 세이어 순사부장은 시드니 로마노의 조카사위였다. 파리만 날리던 어두컴컴한 가게에서 둘은 카운터에 나란히 앉아 있었다.

"어이, 알렉스." 시드니 로마노가 창밖을 턱으로 가리켰다. "저기 듀이 아니야?"

"응?" 알렉스 세이어가 등을 돌려 밖을 봤다. "같이 있는 남자, 여기 사람이야?"

둘은 맥주병을 입으로 가져갔다. 대니 해서웨이의 노래가 조그맣게 흐르고 있었다. 알렉스 세이어는 땅콩을 한 알, 두 알 입에 넣었다. 시드니 로마노는 굳게 입을 다물고 카운터를 노려봤다.

"이봐, 알렉스."

"젠장!" 알렉스 세이어는 맥주를 넘기고 의자에서 미끄러져 내려왔다. "잠깐 상황을 봐야겠어."

인형사에 이끌려 차까지 온 듀이 코너즈는 뒷좌석에 흩어져 있는 파티 마스크에 눈길을 보냈다. 그는 본능적으로 강한 경계심을 느끼며 승차를 거부했다. 이런 한심한 마스크를 쓴 범죄자 이야기라면 너무 흔하다 못해 진부할 정도였다.

인형사의 표정이 변했다. 온후함 아래로 차가운 무언가가 스윽 지나갔다. 소년은 우물쭈물 변명을 늘어놓았으나 목덜미를 잡은 묵직한 손을 뿌리칠 순 없었다.

"어이, 거기 당신!"

뒤에서 소리가 들리자 색맨은 소년의 유괴를 포기하고 도주를 시작했다. 알렉스 세이어 순사부장은 자동차 옆에 쭈그리고 앉은 듀이 코너즈를 힐끔 보고 주저 없이 허리에 찬 리볼버를 꺼내 겨누었다.

"멈춰! 멈추라고!"

색맨은 달렸다. 그러다 웨스트 7마일 로드로 나오자마자 달려오던 차에 치이고 말았다. 살인마는 3미터쯤 공중으로 떠올랐다가 빈 깡통처럼 아스팔트에 내동댕이쳐져 오른쪽 대퇴골이 골절되었다.

그 후 신문에서는 연방수사관이 어이없어할 정도로 선선하게 과거의 범행을 인정했다. 수많은 죄를 저지른 범죄자는 잠재적으로 체포되길 바란다고들 하는데, 색맨의 진술은 아주 세부적인 것까지 자세했다. 쥐를 잡아 온 고양이처럼 일곱 명의 소년을 살해해온 전말을 희희낙락 말했다.

그 덕분에 나는 체포 후 3개월도 되지 않아 이 연쇄 살인사건의 전모를 상당히 자세하게 파악할 수 있었다.

시드니 로마노와 알렉스 세이어의 기지로 듀이 코너즈는 색맨의 여덟 번째 희생자가 되지 않을 수 있었다. 하지만 나는 여기서 구사일생한 소년의 모험담을 이야기하려는 게 아니다. 나는 색맨 자신에 대해 말하려고 한다. 지금으로부터 30년 전, 나는 색맨을 알고 있었다.

　1984년.

　우리는 열세 살이었다. 그해 아강 집 앞의 용수나무(반얀트리)가 무성했던 것을 지금도 또렷하게 기억하고 있다.

2.

애당초 나는 제이의 친구도 뭐도 아니었다.

그 무렵, 나는 학교가 끝나면 아강, 그러니까 린리강의 가게 일을 도왔다. 샤오난먼에서 소고기국수를 파는 아강의 집은 부부가 같이 일했고, 그 녀석은 자기가 제이와 놀고 싶을 때는 언제나 내게 가게 일을 돕게 했다. 아강에게는 린리다라는 남동생이 있었는데, 형이 가는 곳이라면 가령 그곳이 지옥 끝이라고 해도 따라가고 싶어 했다.

아홍홍샤오뉴로우몐은 고양이 이마만큼이나 작은 크기로, 네 명이 앉을 수 있는 테이블이 세 개뿐인데, 그나마 하나는 인도로 튀어나와 있었다. 운이 좋은 손님은 앉아서 먹을 수 있으나 그렇지 못한 손님은 인도에 심어진 용수나무 그늘에서 국수를 먹어야 했다. 팔각형의 소고기국수를 만드는 일은 아강의 어머니가 했고, 아버지인 아홍 아저씨는 설거지 담당이었다. 소고기국수 비법은 자신이 만들었다고 큰소리쳤는데 아무래도 수

상쩍었다. 어쩌다 아훙 아저씨가 조리장에 서면 의기양양하게 가게로 들어오던 손님이 곧바로 몸을 돌려 나간 적이 있었기 때문이다. 아훙 아저씨는 종종 손님과도 부딪쳐 부인에게 꾸지람을 듣곤 했다.

내 일은 국수 나르기와 돈 계산이었다.

"윈, 미안하구나." 가게가 붐비는 저녁 시간대가 되면 아강의 어머니는 미안하다는 듯 사과했다. "내 참! 이 녀석들, 오기만 해봐라!"

아강의 어머니는 그때 아직 30대였을 것이다. 화장기는 전혀 없었으나 미인 축에 들었다. 가수인 추이타이칭과 어딘가 닮았다. 최고의 노래 여왕이라는 별명을 지닌 추이타이칭은 인기 오락 프로그램 〈이예라이쌍〉의 사회자로 아버지가 제일 좋아하는 연예인이었다.

"사과할 일은 아니야." 아훙 아저씨가 안에서 나와 젖은 팔을 조리대에 올려놓았다. "그런 집에 가는 것보다는 여기 있는 게 낫지. 안 그래, 윈?"

아훙 아저씨는 깡마르고 몸집이 작은 남자로 돈을 버는 일보다 마작으로 날리는 게 특기였다.

"시끄러워요!" 아강의 어머니는 면을 더운물에 담그면서 매섭게 말했다. "당신은 도대체 왜 그렇게 다른 사람 마음을 몰라?"

"사람은 죽을 때가 되면 다 죽어." 아훙 아저씨는 벽에 기대어 담배에 불을 붙이고 한 모금 빨았다. "고생만 하는 이 세상을 떠나서 다행이라고 생각하면 그만이지."

"무슨 소리예요!"그 목소리가 너무 커서 손님들까지 그릇에서 고개를 들었다. "윈네 집은 지금 힘들다고. 만약 우리 아이들이 같은 처지라도 그렇게 말할 거예요!"

"사람이 이 세상에 머무는 시간은 순간이야."

"입 다물어요!"

"괜찮아요, 아줌마." 나는 둘을 말리고 나섰다. "아저씨 말이 맞아요. 어차피 집에 가도 아무도 없어요."

거짓말이었다. 집에는 빈껍데기가 되어버린 어머니가 있었다. 아강의 어머니는 남편을 노려봤고 아홍 아저씨는 담배를 비벼 끄고 안으로 들어갔다.

그해 2월, 내 여섯 살 위 형인 모가 살해당했다. 사건이 일어난 것은 군대에 가 있던 형이 구정 휴가로 집에 왔을 때였다.

나쁜 친구들의 권유로 디스코장에 갔던 밤, 모는 다른 손님과 싸움이 붙었다. 어떤 싸움이나 마찬가지지만 시작은 아주 사소한 것 때문이었다. 화장실에 간 모는 차례를 기다리며 별생각 없이 휘파람을 불었다. 그것뿐이었다. 그런데 그때 볼일을 보던 황웨이는 그게 마음에 들지 않았다. 아이에게 소변을 보게 하려고 어른들이 불던 휘파람처럼 들린 모양이다.

황웨이는 바로 패거리를 불러 모아 댄스 플로어로 돌아온 모에게 시비를 걸었다. 조금 전 휘파람, 무슨 의미야? 형은 상대를 바라보며 대답했다. 제길, 널 보고 불었던 게 아니라고. 입버릇이 나쁜 녀석이네, 황웨이는 웃으면서 양손을 벌렸다. 지금 '제 길'이라는 말은 틀림없이 내게 한 말이지? 형도 혼자가 아니었다. 곧바로 두 패거리가 붙는 난투극이 벌어졌단다.

그곳은 당시 우후죽순 생겼던 위법 영업을 하던 디스코장이었기 때문에 아무도 경찰에 신고하지 않았다. 만약 경찰이 출동했다면 형은 죽지 않았을지 모른다. 하지만 디스코장 주인은 신고하지 않았다. 그 대신 험상궂은 경호원들이 중재에 들어갔고 소란을 일으킨 성가신 놈들을 한꺼번에 가게 밖으로 끌어냈다. 도로를 끼고 여기저기서 한동안 고함을 쳐댔으나 이윽고 상대가 오토바이를 타고 어딘가로 가버렸다. 형 일행도 장소를 바꿔 한잔 더 하기로 했다. 새벽 1시까지 맥주를 마시고 형은 오토바이를 타고 집에 오려고 했다.

어머니의 말로는 아버지가 모에게 사준 오토바이가 모든 일의 원흉이었다. 당신이 그 아이에게 너무 무르다고! 어머니는 머리를 마구 쥐어뜯으며 소리쳤다. 아이가 원하는 것을 모두 사주는 게 사랑이 아니잖아!

인적이 없는 런아이루를 달리고 있던 모는 뒤에서 달려온 오토바이가 앞질러 가면서 휘두른 몽둥이에 머리를 맞았다. 형이 타고 있던 베스파는 가로수에 충돌해 크게 파손되었다. 가로등 불빛으로 노랗게 물든 밤거리에서 형은 홀로 죽었다.

아버지와 어머니의 싸움은 그 후 내내 이어졌다.

저녁 8시가 지나면 손님의 발길이 끊겼다.

나는 아강의 어머니가 팔다 남은 재료로 만들어준 밥을 먹고 가게 테이블에서 숙제하는 것이 일상이었다.

그날도 평소처럼 밥을 먹고 숙제를 하는데 같은 테이블에서 국수를 먹던 남자가 말을 걸었다.

"얘야. 너 어디 고등학교 다니니?"

한가한 사람이 이렇게 말을 걸어오는 경우가 종종 있었으므로 마음이 동할 때가 아니면 못 들은 척했다.

"덩치가 커다란 녀석이 글씨는 가늘구나. 좀 더 강하게 쓰는 게 좋아. 글이 가는 사람은 어른이 되어도 신용을 얻지 못하지. 신경질적인 사람으로 보이니까."

나는 고개를 들었다. 가게 단골과는 사뭇 분위기가 다른 남자가 이쪽을 보고 있었다. 주름 잡힌 하얀 셔츠에 땀자국 하나 없었고, 기름 바른 머리는 빗질이 잘되어 있었다. 샌들을 신지도 않았고 입가도 식후에 씹는 빈랑 열매로 벌겋게 물들어 있지 않았다. 한참 그 자리에 있었던 것 같은데, 그 사람의 국수는 하나도 줄지 않았다.

"남산국중."

내가 대답했다.

"중학생이야?" 국수 주변에 파리가 날아다녔지만 남자는 전혀 신경 쓰지 않았다. "고등학생이라고 생각했는데."

공평을 기하기 위해 그 남자의 말투는 그리 나쁘지 않았음을 밝혀둔다. 오히려 그 목소리에는 내게 잘 보이려고 하는 것 같은 울림마저 있었다. 손님 중에는 훨씬 말을 험하게 하는 사람도 있었다. 그런데도 나는 왠지 이 남자의 말이 비위에 거슬렸다. 그래서 다시 노트로 고개를 떨어뜨리고 볼펜을 움직였다.

"부모님을 돕다니 기특하구나."

대답하지 않자 혀를 차는 소리가 들려 나는 그 녀석이 더 싫어졌다.

"그 아이는 우리 애가 아니에요." 아강의 어머니가 말을 걸었다. "아강의 친구인 종스원이죠."

남자가 슬쩍 나를 관찰하는 게 느껴졌다.

"남편은?" 남자가 말했다.

"글쎄요." 아강의 어머니가 대답했다. "어디를 싸돌아다니는지…… 얼간이 같으니라고."

다른 손님이 없어서 가게에는 우리 셋밖에 없었다. 흑백 TV가 작은 소리로 켜져 있었다. 아훙 아저씨는 홀쩍 가게를 떠난 뒤 아직 돌아오지 않고 있었다. 다른 가게에서 주저리주저리 수다를 떨고 있거나, 가게 맥주를 들고 나가 마시고 있거나, 그것도 아니면 리양 씨의 이발소에서 아직 자라지도 않은 머리를 자르고 있을 것이다.

아훙 아저씨는 이발소 안주인에게 가벼운 연심을 품고 있었다. 내가 그런 사실을 아는 이유는 언젠가 머리를 자르고 있는데 아훙 아저씨가 안주인에게 수작을 거는 모습을 직접 목격했기 때문이다. 내가 거울 너머로 보고 있는 것도 모른 채 안주인에게 돈을 쥐여주더니, 결국에는 안주인의 하얀 손을 천천히 만졌다. 이발소의 리양 씨는 일하다가 잘못해서 빗의 날카로운 손잡이로 손님의 눈을 찌르는 바람에 위자료를 내느라 허덕이고 있었던 터라 아홍 아저씨는 돈이 모든 것을 해결해줄 것 같았나 보다. 안주인 쪽도 그리 싫지 않은 것 같았다.

기묘한 침묵이 감돌았다.

그것은 마치 나만 모르는 비밀을 반 아이들 모두가 공유하고 몰래 눈짓을 교환한 것 같은, 좋지 않은 느낌이었다. 냄비의 국물이 부글부글 끓는 소리가 너무나 크게 들렸다. 아강의 어머니는 냄비 안을 휘저었고, 남자는 천장에 매달아 놓은 파리 끈끈이를 멍하니 올려다보았다. 열세 살의 내게 요구된 것은 빨리 숙제를 끝내고 이 자리를 뜨는 것임을 알 수 있었다.

그래서, 그렇게 했다.

"벌써 가니, 원?" 아강의 어머니는 어색한 미소를 지었다. "우리 집 녀석을 보거든 이제 집에는 오지 말라고 해라."

"그럼 내일 뵙겠습니다." 나는 교과서와 노트를 가방에 넣고 도망치듯 가게를 나왔다. "아주머니, 안녕히 주무세요."

구멍만한 국수가게에서 나오니 숨쉬기가 조금 편해졌다. 용수나무 저편에 가는 달이 걸려 있었다.

사람이 많이 다니는 옌핑난루를 터벅터벅 걸으면서 나는 그냥 아훙 아저씨를 생각했다. 일의 성격 때문인지 아니면 타고난 성격인지 매사에 따지고 드는 아버지보다 세상사에 매이지 않고 초연해 종잡을 수 없는 아훙 아저씨가 더 좋았다. 현재를 담보로 좋은 고등학교, 좋은 대학, 좋은 회사에 매달리지 않는 그 태평한 삶의 방식을 동경했다.

"그래서 다음에는?" 아이 교육을 놓고 아버지와 말씨름이 벌어졌을 때 아훙 아저씨는 그렇게 말했다. "좋은 회사, 좋은 결혼을 한 다음에는, 잘난 아이에게 멋진 관에 넣어달라고 할 건가? 그게 자네 꿈이야, 스팅?"

"그게 왜 나빠?" 아버지는 반론했다. "멋진 관에 넣어달라는 말은 적어도 싸구려 관밖에 사지 못하는 인생은 아니라는 소리지."

"마음은 어떻게 하는데?"

"그런 건 어느 정도 돈으로 채울 수 있어."

"진심이야, 스팅?"

"범죄자 대부분은 가난뱅이야."

"그래서 모가 나쁜 녀석들과 어울리게 된 거야." 아훙 아저씨는 고개를 저었다. "대만의 변호사가 다 자네 같은 냉혈 동물이 아니길 빌어야지."

둘은 소꿉친구였다. 오래전, 아훙 아저씨가 우리 할아버지의 잔심부름을 하던 때부터 어울렸다고 한다. 대만에 흘러오기까지 아훙 아저씨는 후난성을 혼자 방랑했다.

"먹을 게 없었어." 아훙 아저씨는 말했다. "군인놈들이 종종 찾아와 집을 뒤졌으니까. 우리 백성에게는 국민당이든 공산당이든 마찬가지지. 먹을 것을 훔쳐 가는 놈들은 다 마찬가지야. 나는 다섯 형제의 맏이였는데, 바로 아래 동생은 머리가 나빴단다. 추운 겨울날이었어. 대만의 겨울은 겨울 축에도 끼지 못할 정도로 추운 날이었지. 내가 밭에 나가 있는데 어머니가 다른 동생들에게 머리 나쁜 둘째를 죽이라고 명령했어. 입을 줄이려는 거지. 밥벌레에게 줄 밥은 없다는 소리야. 동생들은 의논해 그나마 얼마 남지 않은 쌀로 밥을 해 둘째에게 먹였어. 그래야 죽어서 아귀가 되지 않고 배부른 귀신이 된다고 생각했겠지. 그리고 머리에 끈을 두르고 방앗간 들보에 매달았어. 방앗간은 쌀이나 보리를 으깨고 갈아 가루로 만드는 방이야. 밭일을 끝내고 집에 돌아왔더니 방앗간에 둘째가 매달려 있었어. 바보였지만 다정한 녀석이었어. 다른 형제들에게 자주 괴롭힘을 당했지만 늘 하하하 웃었지. 머리에 끈을 두를 때도 바보처럼 하하하 웃었다더군. 손목을 뒤로 돌려 묶었는데도 잔뜩 신이 나서 말이야. 모두가 놀아준다고 생각했겠지. 더 세게 묶어도 아프지 않다고 자랑했대. 나는 그대로 집을 나와 다시 돌아가지 않았어."

중국 대륙에서는 당시 국민당과 공산당이 전쟁을 벌이고 있었는데 우연히 국민당에 붙잡힌 아훙 아저씨는 할아버지의 근무병, 즉 심부름꾼이 되었다. 열다섯이었다. 1949년에 국민당이 패배해 대만으로 쫓겨올 때도 할아버지를 따라 이 섬으로 건너왔다. 육군 소위였던 할아버지의 상관 중 쑨리런이란 사람이 있었는데 1955년에 쿠데타를 일으켰다가 실패했다. 신주에서 장제스를 죽이려 했다고 언젠가 아버지가 말해줬다. 할아버지는 그때 일로 살해되었는데 쑨리런은 그로부터 30년이 지난 지금도 연금되어 있다. 그 뒤로 아훙 아저씨는 샤오난먼에서 고기국수를 팔아 생활했다.

샤오난먼은 광저우지에 거리에서 '우리 쪽'에 가까이 있었다. 동서로 뻗은 광저우지에는 중화루를 따라 남으로 달리는 철도 선로로 분단되어 있었다. 지금은 그 선로도 지하로 옮겨졌으나 그때는 아직 노면에 나와 있어 특급열차인 쯔치앙하오와 급행열차인 쥐광하오가 덜컹거리며 달렸다. 선로 서쪽은 대만인들의 터였고 동쪽은 대륙에서 건너온 우리 같은 외지인이 사는 쥐엔춘이었다. 쥐엔춘에는 군인과 그 가족만 살았다. 그러므로 아강의 집이 샤오난먼에서 고기국숫집을 하는 것도 아주 오래전 아훙 아저씨가 국민당 군인에게 붙잡힌 덕분이라고 할 수 있다.

어렸을 때 우리가 선로 너머로 가는 것은 금지였다. 아강은 몰래 선로를 넘어 제이와 놀았으나 어머니에게 들키면 국수 밀대로 흠씬 두들겨 맞았다. 문제의 제이라는 인물은 선로 이쪽저쪽을 자유롭게 오갈 수 있는 희귀한 존재였다.

제이의 할아버지도 국민당을 위해 싸웠다. 하지만 정규군이 아니었기 때문에 우리가 사는 쥐엔춘인 아이구어씬춘에는 살 수 없었다. 제이의 집은 선로 너머에 있었는데도 그곳에 있는 용문국중에 다니지 않고 일부러 호적을 옮겨 우리 남산국중에 다녔다. 대만인에 둘러싸여 사는 외지인 아이들은 우리가 상상할 수 없을 정도로 싸움만 하며 지냈다. 등교하다 날아온 돌에 맞아 피를 철철 흘리면서 교실로 들어올 때도 있었다. 녀석은 중국어와 대만어의 비속어를 자유롭게 구사하며 마치 불덩어리처럼 대만 아이들과 엉겨 붙어 싸웠다. 네 엄마를 범하겠다는 말은 누구나 썼는데 제이는 고색창연한 격조 높은 대사를 자주 내뱉었다. 내가 죽으면 7대를 거슬러 올라가 네 선조를 가만히 안 두겠다는, 도무지 중학생이라고는 생각할 수 없는 무시무시한 저주를 아무렇지도 않게 지껄였다. 초등학교 때, 아강은 그런 제이를 신처럼 떠받들었다.

우리 집이 있는 골목으로 들어가니 리씨 할아버지와 구오씨 할아버지가 마당 앞에 등나무 의자를 내놓고 더위를 식히고 있었다. 나는 할아버지들 이름을 부르고 인사했다. 할아버지들도 내 이름을 불러줬다.

"모의 재판은 어떻게 됐니?" 리씨 할아버지가 운을 떼자 구오씨 할아버지가 말을 이었다. "이리로 와서 용안이라도 먹을래?"

"고맙습니다." 나는 구오씨 할아버지가 내민 비닐봉지에서 용안 한 알을 집어 껍질을 벗기고 입에 넣었다. "아버지가 7년 형이라고 했어요."

"7년!" 리씨 할아버지가 소리를 높이며 용안 씨를 퉤 하고 뱉었다. "사람을 죽였는데, 그게 다야!"

"아니, 범인을 잡았으니 다행이지 않나?" 구오씨 할아버지가 달랬다. "라오이예를 죽인 놈은 아직도 잡지 못했으니까."

할아버지들과 용안을 먹고 있자니 사실 용안에 대해 거의 모른다는 사실을 깨달았다. 그래서 물어봤다.

"옛날에 나쁜 용이 있었단다." 껍질을 툭툭 버리면서 리씨 할아버지가 알려주었다. "꾸이옌이라는 용감한 아이가 그 용의 눈알을 파내어 퇴치했지. 심하게 부상당한 꾸이옌은 죽었는데 부모가 용의 눈알을 땅에 심었더니 용의 눈알을 그대로 닮은 열매가 나왔단다."

"그래서 용안을 꾸이옌(계원)이라고도 하는군요." 나는 달콤한 열매를 입에 넣으며 말했다. "라오이예는 이예 형의 할아버지인가요?"

"네가 몇 년 생이니, 원?"

"민국 60년(1971년)입니다."

"그럼 라오이예가 죽었을 때 너는 아직 네 살이었겠구나. 기억하지 못하는 게 당연해." 구오씨 할아버지와 리씨 할아버지는 번갈아 입을 열었다. "라오이예는 우리 형님이었지. 대륙에서는 생사를 함께했던 문경지교였고, 서로 속을 털어놓았던 사이지. 벌써 살해된 지 10년이 되는구나. 디화지에서 포목점을 했는데 어떤 놈이 가게 욕조에 빠뜨려 죽였어. 처음에는 경찰도 움직이더니 요즘은 통 보이질 않네."

"그 범인을 아직 잡지 못했나요?"

"이제 못 잡겠지."

구오씨 할아버지가 한숨을 내쉬자 화를 다스리지 못한 리씨 할아버지가 손바닥에 손등을 쳐대며 이런 말도 안 되는 일이 어디 있냐는 말을 거듭했다.

"나쁜 일을 하면 천벌을 받는다는 말은 거짓이란다, 원아. 기억해라. 이 세상은 그렇게 좋은 말이 통할 만큼 깨끗하고 아름다운 곳이 아니란다."

나는 할아버지들에게 안녕히 주무시라고 말하고 집에 돌아왔다.

마당의 월계수가 노란 꽃을 피우고 그 꽃향기가 대문 밖까지 흘러나왔다. 심호흡을 하니 가슴이 뻐근할 정도였다.

어릴 때 형과 같이 이 나무 밑에 구멍을 파고 물을 채운 다음 올챙이를 넣었던 적이 있다. 우리는 올챙이가 개구리가 되는 날을 손꼽아 기다렸는데, 물이 점점 땅에 흡수되는 바람에 수없이 양동이에 물을 담아 구멍을 채워야만 했다. 울화통이 터진 형은 결국 혼자 놀러 나가버렸다. 나는 한동안 물웅덩이 속에서 몸부림을 치는 올챙이를 바라보다가 집으로 들어왔다. 저녁에 다시 보러 갔더니 올챙이는 한 마리도 없었다. 사체조차 없었다. 축축하게 젖은 땅에 얕은 구멍이 나 있을 뿐이었다. 틀림없이 개구리가 되어 도망쳤을 거야. 모는 전혀 신경 쓰지 않는 태도로 그렇게 말했다. 나는 봄이 되어 월계수가 꽃을 피울 무렵, 우리가 반쯤 재미로 죽인 올챙이를 떠올렸다. 어쩌면 올챙이는 나무에 흡수되어 지금도 나뭇가지 속을 헤엄치고 다니는 게 아닐까. 그래서 개구리가 되는 대신 노란 꽃이 되어 우리가 한 짓을 떠올리게 하는 것이다.

집 안은 어둡고 싸늘했다. 아버지는 난징둥루에 있는 자기 사무실에 있었고 어머니는 불도 켜지 않은 채 객실 소파에 늘어져 있었다.

"엄마, 나 왔어."

"밥은?" 몸을 일으킨 어머니가 비틀거리며 소파의 등받이를 잡았다. "아강네서 먹었니?"

"응."

"그랬구나."

"엄마는 먹었어요?"

대답은 없었다.

이걸로 더는 할 말이 없다는 듯 어머니는 다시 소파에 축 늘어졌다. 허리가 잠기고 가슴까지 잠기더니 곧 머리마저 잠겨 보이지 않게 되었다.

내 방으로 돌아와 잠시 월계수를 창문으로 바라봤다. 도둑을 막으려고 유리 조각을 박은 담장 위를 탕 아저씨네 하얀 고양이가 살금살금 걷고 있었다. 고양이가 소리도 없이 사라진 다음에는 초록과 갈색, 투명의 유리 파편이 한심하게 보였다.

탁상 등을 켜고 서랍에서 학교 문장이 박힌 노트를 꺼냈다. 의자를 빼고 앉아 그리던 만화를 계속했다.

일본에서 사는 런우 삼촌이 몇 개월에 한 번씩 보내주는《영 매거진》이라는 만화 주간지가 내 교과서였다. 연재만화 중에는 오토모 가쓰히로의《아키라》가 가장 마음에 들었다. 이 만화를 읽고 싶어서 일부러 일본어 공부를 시작했을 정도였다. 일어를 할 줄 아는 이에 씨의 아들에게 가끔 배우러 갔다.

미래의 도쿄가 무대인《아키라》에는 미래의 불량소년들이 나온다. 폭주족의 리더인 가네다의 부하로 데쓰오라는 소년이 있는데, 어떤 사고를 계기로 이 데쓰오의 초능력이 드러난다. 그때까지 얌전했던 데쓰오는 흉포해져 다른 폭주족을 접수해 가네다와 적대하기에 이른다. 가네다도 다른 폭주족과 동맹을 맺고 마지막에는 새로운 도쿄의 거리에서 폭주족끼리 격렬하게 충돌한다. 가네다 일당은 데쓰오에게 호되게 당하는데 어디선가 군 헬리콥터가 나타나 데쓰오를 데리고 사라진다는 것이 내가 1년에 걸쳐 꾸준히 파악한 줄거리다. 아마 이 정도 이야기가 분명할 것이다. 그런 치밀한 그림은 죽었다 깨도 그릴 수 없겠으나 그 세계관만은 어떻게든 흉내 내보고 싶었다.

노트에 얼굴을 파묻고 열심히 연필을 움직였다.

내가 그리는 것은 새로운 도쿄처럼 혼돈된 도시에서 일어나는 살인사건 이야기였다. 형이 살해되자 동생은 콜드 스타라는 안티히어로가 되어 상상을 초월하는 잔인한 방법으로 범인들을 피의 제물로 바친다. 원수는 여섯 명이었고 그날 밤은 드디어 두 번째 원수를 죽이는 장면에 도달해 있었다. 나는 그 두 번째 원수에게 호랑이의 눈알을 뜻하는 '후이엔'이라는 이름을 붙였다. 아무도 '용안'을 베낀 거라고는 생각하지 못하겠지.

목숨을 구걸하는 후이엔에게 권총을 들이대는 콜드 스타의 얼굴을 도무지 잘 그릴 수 없었다. 아무래도 너무 사악하게 보이거나(안티히어로니까 사악하게 보여도 지장은 없지만) 우습게 보였다. 지우개를 너무 많이 써서 기어이 종이가 찢어지고 말았다. 데쓰오와 대결하는 가네다의 얼굴을 참고해 간신히 납득할 만한 얼굴이 완성되었을 때 방문이 조용히 열렸다.

"원, 아직 안 자니?" 얼굴을 내민 아버지가 속삭이듯 말했다. "벌써 12시야."

나는 노트를 덮었다.

"숙제했니?"

"응."

"그만 자라."

"그럴게."

아버지는 선 채 움직이지 않았다.

"잠깐 시간 되니?"

"왜?"

아버지는 방으로 들어와 침대에 앉았다. 내 앞을 지나갈 때

술 냄새가 훅 코끝을 스쳤다.

"학교는 어떠니? 아강과는 잘 지내?"

"응."

"그래." 아버지는 고개를 끄덕이고 스스로 고무하듯 숨을 들이켰다. "혹시 아강의 집에서 잠시 지내라고 하면 싫으니?"

"……."

"실은 지금까지 아홍과 얘기했는데 너만 괜찮으면 아홍은 너를 맡아주겠다고 하더라."

"무슨 소리야?"

"어머니는 이제 한계야. 이대로는……. 네가 무엇보다 오해하지 말았으면 하는 것은…… 나도 어머니도 너를 무엇보다 소중히 생각한단다. 하지만 어머니는 지금 모 때문에 정상이 아니야. 알겠니?"

"어머니와 아버지는 어떻게 할 건데?"

"너와 모는 내가 미국 법률사무소에서 일할 때 태어났어."

그래서 형과 나는 미국 국적도 가지고 있었다.

"솔직히 어떻게 했으면 좋을지 모르겠다." 한숨과 함께 아버지의 몸에서 뭔가가 빠져나온 것만 같았다. "한동안 어머니를 데리고 LA에 가보려고. 저 사람은 잠시 대만을 떠나 있는 게 좋을 것 같구나. 돌이킬 수 없는 일을 저지르기 전에……."

"돌이킬 수 없는 일?"

아버지는 깜짝 놀라며 입을 다물었다.

"얼마나? 언제 돌아와?"

"아직 아무것도 정해진 건 없어." 아버지는 양쪽 무릎에 손을 대고 몸을 일으켜 방을 나가기 전에 그렇게 말했다. "다만 네가 알아줬으면 하는 것은 나도 어머니도 너를 사랑한다는 거야."

나는 노트를 펼치고 지저분한 만화를 가만히 바라봤다. 찢어 버리고 싶은 충동에 사로잡혔지만 그러지 않았다. 그 대신 콜드 스타와 살해된 형은 이 세상에 단둘뿐이었다는 설정으로 바꿨다. 그들은 보육원에서 자랐다. 일가친척도 없이 형제가 단둘이 썩어빠진 세상을 헤쳐왔다. 응, 괜찮네. 그렇기 때문에 형이 살해되자 동생이 홀로 가열한 복수에 나선 것이다.

3.

아강의 집에 묵는 게 처음은 아니었지만 이렇게 오랫동안 폐를 끼치는 것은 처음이었다.

소고기국숫집 2층에 한 칸 정도의 거실 겸 침실이 있었다. 밤이 되면 가족 모두가 일렬로 누워 잤다. 그냥도 좁은데 아강은 몸무게가 80킬로그램이 넘었고 나도 키가 170센티미터를 넘어 아강의 어머니와 동생인 다다는 정말 불편했을 것이다. 너무 불편한 나머지 아홍 아저씨는 가게에 접이식 침대를 펼치고 잤다.

5월에 들어서니 더위는 습기까지 머금어 조금씩 무거워졌다. 그것만이 아니었다. 계단 아래 온종일 불에 걸려 있는 육수 냄비에서 팔각 냄새가 열기와 함께 올라와 마치 원한에 사무친 영혼처럼 떠돌았다. 음식점을 하는 집의 숙명이라고 해야 하나, 거대한 바퀴벌레도 출몰했는데 아강의 집에서는 아무도 죽이려 하지 않았고 바퀴벌레도 사람에 익숙한지 도망치려 하지 않았다.

그 당시 광저우지에 거리의 집들 울타리는 아주 낮았다. 모든 집이 자기 집 별채 같은 느낌이었다. 우리는 아무렇지 않게 다른 집에 들어가 먹고 마시고 TV를 봤다. 아강은 우리 집 냉장고를 맘대로 열었고 나도 말없이 그 녀석의 자전거를 타고 돌아다니다가 도난당한 적도 있었다. 어른들은 내 부주의를 힐책하고 아이 자전거까지 훔쳐 가는 나쁜 놈들로 득실대는 대만에 낙담했으나 한마디 없이 자전거를 빌린 데 대해서는 어떤 훈계도 변상하라는 말도 없었다. 무엇보다 그 때문에 나는 아강과 드잡이를 벌였지만.

그런 까닭에 아강의 집에서 살기 시작했다고 해서 내가 생활 태도를 바꿀 이유는 하나도 없었다. 그러니까 나는 부모에게 버림받았다며 실컷 울적할 수 있었다.

그래도 더부살이라는 점은 제대로 이해하고 있었다. 학교에서 돌아오자마자 포탄처럼 집을 뛰쳐나가는 형제와 달리 건실하게 가게를 도왔다. 가게 일이 싫지 않았고 몸을 움직이고 있으면 마음이 편해졌다. 숙제도 스스로 해냈으므로 아강 집안에서의 내 평판은 점점 높아졌다. 내일 죽어도 여한이 없을 정도로 놀다 들어오는 이 집 형제에게 조금은 윈을 배워라, 장래를 좀 생각해라, 하고 어머니는 잔소리를 늘어놓았다.

"아버지처럼 여자를 일하게 하고 본인은 평생 늘어져 살 거야? 그런 놈을 한심하다고 하는 거야!"

아홍 아저씨는 싱글거릴 뿐 화를 내지도 비굴하게 굴지도 않왔다.

하지만 이 집 형제들은 나를 미워했다. 내가 있는 탓에 자기들의 나쁜 행실이 두드러지고 내가 있는 탓에 어머니의 잔소리가 늘었으며 내가 있는 탓에 모든 게 재미없어졌다.

내 태도도 불에 기름을 부었다. 부모에게 버림받은 아이니까 세상 사람들이 내 슬픔을 이해하고 여러모로 배려해야 한다고 생각했다. 그에 쐐기를 박듯 가게에서 돈이 없어지는 사건이 발생했다. 그 탓에 아홍 아저씨와 아주머니는 무지막지한 도둑 찾기에 열을 올렸다. 당신밖에 없다, 어차피 이발소 여자에게 썼겠지! 누명을 쓴 아홍 아저씨가 아들들을 닦달하자 다다가 나를 밀고한 것이었다. 그런 이유로 나와 아강이 주먹다짐까지 하는 데는 그리 많은 시간이 걸리지 않았다.

어느 날, 하굣길에 아강과 제이가 교문에서 기다리고 있었다. 구름이 많고 눅눅한 바람이 부는 더운 날이었다.

딱 보기에도 이 녀석들이 시비를 걸려고 작정했다는 걸 알 수 있었다. 나는 그날도 숙제에 '갑'을 받아 모두 앞에서 장 선생님에게 칭찬을 받았다. 마침 아강과 제이는 숙제를 까먹어 두꺼운 막대기로 손바닥을 맞았을 뿐만 아니라 쭈그리고 앉아 벌을 섰다. 1학년 을반 학생 모두 그들을 보고 킥킥대고 웃었다.

아강의 뒤에서 제이가 무표정하게 나를 보고 있었다. 두 번째 단추까지 푼 셔츠 사이로 붉은 실로 묶은 비취 부적이 보였다. 아강이 나를 때려눕히고 싶어 한다는 것은 알았지만 제이는 나와 아무런 불화가 없었다. 특별히 이상하게 생각하지는 않았다. 다만 아강과 제이가 어느새 형님 동생 사이가 되어 있다는 게 놀라웠다. 친구가 잘못했을 때는 고쳐주는 게 진짜 친구이고 친구가 잘못하는데도 그대로 어울리는 게 형님 동생이다.

아강이 턱을 휙 돌려 나를 조례나 표창식을 하는 조회대 뒤로 데려갔다. 바로 옆에 학교 건물이 있었으나 조회대 주위에 심은 종려나무가 우리를 사람들 시야에서 가려주었다. 무슨 일이 있으면 여기서 승부를 내는 것이 우리의 관습이었다.

"이 도둑놈의 새끼, 또 했더라." 아강이 포문을 열었다. "너는 전과가 있으니까."

"도둑?" 그냥 지나칠 수 없었다. 상황에 따라 해석할 수 있는 다른 말과 달리 도둑이라니. "무슨 소리야?"

"모를 거라 생각했어? 네가 우리 엄마 지갑에서 돈을 훔치는 걸 본 사람이 있어!"

"전과라니, 무슨 소리야?"

"자전거 말이야! 잊지는 않았겠지."

벌어진 입을 닫을 수 없었다. 아무래도 부모의 관심을 내게 빼앗긴 것에 대한 비유가 아니라 아강은 진심으로 나를 도둑이라고 부르는 것 같았다.

"누가 봤는데?"

"누구든 상관없잖아."

"다다겠지." 내가 녀석의 가는 눈을 바라봤다. "그 녀석이 할머니 가게에서 과자 사는 걸 봤어."

"거짓말하지 마!"

"너야말로 거짓말하지 마. 그런 구멍가게 돈을 누가 훔치겠냐!"

말이 입 밖으로 나오는 순간 이 자리는 피를 보기 전에는 끝나지 않을 거라는 사실을 깨달았다.

"구멍가게?" 일단 한 말이니 없었던 일로 할 수 없겠지, 라는 태도로 아강은 여러 번 고개를 끄덕였다. "그런 구멍가게에 얹혀사는 녀석이 누구더라?"

"내가 좋아서 그러겠냐?" 싸움을 부르는 인격에 몸을 내어주면서 비웃었다. "맘에 안 들면 나갈게."

"부모에게 버림을 받더니 간덩이가 부었나?" 아강은 책가방을 땅바닥에 내동댕이치고 내게 손가락질했다. "자기가 세상에서 제일 불쌍한 거 같냐!"

"그런 생각은 안 해." 나는 슬쩍 제이를 경계했다. "세상에서 제일 불쌍한 사람은 혼자서는 싸움도 하지 못하는 80킬로짜리 돼지지."

아강의 머리 꼭대기 어디선가 불이 일었다. 턱살을 부들부들 떨고 온갖 욕설을 내뱉으며 멱살을 잡으려고 했다. 나는 책가방으로 녀석의 얼굴을 때리고 발을 걸어 자빠뜨렸다. 돼지처럼 와당탕 땅에 넘어진 아강의 배를 힘껏 찼다. 돼지 새끼가 신음했다.

"잘난 척하지 마, 이 돼지야!" 녀석의 등을 마구 찼다. "너 같은 새끼에게 질 것 같아!"

"제이, 제이!"

뒷머리에 쿵 하고 충격이 왔고 정신을 차려보니 아강 옆에 쓰러져 있었다. 나는 몸을 웅크려 찌를 듯이 날아오는 발차기로부터 얼굴을 보호했다. 제이의 싸움 실력은 우리와는 차원이 달랐다. 나는 지방으로 보호된 아강의 배는 얼마든지 찰 수 있으나 얼굴은 무서워서 차지 못했다. 얼굴에는 인간의 급소가 집중되어 있다. 잘못 때렸다가는 실명할 수도 있고 코 아래에는 목숨이 걸린 인중이라는 급소가 있다고 들었다. 그런데도 제이는 조금도 주저하지 않고 얼굴을 찰 수 있었다.

얼굴 앞에서 두 손을 교차해 가리고 발차기를 막다가 그대로 녀석의 발목을 잡고 단숨에 몸을 일으켰다. 한쪽 발을 잡힌 제이는 나머지 발을 계속 휘둘렀다.

"제기랄! 이거 놔!"

나는 그렇게 했다. 다만 손을 놓기 전에 녀석의 발을 뿌리쳐 넘어뜨렸다. 몸에 올라타 때려주려고 했는데 옆에 있던 아강이 몸을 던지는 바람에 옆으로 날아가고 말았다. 그 틈에 자세를 가다듬은 제이가 거꾸로 내 몸에 올라탔다.

"해치워, 제이!" 아강이 소리쳤다. "그 고아자식을 죽여!"

얼굴을 가린 내 팔에 제이의 주먹이 비 오듯 쏟아졌다. 눈을 맞아 불꽃이 튀었다. 코피가 터지고 입술이 찢어졌다. 얼굴을 가리는 것도 더는 무의미할 정도로 제이는 나를 흠씬 두들겨 팼다. 이윽고 통증이 사라졌다. 결국에는 당황한 아강이 끼어들어 말렸을 정도였다.

"이제 됐어! 됐다고! 제이, 가자. 선생님이 오겠어!"

제이가 공허한 시선을 던졌다. 증오로 일그러진 그 얼굴을 본 순간, 이 녀석은 언젠가 사람을 죽일 수도 있겠다고 생각했다.

아강과 제이가 사라진 후에도 나는 한동안 조회대 뒤에 쓰러져 있었다. 그리고 제이의 눈을 생각했다. 어디선가 본 적 있는 것 같았는데 바로 기억이 났다. 제이의 눈은 가네다에게 적의를 드러내던 데쓰오의 눈이었다. 바로 그 눈이야, 내 만화에 부족한 게 바로 그 눈이야. 그것을 깨달은 순간 모든 게 바보 같아 웃고 싶어졌다.

몸을 일으키자 얼굴의 피가 학적번호가 새겨진 셔츠에 떨어졌다. 나는 만화를 생각하며 증오와 두려움은 어딘가 닮았다고 느꼈다. 어렴풋했지만 뭔가 중요한 것을 잡은 느낌이었다. 아주 끔찍한 경험이라도 그것이 이야기를 만든다면, 그러니까 진실을 보여줄 수 있으면 고통을 얻은 보람도 있다. 입에 고여 있던 피를 뱉고 셔츠 가슴팍에 묻은 피를 문지르며 살짝 기침했다. 그 다음 몸을 일으켜 책가방을 주워 터덜터덜 집으로 돌아왔다.

모는 골목대장이었다.

내가 아직 어렸을 때 근처 잡화점에 블록깨기 게임기가 딱 한 대 있었다. 서서 하는 커다란 아케이드 게임이었다. 촌뜨기 아이들은 하나도 빠짐없이 포로가 되었다. 블록에 구멍을 내고 작은 전자공을 거기에 잘 넣으면 블록과 게임 프레임 사이에 껴서 갈 곳을 잃은 공은 아찔할 정도로 튀며 홀로 블록을 무너뜨리기 시작했다. 공의 속도가 점점 빨라지고 블록을 되받아치는 막대기는 프로그래머의 악의가 느껴질 정도로 짧아진다. 모는 조작 다이얼을 민첩하게 돌려 눈이 따라가지 못할 정도로 빠르게 블록을 수없이 소멸시켰다. 달랑 동전 하나로 한없이 놀았다. 모가 블록을 깨기 시작하면 언제나 벌떼같이 사람이 모여들었다. 아이들은 눈을 동그랗게 뜨고 감탄의 신음을 흘렸다. 나는 그런 형이 너무 자랑스러웠다.

"보라고, 원. 돈이란 말이야, 있는 놈이 내는 거야." 친구들이 과자를 사주면 모는 곧잘 내게 그렇게 말했다. "쪼잔한 얘기는 하면 안 돼. 그게 남자들이 어울리는 방식이야."

고등학교 때는 왕씨야판이라는 여자친구가 있었다. 주근깨가 가득한 얼굴이 인상적이었는데 그녀의 집은 화시지에서 뱀집을 했다. 그래선지 그녀는 언제나 맨손으로 뚝딱 독사를 잡았다.

한번, 모와 그녀가 키스하는 걸 본 적 있다. 모가 군대에 가기 조금 전으로 집에는 아무도 없었다. 노크도 없이 모의 방에 들어가자 둘은 꼭 껴안고 있었다.

"젠장! 노크 정도는 해라. 죽는다!"

나는 서둘러 문을 닫았다. 가슴이 두근거렸다. 봐선 안 될 것을 보고 말았다는 것은 알았지만 왜 그런지는 도통 알 수 없었다. 잠시 후 모의 방에서 기타 뜯는 소리가 들려왔다.

나는 그때의 기타를 들고 줄을 튕겨봤다. 느릿한 소리가 빈 집에 울렸다.

먼지가 쌓이지 않도록 부모님은 모의 방에 하얀 시트를 덮고 미국으로 출발했다. 그 탓인지 그 방까지 죽은 것 같았다.

주위를 둘러보니 벽 거울 속에 퉁퉁 부어오른 얼굴을 한 내가 있었다. 한쪽 눈이 시커멓고 왼쪽 귓불 아래가 찢어져 있었다. 책상을 덮고 있던 시트를 확 잡아당겼다. 탁상 등과 책 몇 권이 놓여 있었고 그밖에는 모의 라디오카세트가 있었다. 별생각 없이 나는 재생 버튼을 눌렀다. 그러자 그날, 왕씨야판과 키스했던 날에 모가 연주했던 곡이 흘러나왔다.

모와 왕씨야판은 마당 앞에서도 끌어안고 있었다. 나는 내 방 창문으로 둘을 몰래 바라봤다. 마당의 월계수가 저녁노을에 붉게 물들어 있었고, 아주 작은 박쥐가 날아다녔다. 나뭇가지가 연인들 위에서 바람에 흔들리고 있었다. 모가 뭐라고 말했다. 왕씨야판은 우는 것 같았다. 병역 중에 남녀의 마음이 멀어지는 일은 흔했다. 때로는 칼부림이 일어나는 일도 있었다.

라디오카세트에서 흘러나오는 조용한 노래를 들으면서 모가 그녀의 어깨를 안고 마당에서 나간 후 몰래 이 방에 숨어들었던 것을 떠올렸다. 침대 위에 기타가 던져져 있었다. 그때도 나는 이렇게 기타를 안고 거울 앞에 서 있었다. 여자도 기타도 잘 모르겠으나 어른이 되려면 둘 다 피할 수 없는 길이라는 생각이 들었다. 잠시 후 돌아온 모는 조금 슬퍼 보였다.

"어차피 헤어질 거라면 빠른 게 낫지."

나는 어안이 벙벙했다.

"인생이나 여자는 같아." 형은 내 머리를 헝클었다. "둘 다 너는 아직 모르겠지?"

지금이라면 조금은 안다. 아마도 모는 인간이라는 존재의 변화무쌍함을 알고 있었던 것 같다. 모의 장례식에서 왕씨아판은 울었으나 시신의 화장이 시작되자 공중전화로 달려가 에어 서플라이 공연 표를 놓고 누군가를 졸라댔다. 꼭 구해야 해. 그녀는 수화기에 대고 침을 튀겼다. 첫 대만 공연이라고. 그러고는 또 복잡한 얼굴로 모가 뼈가 되어 나오기를 우리와 기다렸다.

"어쨌든." 모가 말했다. "이별을 안타까워하지 않는 게 중요해."

하지만 나는 모와의 이별이 괴로웠다. 아버지와 어머니가 내 마음을 과소평가하는 게 괴로웠다. 사랑받는다는 것은 알지만 그 사랑이 턱없이 부족했다. 거울 속의 부어오른 얼굴이 엉망으로 일그러졌다. 콧속이 찡하고 눈이 뜨거워졌다. 만약 마당 앞에서 소리가 들리지 않았다면 엉엉 울었을지도 모른다.

기타를 놓고 창문을 여니 월계수 옆에 낯익은 그림자가 서 있었다.

"여기 있을 것 같더라."

미지근한 공기가 살짝 움직였다.

"제이 녀석이 그렇게 터무니없이 굴지 몰랐어. 내가 없었으면 큰일 났을 거야."

나는 침묵을 지켰다.

"자, 돌아가자."

"형을 생각하고 있었어."

아강이 눈을 내리깔았다. 머리 위에 모기떼가 날고 있었다. 기름처럼 어디 부여잡을 곳 없는 침묵이 흘렀다.

"형이 있던 부대의 닭장을 들개가 덮친 적이 있었어."

왜 그런 말을 했는지 나도 모른다. 싸움에 져서 뿔이 났던 것은 인정하는데 아강에게 그걸 알리고 싶지 않았다. 자신이 놓인 비참한 상황에서 적어도 싸움 부분이라도 빼고 싶었을지 모른다.

"닭을 한 마리도 남기지 않고 먹어치웠대." 방충망 너머로 이야기를 계속했다. "현장을 조사한 형은 도착하자마자 이상하다고 여겼어. 들개의 소행으로 보기에는 우선 닭장의 철조망이 찢어져 있지 않았어. 땅을 파고 침입한 흔적도 없었고 개 발자국도 없었어. 게다가 만약 개의 소행이라면 피가 뿌려졌거나 깃털이 뽑혀 있었겠지? 닭이 스물에서 서른 마리나 있었다는데 싸운 흔적도 없었어. 그래서……."

"돈을 훔친 사람은 역시 다다였어."

"……."

"집에 돌아와 추궁했더니 털어놓더라. 그 녀석, 바로 들통날 거짓말을 하다니."

"어디다 썼대?"

"초등학생이 쓸 법한 데. 과자나 좋은 냄새가 나는 연필."

"다다를 너무 혼내지 마. 악의가 있었던 건 아니니까."

"어차피 늦었어. 아버지가 허리띠로 흠씬 팼어."

"그랬구나."

"말해두겠는데 너는 이 일은 모르는 것으로 해. 돌아가도 모른 척해."

"알았어."

"그래서?" 아강이 말했다. "닭은 누가 먹었는데?"

"아아…… 그래서 며칠 뒤 밤이었어." 나는 남은 이야기를 시작했다. "잠자던 형은 이상한 소리에 깼어. 막사를 가득 채우고 있어야 할 코 고는 소리와 이 가는 소리도 잦아들어 있었지. 이상해서 일어났더니 침침한 상야등에 비친 사람 그림자가 눈에 들어왔어. 그림자는 침대 사이로 천천히 이쪽을 향해 걸어왔어. 걷는다고 해도 발은 거의 움직이지 않아서, 마치 밀차 위에 서 있고 누군가가 그 밀차를 미는 것 같았다고 했어. 이름은 까먹었는데 형은 그가 같은 소대원인 걸 알았지. 이름을 불러도 답은 없었어. 그 녀석은 형에게 눈길도 주지 않고 미끄러지듯 총기 거치대 뒤로 돌아갔어. 발밑에는 불길한 안개가 깔려 있었는데, 정말 그랬는지 형의 착각이었는지는 몰라. 어쨌든 상관에게 들키면 연대책임을 물을 테니까 형은 침대를 나와 그 녀석을 쫓았어. 목소리를 낮춰 날카롭게 계속 이름을 불렀지. 평소 같았으면 얕은 잠을 자던 녀석들이 신경질을 냈을 텐데 막사는 기분 나쁠 정도로 조용했대. 그때 뭔가가 훌쩍 형의 얼굴에 덮였어."

"뭐였는데? 뭐가 얼굴을 덮었는데?"

"손으로 털어냈더니 하얀 깃털이 바닥에 떨어졌지. 형은 응시했어. 뭐라고 생각해? 닭털이었어!"

아강은 꿀꺽 침을 삼켰다.

"잔혹한 그림이 형의 눈에 들어왔어. 피범벅이 된 닭장. 닭들을 먹은 것은 들개가 아니라 그 녀석 아니겠어?"

"잠깐만! 닭장에는 싸운 흔적이 없었잖아?"

"야, 더 듣기 싫어?"

"미안. 계속해."

"그 녀석을 쫓아 밖으로 나오자마자 현기증이 찾아왔어. 시공 감각이 뒤틀렸다고 해야 하나. 소리를 내지 않도록 조심하면서도 형은 재빨리 막사를 뛰쳐나왔어. 그런데 그 녀석은 천천히 걸었지. 하지만 막사 출입구에서 형이 본 것은 저 멀리 가는 그 녀석의 등이었지. 영화로 치자면 마치 필름 일부를 잘라낸 다음 이어놓은 것 같은 느낌이었어. 눈 깜빡하는 사이에 녀석은 시간과 공간을 넘어 다음 장면에 있었던 거야. 아무래도 주둔지 밖으로 나가려는 것 같았지. 하지만 초소에는 불침번이 지키고 있으니까 들키면 사살될지도 몰라."

아강의 눈이 점점 커졌다.

"녀석은 몸을 숙이지도 않고 그대로 초소를 지나갔어. 소리 하나 없이. 귀뚜라미 소리조차 멈추지 않았어. 불침번을 서던 병사는 밀랍인형처럼 꼼짝도 하지 않았고. 녀석은 캄캄한 어둠 속으로 걸어 사라졌고 그대로 다시는 부대로 돌아오지 않았대."

"그래서?"

"그게 다야."

"그게 뭐야? 탈영병 얘기야?"

"불가사의한 이야기지."

"자, 돌아가자." 아강이 말했다. "배가 너무 고파서 너를 또 두 들겨 패고 싶어."

결단코 싸움과는 관계없는 이야기를 했다. 핵심은 전했다. 그런 싸움은 전혀 중요한 게 아니다, 조금도 신경 쓸 필요가 없다는 점을. 그 증거로 아강은 싸움 이야기를 다시 하지 않았고 다들 얼굴이 왜 그러냐고 물었을 때도 녀석은 내가 제이와 싸웠다고만 밝히고 시어머니에게 혼난 며느리처럼 자기 집에 가서 훌쩍거리고 있었다는 말은 꺼내지 않았다. 그게 가장 중요했으므로 다른 것은 아무래도 상관없었다. 가게 손님들은 나의 남자다움을 칭찬했으나 다다만은 울어서 부은 눈으로 한없이 나를 노려봤다.

국수를 나르던 아훙 아저씨가 동작을 멈추고 무슨 신기한 동물이라도 보듯 나와 아강을 번갈아 쳐다봤다. 김이 오르는 그릇을 든 채 아무 말도 하지 않았다. 누군가가 국수를 주문하자 "우리 집 국수는 맛이 없으니까 먹지 마"라고 일축했다.

"싸웠니?"

우리가 말없이 서 있자 아홍 아저씨는 더 묻지 않고 주방으로 들어가버렸다.

"자 빨리, 밥 먹기 전에 씻고 와!" 아강의 어머니가 폭죽이 터진 것처럼 손바닥을 쳐댔다. "정말 돼지처럼 더럽네!"

아강 집의 작은 욕실은 거의 창고처럼 되어버려서 우리는 주방에서 발가벗고 뒷마당으로 나갔다. 주방에서는 아홍 아저씨가 넋을 놓고 담배를 피우고 있었다.

말이 뒷마당지, 물결 모양의 함석판을 세워 거리와 구분하고 잡동사니를 놓아둔 곳이었다. 녹슨 자전거가 함석판에 세워져 있었고 아강처럼 뚱뚱한 쥐가 쥐덫에 걸려 있었다. 우리는 고무호스로 서로에게 물을 뿌리고 조각 비누를 교대로 쓰면서 머리부터 발톱 끝까지 거품을 냈다.

"제이 녀석은 완전히 망가졌어." 회색 거품으로 얼굴을 쓱쓱 문지르면서 아강이 말했다. "대만인 아버지에게 매일 얻어맞는대."

그 무렵 대만과 중국은 교전 상태라 1949년부터 계속 계엄령이 내려져 있었다. 그래도 진심으로 돌아갈 마음이 있으면 중국으로 못 가는 것도 아니었다. 대만해협을 헤엄쳐 건넌 사람도 있을 정도였다. 제이의 아버지인 타오 씨로 말하자면, 장사를 구실로 홍콩으로 건너간 후 그대로 무소식이었다. 타오 씨가 그대로 중국으로 돌아갔는지, 진상은 아무도 몰랐다. 광저우지에서는 그랬을 거라는 이야기가 떠돌았다. 그도 그럴 것이 타오 씨는 가족을 대륙에 두고 왔기 때문이다. 그런 사람은 아무리 대만에서 새 가정을 꾸려도 그쪽에 대한 마음을 품고 있으며, 아마도 그 마음이 자석처럼 몸을 끌어당겼을 거라고 했다.

타오 씨가 대만의 가족을 버리고 사라진 뒤 제이의 어머니는 대만인과 재혼했다. 제이의 어머니도 대만인이었지만 외지인 자녀를 낳은 탓에 지역에서 옹색한 처지였다고 한다. 새아버지는 선 씨로 주사위처럼 속을 알 수 없는 사람이었다. 그래서 우리가 초등학교 3학년 때 제이는 타오지에썬에서 선지에썬으로 이름이 바뀌었다.

"제이의 새아버지는 뭘 해?"

"녀석을 때리거나 술 마시고 도박하는 걸 제외하면 아무것도 안 해."

"그럼 뭐 해 먹고 살아?"

내 질문에 답하기 전에 아강이 슬쩍 고무호스를 뒤로 돌려 세차게 내뿜고 있는 물줄기를 뒷마당으로 이어진 문에 뿌리자 그 뒤에 숨어 있던 다다가 거품을 물며 도망쳤다.

"다음에 또 몰래 듣다가 들키면 가만 안 둔다!" 아강은 동생에게 한바탕 호통을 치고 이야기를 다시 시작했다. "할아버지가 포대극 인형사야."

"할아버지가 포대극으로 일가를 먹여 살려?"

"녀석도 쉬는 날에는 돕지."

우리는 잠자코 몸을 씻었다.

"또 왔나 봐."

그 말대로 문 뒤에서 인기척이 느껴졌다. 그러나 다다가 아니었다.

"아직도 씻냐?" 담배를 문 아홍 아저씨가 다가와 고무호스로 우리에게 물을 착착 뿌렸다. "빨리해. 밥이 식는다. 데이트 준비하는 여자애들도 아니고."

나와 아강은 깔깔대고 웃으면서 물보라를 일으키며 뛰어다녔다.

이렇게 열세 살 우리의 품위는 그런대로 유지되고 있었다.

4.

국제전화가 걸려온 것은 5월이 끝나갈 무렵의 목요일이었다.

가게가 한창 바쁜 시간대라 전화를 받은 아홍 아저씨가 목소리를 높일 수밖에 없었다.

"아! 스팅이야? 그쪽은 어때?"

마침 국수를 나르고 있던 나는 깜빡 그릇을 놓쳐 떨어뜨리고 말았다. 슬로모션처럼 낙하하는 그릇이 콘크리트 바닥에 닿는 순간, 멈춰 있던 시간이 확 덮쳐왔다. 느닷없이 폭발한 소고기 국수에 손님들은 흠칫 몸을 굳히고 불안하게 자신들의 국수를 급히 먹었다.

"아니, 아무것도 아니야……." 아홍 아저씨는 내게 고개를 끄덕이며 수화기를 다시 잡았다. "아, 여기 있어."

"……."

"그런 건 걱정하지 마."

"……."

"원은 우리 아들이나 마찬가지야."

안에서 설거지하던 아강이 뛰쳐나왔다.

"그보다 제수씨는 어때?"

"……"

"응, 응…… 그래."

단숨에 상황을 이해한 아강은 아무 말 없이 깨진 그릇과 국수를 치우기 시작했다.

"아니야, 우리는 전혀 신경 쓰지 말라고."

"……"

"아, 여기는 지금 오후 7시 15분이야. 그쪽은 아침이지?"

국자를 든 아강의 어머니가 내 어깨를 감쌌다.

"응, 응…… 아, 잘 지내."

"……"

"잠깐만, 바로 바꿀게."

나는 내게 내민 수화기와 걱정하는 아홍 아저씨의 얼굴을 번갈아 봤다. 아니, 뭘 어떻게 해야 할지 알 수 없었다.

"자, 원." 아강의 어머니가 등을 밀었다. "국제전화는 비싸단다."

나는 아주머니를 바라봤다. 가게 안의 시선을 한 몸에 받으며 수화기를 들었다.

"여보세요……"

"원."

"아버지……?" 입안이 바싹바싹 타들어갔다. "지금 어디야?"

"이모네 집이야." 이모는 어머니의 둘째 언니로 시카고에 살고 있었다. "미안하구나. 한동안 연락하지 못해서."

"언제 와?"

"그게……." 아버지의 목소리가 끊어진 것은 수신 상태가 나빠서만은 아니었다. "어머니…… 아무래도 조금 걸릴 것 같구나."

"……."

"원, 듣고 있니?"

"응……."

"어머니는 말이야, 디프레션(depression)…… 우울증 진단을 받았어."

"우울증……?"

"기분이 우울해져 의욕이 전혀 생기지 않는 병이야."

"많이 안 좋아?"

"너무 걱정하지 않아도 돼." 아버지가 밝게 말했다. "약도 먹고 있어서 조금씩 좋아지고 있어."

"죽을병은 아니지?"

"그렇지 않아."

"정말?"

"그래."

"그래……."

"그래서 말이야, 원……."

아버지가 말을 고르고 있다는 것을 알았기에 나는 그동안 각오해야만 했다.

"그래서 말인데 윈, 조금 더 아홍의 집에 있으면 안 될까?"

"알았어." 나로서는 아이인 척하는 수밖에 없었다. "대신 올 때 선물 많이 사와."

"아, 아! 물론이지. 뭘 가지고 싶니, 윈?"

"만화."

"만화…… 코믹북(comic books)?"

"응."

"알았다. 잔뜩 사 갈게. 어머니는 자고 있어서……."

"괜찮아. 어머니가 일어나면 나는 아홍 아저씨 집에서 잘 지낸다고 전해줘."

수화기를 제자리에 놓고 둘러보니 나를 둘러싼 모든 것이 정말 진저리가 날 정도로 그대로였다. 아강은 이미 안으로 들어가 버렸다. 손님이 국수를 먹는 테이블에서 다다는 코를 후비면서 TV를 보고 있었다. 덜거덕거리는 선풍기가 고생스럽게 고개를 돌리고 있고 바람이 불 때마다 기름 연기에 미끈미끈한 파리 끈끈이가 펄럭였다. 아강의 어머니는 포장 손님의 냄비에 국물을 부어주면서 잡담을 하고 있었다.

잠시 기다렸는데도 지구가 멸망하지 않아 밖으로 나왔다. 용수나무 밑에 누군가 먹다 버린 음식 찌꺼기가 남아 있었다.

길가에 쭈그리고 앉아 만화를 생각하려고 했다. 전혀 생각대로 되지 않았다. 형의 원수를 모두 죽인 다음 우울증에 걸린 어머니를 돌봐야 하는 콜드 스타를 상상할 수 없었다. 목숨을 구걸하는 적을 무자비하게 살해한 다음 집으로 돌아가 어머니에게 약과 죽을 먹이고 관장해야 하는 안티히어로라니.

"윈, 괜찮아?"

나는 내내 고개를 숙이고 있었다.

"자, 그렇게 되었으니……" 아훙 아저씨가 내 어깨를 안고 흔들었다. "우리 집에 좀 더 있어라."

"아저씨."

"잠깐만!" 아훙 아저씨는 돌아보지도 않고 경고했다. 뒤에도 눈이 달린 것 같았다. "다다, 형이 늘 몰래 듣지 말라고 말하지 않았니?"

창문 옆에 몸을 숨기고 있던 다다가 후다닥 도망쳤다.

"무슨 말을 하려고 했니, 윈?"

"아저씨는 아강과 다다 중 누가 더 좋아요?"

"윈……."

"만약 아강이 누군가에게 살해되면 다다는 어떻게 돼도 괜찮아요?"

"아버지는 너를 어떻게 돼도 괜찮다고 생각하지 않는단다."

"그렇겠죠."

나와 아훙 아저씨는 한동안 그렇게 서 있었다. 가게에서 나온 택시 운전사가 자기 차를 타고 느릿느릿 사라졌다. 그 후 아훙 아저씨가 말했다.

보제본무수명경역비대(菩提本無樹 明鏡亦非臺)

본래무일물하처유진애(本來無一物 何處有塵埃)

"후이넝이라는 선승의 말이야. 그는 원래 땔나무를 팔아 살았단다. 물론 후이넝이라는 멋진 이름 같은 것도 없었지. 아홍이나 아강 같은, 뭐라고 불러도 괜찮을 이름이었을 거야. 그러던 어느 날, 후이넝은 마음을 먹고 홍런이라는 위대한 스님을 찾아가 제자가 되었어. 왜 갑자기 그런 생각을 했는지는 모르겠는데 아무래도 어떤 힘든 일이 있었겠지. 후이넝은 선승이 되려고 했어. 하지만 글을 읽지 못하니 잡일을 맡았지. 절구로 쌀을 빻았지. 원, 선종이라고 아니? 이 세상은 공허하다고 생각하는 거지. 어쨌든 어느 날, 홍런이 제자 700명에게 수행으로 깨달은 것을 적으라고 했어. 선씨우라는 수제자가 있었는데 의기양양하게 벽에 이렇게 적었단다.

신시보제수(身是菩提樹) 심여명경대(心如明鏡臺)

시시근불식(時時勤拂拭) 물사야진애(勿使惹塵埃)

"무슨 뜻이에요?"

"몸은 보리수이고 마음은 맑은 거울이로다. 더러워지지 않도록 부지런히 닦아야 한다는 뜻이야. 그것을 본 홍런이 고개를 끄덕이며 다른 제자들에게 선씨우를 따라 수행에 힘쓰라고 했지."

나는 아홍 아저씨를 봤다.

"후이닝은 글을 모르니까 다른 수행승들을 붙잡고 벽에 적힌 글을 읽게 했지. 가만히 이야기를 들은 다음 후이닝은 그 수행승에게 부탁해 벽에 글을 적게 했어."

"그게 조금 전 글인가요?"

"그래." 아홍 아저씨는 담배를 물고 불을 붙였다. "보리(번뇌를 끊고 진리를 깨달은 뒤에 얻은 경지)는 본래 나무가 아니고 맑은 거울 역시 대(臺)가 아니니, 본래 물건인 것이 하나도 없다. 이 세상은 원래 아무것도 없으니 어찌 더러워질까. 홍런은 그것을 보고 미소를 지었지. 그리고 잡일이나 하는 이 사람을 자신의 후계자로 삼았단다."

"정말이요?"

"글쎄다."

"……"

"이 세상이 정말 허무하고 아무것도 없는지는 잘 모르겠구나." 아홍 아저씨는 담배를 피우고 완벽하게 동그란 연기를 내뱉었다. "뭐, 그래도 가끔 그렇게 생각하면 재밌지."

마음에 남는다는 의미에서는 입에서 나온 위로의 말과 똑같이 그때의 평범한 정경도 기억에 새겨졌다. 용수나무 밑에 버려진 음식물 찌꺼기, 멀어져가는 자동차의 후미등, 소고기국숫집에서 흘러나오는 TV 소리, 아홍 아저씨의 동그란 담배 연기. 세상에는 아무것도 없다. 동그랗게 떠오른 담배 연기가 사라질 때마다 어쩐지 그런 느낌이 들었다.

6월 들어 완벽하게 무더운 여름이 되었다.

걱정은 그대로였으나 나는 아강, 제이와 온종일 붙어 다녔다. 나와 제이는 화해했다. 제이에게 그 정도 싸움은 슬쩍 어깨가 부딪친 정도라 미안했어, 됐어 정도로 끝나는 이야기였다. 그보다는 그렇게 끝내주는 스스럼없는 태도가 제이에게는 있었다.

우리는 남자답게 이 일을 흘려보내고 대만인처럼 족발국수를 먹었다. 장사에 실패했거나 시험에서 떨어지거나 교도소에서 나왔거나, 어쨌든 안 좋은 일이 있으면 대만인은 늘 이걸 먹고 액땜한다. 물론 돈은 아강이 냈다. 아니면 누가 내겠는가? 조금은 나를 다시 봤는지 제이는 자기 족발을 통째로 내게 줬다.

제이와 있으면 형이 했던 말을 조금 이해할 수 있을 것만 같았다. 쪼잔한 얘기는 하면 안 돼. 그게 남자들이 어울리는 방법이야. 일단 사이가 풀어지자 제이는 유감없이 대륙의 기질을 발휘했다. 그러니까 친구의 친구는 모두 친구, 친구의 적은 모두 적이라는 게 우리의 규칙이 되었다.

이런 일이 있었다.

6월이 되자마자 돌아온 토요일이었다. 우리는 할 일도 없이 편의점 앞에 죽치고 있었는데 뚱보가 오렌지색 스포츠카를 타고 왔다. 광저우지에서 모르는 사람이 없는 파이어버드였다. 게다가 뚱보는 새하얀 막대기가 나란히 있는 아디다스를 온몸

에 두르고 있었다. 얼굴을 반쯤 가린 선글라스를 쓰고 차에서
내리자마자 사이드미러를 들여다보며 쓱쓱 빗질했다. 이 동네
여자애들은 뚱보가 나타나면 바로 숨거나 도망치라는 교육을
받았기 때문에 마법처럼 거리에서 여자들이 사라졌다. 아강이
혀를 찼다. 쳇, 하필 뚱보야. 그 소리를 귀 밝은 뚱보가 듣고 말
았다.

"뭐?" 뚱보가 험악한 얼굴로 돌아봤다. "지금 누가 말했어?"

우리는 시선을 피했다.

"아강, 너냐?" 뚱보가 씩씩거리며 성큼성큼 다가왔다. "어느
입에서 나온 거야? 너 같은 돼지에게 뚱보 소리를 들을 이유는
없는데. 뭐, 됐다. 꼬맹이를 괴롭혀서 뭐 하겠냐. 그보다 무일푼
인 아버지와 요염한 어머니는 잘 계시냐?"

뚱보가 양손으로 자기 가슴을 추어올리는 시늉을 하자 아강
이 다시 혀를 찼다.

"아니, 건방지게 혀나 차대고." 뚱보가 머리 위의 모기떼를 쫓
으며 끈질기게 시비를 걸어왔다. "너희 어머니는 옛날에 술집
여자였어. 알아? 남자와 술을 마시며 돈을 받았다고. 돈에 따라
서는 다른 일도 했겠지. 그러더니 아홍같이 한심한 놈한테 붙었
네. 아홍은 옛날 그 여자에게 엄청 갖다 바쳤으니까……. 너도
벌써 중학생이니까 그 정도 의미는 알겠지?"

나와 제이는 당황하고 말았다. 두 주먹을 꼭 움켜쥔 아강의
뺨에 분에 겨운 눈물이 흘러내렸기 때문이다.

비열한 웃음을 남기고 편의점으로 들어가는 뚱보를 나는 노려봤다. 어른이 되면 저런 녀석을 절대 용서하지 않겠다고 생각하면서도 그저 노려보는 일밖에 할 수 없었다.

하지만 제이는 어른이 될 때까지 기다리지 않았다. 마침 그곳에 도착한 음식물쓰레기를 모은 자전거에 달린 짐차에 돌진하더니 쿵 하고 짐칸에 뛰어 올라갔다. 어안이 벙벙해진 나와 아강의 눈앞에서 녀석은 더러운 음식물쓰레기통을 안아 올렸다. 음식물쓰레기를 모으는 남자가 뭐라고 호통을 치자 제이도 대만어로 같이 소리쳤다. 짐칸에서 뛰어내린 제이는 넘친 음식물쓰레기에 푹 젖어 있었다.

뚱보는 편의점에서 산 담배를 물고 불을 붙이면서 나오던 참이었다. 지독한 냄새를 맡았는지 얼굴을 찡그렸는데 냄새가 나는 것은 제이였다. 나와 아강조차 코를 막았을 정도로 지독한 냄새였다. 음식물쓰레기통을 가지고 돌진해오는 제이를 본 뚱보의 입에서 담배가 떨어졌다.

"이 자식아!" 제이는 울부짖으며 음식물쓰레기통을 힘껏 파이어버드에 내던졌다. "어리다고 얕잡아 봤지, 이 새끼야!"

비명을 지른 뚱보가 양손으로 머리를 감쌌다.

"도망쳐!" 음식물쓰레기통을 내던진 제이는 웃으면서 우리에게 소리쳤다. "빨리 와!"

나와 아강도 서둘러 달리기 시작했다.

"제, 제기랄! 무슨 짓이야, 이 애새끼들이! 아…… 젠장, 제기랄! 기억하겠어, 죽여버리겠어! 내가 죽여버릴 거야!"

"해볼 테면 해봐!" 제이가 어깨 너머로 고함을 질렀다. "덤비라고!"

우리는 미친 듯이 웃으며 대로와 골목을 질주했다. 정신을 차렸을 때는 뒷문을 통해 식물원으로 도망치고 있었다. 뚱보는 쫓아오지 않았다. 그런데도 아드레날린이 뿜어져 나온 몸은 멈출 수 없었다. 제이가 뿌리는 악취에 행인들이 전율하며 길을 터주었다.

연못에 마침 연꽃이 피어 있었다. 올해는 무척 더울 거라고 했으니까 아주 선명한 복숭아색 꽃이 필 것이다.

5.

여름방학이 시작되기 직전 일요일, 나와 아강 형제는 디화지에에 있는 쌰하이청황묘에 갔다. 일요일은 국숫집이 쉬었고 제이의 할아버지가 인형극을 했다. 우리는 중화루에서 버스를 타고 난징시루에서 내려 황묘까지 걸었다.

디화지에는 단수이 강가의 도매상 거리로, 옛날에는 차의 집산지였다. 정크가 실어온 각지의 찻잎이 벽돌 창고에 보관되었다가 팔려나갔다. 일본통치시대(청일전쟁에 따른 할양부터 2차 세계대전 종전까지의 약 50년)부터는 차만이 아니라 잡화와 옷감, 말린 식료품 등을 파는 가게들이 즐비했다. 일본인은 청나라 시대의 좁은 길을 넓히고 로터리를 조성했다. 옌핑베이루는 예전에는 타이핑땅 거리라고 불렸으며 역시 일본인이 길을 만들었다고 아버지가 말했다. 원, 잘 들어라, 일본인은 대만에 시장과 학교, 경찰서를 지었단다.

아마도 아버지는 내게 모든 일에는 양면성이 있다는 사실을 알려주고 싶었을 것이다. 그것은 우리처럼 대만에 나중에 온 외지인들은 보통 일본인에 대해 그다지 좋은 인상이 없었기 때문이다. 대륙에서 항일전쟁을 거쳐온 사람들이 적지 않았으니 어쩔 수 없는 노릇이다. 할아버지는 돌아가실 때까지 일본인을 싫어했다.

하지만 대만인들은 그렇지 않았다. 1945년에 일본인이 태평양전쟁에 패배해 대만을 떠난 뒤 그들은 우리 외지인을 환영했다. 뭐니 뭐니 해도 같은 중국인이니 일본인보다는 말이 통하겠지. 그런데 장제스는 대만인을 잔인하게 탄압했다. 1947년에 일어난 2.28 사건에서 국민당이 한 짓에 분개한 대만인이 아무에게나 대만어와 일본어로 말을 걸고 일어로 바로 대답하지 못하는 사람들을 때리고 발로 찼다. 모두 '기미가요'를 부른 탓에 반 국민당 항의 데모에서는 일본 국가가 불리었다.

국민당도 가만히 있지는 않았다. 아니, 자동소총과 기관총을 가지고 있었으니 국민당의 질이 더 나빴다. 일어 교육을 받은 엘리트들을 체포해 고문했고 계속 살해했다. 북경어를 제대로 쓰지 못하면 바늘로 손을 찌르고 꽁꽁 묶어 바다에 던졌다. 2.28의 발단은 담배를 팔던 대만인 여성에 대한 관헌의 폭행이었는데, 결과적으로 2만 명 이상의 대만인이 살해되었다. 대만인이 일본통치시대를 그리워하는 것은 그런 이유에서였다. 국민당에 너무 실망했던 탓이다.

무척 더운 여름날이라 우리는 치로우(2층 부분이 길로 튀어나

온 건물, 베란다) 밑을 걸었다. 치로우 밑은 어두워서 건물들 사이의 햇살이 더 눈부셨다. 하늘에는 구름 한 점 없었고 단수이강에서는 뜨거운 바람이 불어왔다. 온 세상이 땀을 흘리고 있었다.

성황묘에서 모시는 성황신은 저세상 법을 지키는 인물이다. 살았을 때 공평무사했던 사람이 죽어서 성황신이 된다. 공무원 같은 사람이 임지에 오면 인사하러 오는 사당이었다. 제이의 할아버지는 이날, 입신출세의 소원을 성취한 사람의 의뢰로 인형극을 봉헌했다.

롱러시장을 지나쳐 디화지에와 용창지에가 만나는 근처인 목적지에 도착한 우리는 제이를 찾았다. 굳이 찾을 필요도 없었다. 무엇보다 작은 사당이었고 분향 화로 안쪽에 사람들이 모여 있었다. 바로 그 옆에는 이미 인형극 무대가 설치되어 있었다. 한 사람이 겨우 들어갈 수 있을 정도의 무대에는 반짝이는 새틴 천이 덮여 있었고 위에는 널빤지로 만든 화려한 사당이 놓였다.

"포대극은 신에게 보여주기 위한 거야." 다다가 거드름을 피우며 말했다. "아버지는 어릴 때부터 늘 봤대."

"바보냐?" 아강이 동생의 머리를 탁 내려쳤다. "당연히 허풍이지."

"아파!" 다다가 머리를 문지르면서 분해하며 내뱉었다. "왜 허풍이라는 거야?"

"아버지는 후난성 출신인데 포대극은 푸젠성 거니까. 어릴 때부터 어떻게 보냐?"

"후난에도 있었을지 모르지! 포대극에 대해 엄청 많이 알고 있었다고."

"아버지는 뭐든 알지." 아강이 한심하다는 듯 말했다. "모르는 것도 안다고 하는 사람이야."

참배객 어깨 너머로 제이가 보였다.

인파를 헤치고 말을 걸면서 다가가는 우리를 그는 전혀 알아차리지 못했다. 솟아오르는 향 연기 너머에서 물끄러미 땅만 바라보고 있었다.

"어이, 제이. 왜 그래? 무슨 일 있……."

아강이 말을 삼켰다. 나와 다다도 마찬가지였다. 제이는 멍하니 우리를 둘러보더니 다시 쓰러진 노인에게 시선을 돌리고 갈라진 목소리를 쥐어 짜냈다.

"할아버지가, 할아버지가……."

"이봐, 왜 그러니?" 마르고 낯빛이 좋지 않은 남자가 제이 주변을 빙빙 돌았다. "이래서는 성황신에게 포대극을 보여드릴 수 없잖아! 나는 약속했다고. 승진하면 대만 최고의 포대극을 보여드리겠다고!"

"이봐요!" 아강이 남자에게 달려들었다. "그럴 상황이 아니잖아요! 사람이 쓰러진 게 안 보여!!"

"구급차를 불렀어?" 나는 제이의 어깨를 흔들었다. "제이, 구급차는?"

완전히 넋을 놓은 그에게 물어봤자 허사였다.

나는 사당을 뛰쳐나와 공중전화를 찾았다. 구급차를 부르고 돌아오자 인파 속에서 아강과 포대극 주최자가 서로 고함을 지르고 있었다. 다다도 형에 가세해 알고 있는 모든 험한 말을 쏟아냈다.

"제이!" 우두커니 서 있는 제이에게 소리를 질렀다. "할아버지는 어때?"

무슨 말을 들었는지 전혀 이해할 수 없다는 듯 녀석은 눈만 껌뻑거렸다.

할아버지를 내려다보니 얼굴이 석류처럼 벌겠다. 주름 속까지 빨겠다. 심장 발작이나 뇌경색의 가능성은 조금도 생각하지 못했다. 더위 속에 사람이 쓰러졌으니 일사병이라고만 생각했다. 나는 아직 열셋에 불과했다. 그러므로 사당 문 앞에 아이위빙(아이위라는 식물로 만든 젤리 상태의 디저트, 레몬 맛이 남) 노점을 발견하고 돌진해 비닐봉지에 얼음을 잔뜩 얻어왔다.

"빨리! 빨리!" 아이위빙을 파는 여성에게 얼음을 빼앗다시피 가져와 학교에서 배운 대로 목덜미와 겨드랑이 아래에 얼음을 쏟았다. "제이, 이쪽으로 와서 할아버지에게 그늘을 만들어드려!"

우리는 입었던 셔츠를 벗어 할아버지에게 그늘을 만들어주고 펄럭펄럭 부채질했다. 그리하여 구급차가 도착할 무렵에는 우리가 일사병으로 쓰러질 판이었다.

"잠깐!" 할아버지를 따라 구급차에 타려는 제이를 주최자 남자가 잡았다. "일단 포대극을 해줘. 그러지 않으면 나는 성황신과 한 약속을 깨는 거야."

제이는 그 팔을 뿌리치고 구급차 안으로 사라졌다.

"그래? 알겠다!" 녀석은 팔을 휘두르며 이마에 핏줄을 세운 채 구경꾼들에게 호소했다. "이런 일이 있을 수 있나? 나는 돈을 냈다고. 신을 함부로 여기는 놈들에게 앞으로 누가 포대극을 부탁하겠어? 만약 내게 불행이 닥치면 전부 이 녀석들 탓이야! 고소할 거야!"

아강의 멱살을 잡으려는 남자를 막듯 내가 아강 앞에 나섰다.

"할게요."

주최자 남자가 눈을 부릅떴다.

"제대로 할 테니까." 내가 그렇게 말하자 무슨 소리냐는 얼굴로 아강이 돌아봤다. "그럼 할 말 없죠?"

"그래?" 남자가 비웃었다. "네가 저 노인네 대신 포대극을 하겠다고? 어떤 극을 할 건데?"

"아! 그건……."

아무 말도 나오지 않았다. 나올 리가 없었다. 너무 화가 난 나머지 될 대로 되라는 심정으로 내뱉은 시비였으니까.

"대만어는 할 수 있니?"

"아니요."

"북경어로 하겠다고? 그게 말이 된다고 생각해?"

"하게 해주세요."

"너 같은 꼬마가 뭘 하겠니? 돌아가 숙제나 해!"

"콜드 스타……."

"뭐?"

"《냉성풍운(冷星風雲)》." 내가 말했다. "《냉성풍운》이란 걸 하겠습니다."

"무슨 소리야?!" 아강이 내 옆구리를 찌르며 말했다. "《냉성풍운》이라는 게 뭐야? 우리가 할 수 있겠어?"

"아니, 할 거야."

"포대극에 대해 아무것도 모르잖아."

"그래도 해."

"너 말이야……."

"제이네 집은 이걸로 먹고살잖아?"

"그야 그렇지만!"

"우리가 안 하면 녀석은 또 아버지에게 얻어맞을지도 몰라." 나는 주최자 남자를 노려봤다. "게다가 지금은 80년대야. 누가 포대극 같은 걸 알겠어?"

너무 놀라 질려버린 아강을 다그쳐 나는 무대 안으로 뛰어들어갔다. 아강의 우는 소리가 더는 들리지 않았다. 제일 콜드 스타처럼 보이는 핸섬한 인형에 손을 넣고 오직 의욕만으로 머리 위로 높이 들어 올렸다. 어디선가 갑자기 나타난 것 같은 영웅의 등장에 여기저기서 박수가 일었다. 이렇게 포대극의 막이

올랐다. 내 머릿속은 새하얘졌다.

"이 녀석의 적을 적당히 준비해줘."

"젠장." 아강이 조그맣게 내뱉었다. "어찌 되든 난 몰라."

"이곳은 네오 타이베이……."

긴장 탓에 목소리가 뒤집히자 관객 속에서 안됐다는 듯 실소가 흘렀다. 새틴 천 틈으로 샌들을 끌며 자리를 뜨는 사람이 보였다. 나는 헛기침을 하고 배에 힘을 준 다음 소리쳤다.

"이곳은 네오 타이베이! 악당에게 형이 살해되자 천애 고아가 된 콜드 스타는 그 가슴에 차가운 복수의 불꽃을 태웠다!"

음악 반주도 없었고 절묘한 대사도 억양도 없었다. 아무것도 몰랐다. 나는 '스니앤바이(四念白, 주요 등장인물을 소개하기 위한 사구로 이루어진 오언 또는 칠언고시)'도 생략하고 바로 본론으로 들어갔다. 그것만으로도 주최자 남자는 머리를 마구 헝클며 비명을 질러댔다.

"이것 봐! 이거 보라고!"

머뭇거릴 여유 같은 건 없었다. 제이의 할아버지가 오늘을 위해 준비했던 인형극이 무엇이든, 나는 나만의 《냉성풍운》을 밀어붙이는 수밖에 없었다. 말할 것도 없이 그것은 내가 밤이면 밤마다 그리던 만화였다.

"으으으으…… 이 자식, 넌 누구냐?" 머리 위에서 인형을 조종하면서 목소리를 짜내어 이야기를 조금씩 이어갔다. "기억하지 못하는 것도 무리는 아니지. 너희가 형을 죽였을 때 나는 아직 어렸으니까."

오른손에 정의를, 왼손에 악을 들고 분투했다. 인형을 바꿔야만 할 때는 무대 뒤에 있던 아강이 슬쩍 도와주었다. 그 덕분에 사실은 남자뿐이었던 원수 중에 위험한 요부가 섞였다. 거짓말이야, 형이 미인계 같은 데 넘어갔을 리가 없어! 오호호, 그건 저세상에 가서 형에게 물어봐. 시간이 흐르는 것도 잊고 날아오는 야유도 듣지 못한 채 땀범벅이 되어 인형을 움직였다. 콜드 스타가 마침내 적의 수괴와 대결할 무렵에는 무아지경에 이르렀다. 아무것도 들리지 않았고 아무것도 보이지 않았다. 들고 있는 인형 두 개만이 세상의 전부였다.

"왜 형을 죽였지?" 콜드 스타가 으르렁대자 리우따오가 비웃었다. "네 형이 어떻게 죽었는지 알려주지. 우리는 네 형을 자루에 넣어 고양이처럼 때려죽였지. 하하하!"

각오해, 리우따오! 내가 널 죽여주지, 콜드 스타! 두 영웅은 격렬하게 부딪치고 튕겨 나가며 여러 합을 겨뤘다. 얽힌 보검과 요도가 불꽃을 튀겼다. 일진일퇴, 그야말로 용호상박이었다. 자웅을 겨룰 순간이 시시각각 다가왔다. 만신창이인 콜드 스타가 리우따오의 허점을 보고 쓱 거리를 좁혔다. 보검이 허공을 가르는 순간 보고 있던 사람들이 헉 숨을 참는 게 느껴졌다. 머, 멋졌어. 콜드 스타……. 털썩 쓰러지기 전에 리우따오는 비틀거리면서 그렇게 말했다. 하지만 이 세상에서 악은 사라지지 않아……. 나 같은 녀석은 끊임없이 나타날 거다.

"그렇다면 내가 끊임없이 악을 베어주지." 나는 사력을 다해 콜드 스타에게 마지막 대사를 내뱉게 했다. "내가 쓰러지더라도 내 뜻을 잇는 사람이 반드시 나타날 거다."

클라이맥스의 징처럼 가슴이 쿵 하고 뛰었다. 뺨을 타고 흐르는 땀 소리까지 들릴 것 같은 정적 속에서 성황신이 하하 크게 웃었다.

우레와 같은 박수갈채로 아주 좁은 사당이 술렁였다.

나는 씩씩댔다. 아강의 커다란 얼굴은 땀과 눈물범벅이었다. 다다가 미친 듯이 손뼉을 치며 무대를 향해 뭐라고 소리쳤다.

"이런 말도 안 되는 포대극은 처음 봐!" 주최자 남자가 화가 난 듯 다가와 나를 꽉 안았다. 《수호전》에도 콜드 스타 같은 사람이 있으면 좋겠네. 무엇보다 마음이야, 마음. 그 마음이 성황신에게 전해지면 그걸로 된 거지. 안 그래, 다들!"

나는 더위와 긴장과 갈등으로 산들바람이 불어온 것만으로도 비틀거렸다.

모두 웃었다.

커다란 석양이 벽돌 창고 너머로 지고 있었다. 성황묘의 관리인과 제이의 할아버지는 서로 잘 아는 사이여서 관리인이 무대 정리를 흔쾌히 맡아줬다. 돌아오기 전에 주최자와 우리는 함께 성황신에게 향을 피우고 삼배의 예와 구배의 예를 올렸다. 사람은 저세상으로 간 후에도 성황신처럼 누군가를 행복하게 해줄 수 있을지 모른다. 향로에 향을 꽂으면서 그런 생각을 했다. 아버지와 어머니도 빨리 그 사실을 깨닫길…….

그 무렵의 대만은 모두 썩었고 모든 곳에 덫이 놓여 있어서 수상한 녀석들이 깔려 있었으나 그래도 잘 찾아보면 아직 기적을 발견할 수 있었다. 다행히 제이의 할아버지는 역시 단순한 일사병이었다.

며칠 뒤, 제이가 가자고 해서 룽산사에 참배하러 갔다.

우리는 관우를 모시는 향로에 향을 올리고 합장했다. 나와 제이, 아강은 각각 유비, 관우, 장비가 된 듯《삼국지》의 도원결의 흉내를 냈다.

"우리 세 사람은 같은 해 같은 달 같은 날에 태어나지는 않았어도 같은 해 같은 달 같은 날에 죽기로 맹세합니다."

의를 맺고 우리는 서로의 얼굴을 보면서 싱글벙글 웃었다. 손가락을 베어 서로의 피를 마시자는 의견도 나왔지만 결국은 흐지부지되었다.

6.

"아이고, 새 치약처럼 아주 좋은 똥이 나왔어."

심신이 후련해진 아홍 아저씨를 밀치듯 아강 형제가 화장실을 먼저 쓰겠다고 나섰다.

"앗! 형, 치사해!"

"시끄러워, 너는 학교에서 싸!"

골육상잔하는 아들들을 의기양양하게 바라보고 흥 코웃음을 치는 아홍 아저씨. 저기, 신문 좀 사 와요. 그리고 아이들 아침밥도 사 오고. 불에 올린 냄비 속을 저으면서 부인이 소리를 쳐댔다. 다다의 샌드위치에 넣을 마요네즈가 없다고요!

아강 집의 아침은 대체로 이런 모습인데 그날 아침은 조금 분위기가 달랐다. 으르렁대는 형제의 얼굴이 밝았다.

연일 맑은 날이 이어져 아침 7시인데도 도로는 아지랑이가 일기 시작했다. 매미에 점령당한 용수나무는 금방이라도 폭발할 것만 같았다. 중화루에서는 버스와 택시가 서로를 방해하고 있었고, 만 대의 스쿠터가 하얀 연기를 내뿜으며 폭주했다. 일가족 네 명을 태운 스쿠터가 유유히 달리고 있었다. 다 같이 죽기 딱 좋은 그림이나, 그런 오토바이가 사고를 당했다는 이야기는 한 번도 듣지 못했다. 악취를 풍기는 뒷골목을 음식물쓰레기를 모으는 차가 망령처럼 돌아다녔다. 배수구의 격자 뚜껑에는 항상 피처럼 붉은 빈랑 열매의 즙이 들러붙어 있었다. 그 아래를 살찐 쥐들이 내달렸다.

천국보다는 지옥에 가까운 대만이 6월 30일부터 훨씬 빛나기 시작했다. 그렇다! 우리는 여름방학을 맞았다.

"이번 여름방학이 끝나면 여러분은 모두 중학교 2학년이 됩니다." 교단을 호랑이처럼 어슬렁거리면서 지앙 선생님이 아이들에게 못을 박았다. "여름방학이라고 정신을 놓지 않도록. 여러분에게 유혹이 많은 위험한 계절임을 명심합시다. 여러분끼리 시먼딩에 가면 안 됩니다. 여름방학에는 전국에서 불량배들이 모여드니까. 얼마 전부터 기괴한 모습을 한 젊은이들이 진을 쳐서 경찰도 단속을 강화했습니다. 알겠습니까? 부디 자신이 남산국중의 학생임을 잊지 말고 자각과 책임감 있게 의미 있는 방학을 보내세요."

이어서 숙제를 내주었다. 프린트를 뒤로 돌리며 우리는 한껏 들떠 있었다. 바로 코앞에 닥친 여름방학에 모두 온몸이 근질근질했다.

"여러분, 문정국중 사건을 알죠?"

교실 공기가 순간 팽팽해졌다. 며칠 전 완화의 문정국중에 이상한 사람이 난입해 중학생 얼굴에 염산을 뿌린 잔혹한 사건이 발생했다.

"범인은 그 자리에서 붙잡혔습니다. 그 남자는 경찰 심문을 받고 자백했는데 중학교면 어디든 상관없었다고 했답니다. 그것은 곧 그 변태가 우리 학교에 올 수도 있었다는 말입니다. 내가 하고 싶은 말은 세상에는 우리가 생각하지도 못한 악이 존재한다는 겁니다. 일단 그 악의 눈에 띄면 우리로서는 어쩔 도리가 없습니다. 우리가 할 수 있는 일은 최대한 악에 다가가지 않는 겁니다. 시엔지에썬! 린리강! 알겠습니까?"

전원이 제이와 아강을 돌아보며 웃었다. 그리고 드디어 기다리고 기다리던 영광의 시간이 다가왔다.

"그럼 여러분, 방학 잘 보내요."

우리는 환호하고 줄이 풀린 개처럼 교실을 뛰쳐나왔다. 먼지를 뒤집어쓴 종려나무가 열풍을 받고 흔들렸다. 다른 반에서도 아이들이 뛰어나왔다. 모두의 얼굴에서 희망이 넘쳤고 눈동자에는 여름빛이 난반사했다. 나와 제이, 아강은 소리를 질러대며 인파를 헤치고 교문을 돌파했다.

"YO!" 아강이 그 거대한 몸으로 문워크를 선보였다. "너희들, 이대로 시먼딩에 갈 거지!"

"YO! YO! YO!" 제이가 복잡한 스텝을 밟으며 응했다. "오늘이야말로 신발을 얻어야지!"

얼마 전 몰래 간 영화관에서 본 〈플래시댄스〉라는 영화에 아강과 제이는 완전히 영혼을 빼앗겼다. 이 영화는 대만의 모든 젊은이의 마음을 빼앗았다. 나처럼 영화를 보지 않은 사람도 마찬가지였다. 지앙 선생님이 말한 '거리에 진을 치고 있는 기괴한 모습의 젊은이들'은 플래시댄스에 열광한 사람들이 틀림없었다.

"어이, 윈. 부탁해." 아강이 내 어깨에 팔을 두르자 제이도 반대쪽에서 팔을 둘렀다. "네가 제대로 해주지 않으면 훔칠 수가 없어."

이전의 나라면, 그러니까 아강의 집에 얹혀살기 전의 나라면 이런 범죄 행위에 가담하는 일은 꿈도 꾸지 않았을 것이다. 친구를 소중하게 여기는 것은 좋지만 한 발 잘못 내디뎠다가는 인생을 망친다는 아버지의 가르침에 100퍼센트 찬성이었다.

"내가 점원의 주의를 끄는 틈에 너희가 신발을 훔친다, 그게 아강의 작전이지?" 내가 말했다. "돼지머리로 생각한 작전이네."

둘은 얼굴을 마주 봤다.

"문제는 사이즈야. 신지도 못하는 신발을 훔쳐봤자 소용없잖아."

"그럼 어떻게 해야 하는데?" 아강이 입술을 내밀자 제이가 말을 이었다. "더 좋은 생각이 있어?"

나는 씩 웃어주었다.

양복점, 구둣가게, 프라모델 전문점, 어묵가게, 시계방, 냉면집, 게임센터, 향수가게, 일본 잡화 전문점이 모여 있는 만년상업대루는 다종다양한 점포들을 마구 담아놓은 복합 상업 시설이었다. 옛날에는 롤러스케이트장과 아이스스케이트장까지 있었다.

우선 화장실에서 옷을 갈아입었다. 가슴에 이름과 학적번호가 새겨진 교복 셔츠로는 아무래도 어려움이 많았다. 그 후 아강과 제이가 미리 점찍어둔 가게를 정찰하며 돌아다녔다.

점찍은 신발이 있는 가게는 2층에 한 집, 3층에 한 집, 4층에 두 집이었다. 도주 경로를 생각하면 2층 가게가 제일 좋은 후보였지만 그곳 점원은 두꺼운 팔뚝에 문신을 한 험상궂은 인상의 젊은이였다. 그 녀석을 곁눈질로 흘끗 보면서 우리는 복잡한 표정으로 에스컬레이터를 타고 위로 올라갔다. 3층 가게는 앞에 구두 상자를 산처럼 쌓아놓고 전시하고 있었다. 안경을 쓴 크고 마른 점원이 혼자 지키고 있었는데 위치가 위치인 만큼 우리는 망설였다. 올라가는 에스컬레이터의 정면이었기 때문이다. 즉 도망칠 때 플로어를 빙 돌아가야만 했다. 우리는 다시 에스컬레이터를 탔다. 4층의 두 집 중 한 집은 나이 든 할머니가 지키고 있었고 다른 한 집은 두세 평의 좁은 집에 점원이 세 명이나 있었다. 우리는 시치미를 떼고 가게를 지나쳐 비상계단으로 나와 머리를 맞댔다.

"할머니네는 하지 말자."

아강이 그렇게 말했고 나와 제이는 수긍했다.

"그럼 3층이네."

제이가 그렇게 말했고 나와 아강이 끄덕였다.

"에스컬레이터는 사용하지 말아야 해. 계단이 빨라." 내가 그렇게 말하자 아강과 제이가 끄덕였다. "순서는 알겠지? 너희가 가고 15분 후에 내가 갈게. 헤어지면 위앤동백화점 인도에서 만나자."

"오케이!"

흑인식 악수를 번갈아 하고 아강과 제이는 씩씩하게 나섰다.

나는 손목시계를 응시하다가 딱 15분이 지나자 비상계단에서 플로어로 나왔다. 지나가는 사람 모두가 우리 속셈을 아는 것만 같았다. 우리 다 안다고. 지나치는 여성의 눈이 그렇게 말했다. 남산국중의 종스원이라는 것도 다 알아. 마음을 가라앉히려고 일부러 천천히 걸었다. 남산국중의 종스원이다. 잡화점 앞에 있던 남자가 물끄러미 바라봤다. 종스원이 이제부터 바보 같은 짓을 할 거야. 바로 온몸에서 땀이 분출되었다.

어색하게 손발을 움직여 점찍은 가게에 도착했을 때 의자에 앉아 새 농구화를 신어보고 있는 아강과 눈이 마주쳤다. 제이는 이쪽을 등지고 있었다. 나는 걸음을 멈추지 않고 가게 앞을 지나쳐 그대로 플로어를 한 바퀴 돌았다. 그 후 가게 앞에 쌓아놓은 나이키 상자에 머리부터 돌진했다.

마치 하늘이 무너지는 것처럼 구두 상자가 내 위로 무너졌다.

"뭐, 뭐 하는 짓이야!" 당황한 점원이 상자 속에 파묻힌 멍청이를 꺼내려고 동분서주했다. "이봐, 괜찮아?"

꼭 감은 눈꺼풀을 열자 몇 개의 그림자가 보였다. 발작이야! 멀리서 아강의 목소리가 들렸다. 빨리 구급차를 불러야 해! 황급히 움직이는 발소리에 이어 수화기를 드는 소리가 들렸다. 동시에 내 얼굴에 놓여 있던 상자를 누군가가 거칠게 쳐서 떨어뜨렸다.

"가자!" 슬쩍 눈을 뜨니 제이의 얼굴이 바로 앞에 있었다. "빨리!"

허우적거리며 몸을 일으켰을 때 아강과 제이는 이미 좌우로 흩어지고 있었다. 비틀거리며 달리기 시작한 나를 점원의 호통이 쫓아왔다.

"너희들 한패야?! 누가, 누가! 경찰을 불러!"

나는 팔을 휘두르고 바닥을 박차며 곁눈질 한 번 하지 않고 열심히 달렸다. 가속하는 다리는 그때까지 잠들어 있던 진정한 자신이 눈을 뜬 듯 가벼웠다. 곤혹스러워하는 사람들의 얼굴이 화살처럼 사라졌다. 그때 몸속의 모든 세포가 하나도 빠짐없이 불꽃을 내뿜는 것 같은 감각을 나는 지금도 생생하게 떠올릴 수 있다. 형은 살해당했고 부모는 나를 남기고 미국에 갔다. 그래도 만년상업대루의 구둣가게에서 농구화를 훔쳤을 때 나는 분명히 살아 있었다. 그냥 살아가는 게 아니라 스스로 살려고 했다. 우리 앞에 이제 막 시작된 여름방학이 한없이 펼쳐져 있었다. 그게 전부였다.

7월이 끝나가자 세계의 이목은 LA 올림픽에 모였다. 대만이
'중화(차이니즈) 타이베이'라는 이름으로 참가한 첫 번째 하계대
회였다.

정말 총알처럼 달리는 칼 루이스의 경기는 대만 사람들의 시
선을 강탈했지만 그래도 사람들의 관심사는 야구였던 것 같다.
무엇보다 야구는 그 대회부터 시범종목이 되었고 그 전해 9월에
열린 제12회 아시아야구선수권대회에서 대만은 일본을 제치고
출전권을 따냈다. 하지만 소련과 쿠바의 잇따른 보이콧으로 출
전하는 나라가 부족해져 결국은 일본도 토너먼트에 나왔다.

옆집 리씨 할아버지는 마당 앞에 TV를 꺼내놓고 이웃과 같
이 큰 소리로 응원했는데, 응원한 보람이 있어서 대만은 동메달
을 땄다. 정식 종목에서는 역도의 차이우원이가 동메달을 따 대
만의 유일한 메달리스트가 되었다.

아강과 제이로 말할 것 같으면 여름방학의 최대 목표는 윈드
밀을 익혀 시먼딩의 어디선가 춤추는 것이었다.

우리는 낮에는 각자의 집안일을 도와야만 했다. 제이의 할아
버지에게 1년 내내 포대극 의뢰가 오는 게 아니었다. 정확하게
말하자면 거의 의뢰가 없었고, 제이의 어머니는 얼마 전부터 유
복한 외지인 집의 가정부로 일하기 시작했다. 미용실에 다니거
나 손톱을 손질하고 마작에 열을 올리느라 정신이 없는 유한마

담들 대신 청소, 빨래, 설거지, 요청이 있으면 대만의 정통요리인 씬예에 버금가는 요리도 만들었다. 일을 잘하는 데다 인품도 올곧았기 때문에 금방 소문이 나 제이의 어머니는 순식간에 광저우지에에서 자리를 잡고 두 시간 간격으로 집들을 돌아다녔다. 제이의 집은 완화의 더러운 시장 안에 있었는데, 언제 가도 깨끗하게 닦여 있어서 먼지 하나, 머리카락 한 올 없었다.

어머니가 집에 없는 동안 제이는 두 여동생을 돌봤을 뿐만 아니라 청소와 빨래도 하고 장도 봤으며 또 새아버지의 기분에 따라 두들겨 맞기도 했다. 새아버지는 불지도 않으면서 단단한 대나무로 만든 피리를 가지고 있다가 그걸로 아이들을 때렸다. 초등학교 때 제이는 종종 여동생을 새아버지와 떼어놓기 위해 학교에 데려왔다. 수업 중에는 둘이 교정에서 놀았다. 제이의 여동생이 외발뛰기를 하거나 구름다리에 매달려 있거나 뛰어다니는 모습을 교실 창으로 자주 봤다.

그 일은 아마도 4학년 때였을 것이다. 오후 수업의 정적을 심상치 않은 비명이 깼다. 나와 제이는 다른 반이었는데, 모두 일제히 운동장 쪽 창문에 쇄도했다. 다른 반도 마찬가지였다. 화가 난 선생님들이 자리로 돌아오라고 호통을 쳤고 몇 명은 창문으로 고개를 내밀었다.

제이의 여동생들이 불량 상급생들에 둘러싸여 몰이를 당하고 있었다. 우리는 창문에 매달려 큰 소리로 비난했으나 그러면 그럴수록 놈들은 더 신이 나는 것 같았다. 그중에는 중학교

를 졸업하고 야쿠자가 된 녀석도 있어서 선생들의 주의와 위협
도 마이동풍이었다. 창문에서 호통치는 선생에게 귀에 손을 대
고 못 듣는 척하는 시늉까지 했다.

맹렬한 기세로 교실을 뛰쳐나온 제이는 세상이 하얗게 변색
해 보일 정도로 눈부신 햇살을 뚫고 녀석들을 향해 곧장 뛰어
갔다. 모두가 시선을 빼앗겼다. 붕 떠오른 제이는 이소룡 같은
황홀한 발차기를 적들에게 날렸다.

순간 비틀거렸던 상급생들이 굶주린 들개처럼 달려들었다.
제이는 잽싸게 적을 때려 공격을 피하고 허리를 굽혀 돌진했다.
협박 소리가 날아다녔고 우리는 창으로 화장실 휴지와 교과서,
문방구와 휴짓조각을 닥치는 대로 집어 던졌다. 제이, 해치워
버려! 갈라진 목소리로 소리를 쳐댔다. 불량배들에게 괴롭힘을
당한 경험이 있는 녀석들은 흥분해 정신을 잃고 집에서 썼다면
어머니에게 된통 혼났을 말들을 속사포처럼 내뱉었다. 젠장. 죽
여버려, 제이!

우리의 성원이 닿았는지 아닌지는 모르겠으나 제이는 겁 없
이 싸웠다. 아무리 잘 싸운다고 해도 상대가 네 명이니 일단 이
길 방법은 없었다. 때려 눕혀지고 채이고 밟혀도 녀석은 불사조
처럼 일어났다. 결국은 선생님들이 달려갔고 불량배들이 온갖
험한 말을 내뱉고 사라지자 여동생들이 엉엉 울며 제이에게 매
달렸다. 녀석은 퉁퉁 부어오른 얼굴로, 얼핏 봐도 일어나기에도
벅찬 주제에 여동생들의 머리와 등을 토닥였다. 만약 인생에서

배워야만 하는 것이 용기라면 제이는 이미 초등학교 4학년 때 면허를 딴 셈이었다.

그런 제이가 저녁 무렵에 아강의 집을 찾아왔다. 그리고 손님이 국수를 먹는 테이블에서 다다와 동물장기를 두면서 우리가 일에서 해방되기를 기다렸다. 동물장기는 플레이어가 코끼리, 사자, 호랑이, 표범, 늑대, 개, 고양이, 쥐의 말을 사용해 싸우고 상대의 동물 구멍에 먼저 도달하는 쪽이 이긴다. 말을 엎어놓고 싸우기 때문에 놀 때는 심판이 필요하다. 원, 원, 누가 이겼는지 봐줘! 제이와 다다는 국수를 나르는 나를 번거롭게 하다가 때로는 손님에게 심판을 요청하기도 했다.

손님의 발길이 뜸해지자 아강이 뒷마당에서 종이상자를 가지고 나왔고 나는 형의 라디오카세트를 안고, 다 같이 죄 많은 나이키 농구화를 신은 채 식물원으로 가 브레이크댄스를 연습했다. 연못 근처에서 런 디엠시와 후디니의 카세트테이프를 틀어놓고 종이상자에 활석 가루(탈크 파우더)를 뿌리고 그 위에서 빙글빙글 돌았다. 아니, 돌려고 했다. 가르쳐주는 사람도 없이 독학 같은 것으로 윈드밀을 해보려고 했으니 어깨와 허리뼈 주변에 온통 멍이었다. 저녁 바람에 더위를 식히려고 나온 노인이 물끄러미 우리를 보다가 아이고, 그만하라고 참견하기도 했다. 너희들, 뭘 하는 게냐. 왜 그런 일에 매달리니. 미쳤니!

처음에는 엉망이었지만 그래도 제일 먼저 돌기 시작한 것이 다다였다. 초등학교 5학년인 다다는 몸이 가볍고 민첩했다. 3학년 때 맹연습해 백턴을 익힌 다다는 곧 그것을 윈드밀과 조합해 화려하고 까다로운 기술을 완성했다. 윈드밀을 하다가 거꾸로 선 다음 그대로 백턴을 한 후 포즈를 취하며 끝냈다. 우리가 너무 많이 칭찬하는 바람에 잔뜩 신이 난 다다는 그 후로도 고군분투해 기술을 연마했다.

다다에게 기술을 배운 일주일 후, 이번에는 제이가 돌기 시작했다. 이 무렵에 이미 다다의 기술은 상당히 발전해 있었고 아강은 도저히 가망이 없을 정도로 뚱뚱해졌다. 나로 말할 것 같으면 도는 것은 끝내 이루지 못했으나 감전된 것처럼 몸을 진동시키는 데 성공했다. 그리고 문워크 정도를 성공했다고 해야 하나.

8월에 들어서자 아강의 어머니가 댄스 연습을 반대하고 나섰다.

우리가 숙제도 안 하고 댄스에만 열을 올렸던 것도 이유 중 하나였으나, 더 큰 이유는 '귀문(鬼門)이 열리기' 때문이었다.

음력 7월 1일부터, 양력으로는 8월 초 무렵부터 귀문이 열린다. 그러니까 이 세상과 저세상을 연결하는 문이 열려 외롭게 떠돌아다니는 혼이 이 세상에 오는 계절이다. 이 시기에 '귀신'이라는 글자는 금기여서 '하오형제(好兄弟)'라고 불렀다.

"너희들이 밤마다 식물원에서 소란을 피우는 건 알고 있었으니까." 아강의 어머니는 아들들의 귀를 힘껏 잡아당기면서 우리에게 잔소리를 늘어놓았다. "잘 들어라. 휘파람 같은 것은 절대 불면 안 된다. 그런 짓을 하면 하오형제가 자기를 부르는 줄 알고 오니까!"

지금부터 귀문이 닫힐 때까지의 한 달 동안은 조심해야 하는 법이다. 다른 사람의 어깨를 두드려도 안 된다. 왜냐하면 우리의 어깨에는 우리를 지켜주는 '우밍화(無名火, 무명업화)'가 있기 때문이다. 잘못해서 다른 사람의 어깨를 두드려 그 불을 꺼뜨리면 하오형제에게 씌일 수 있다. 거리에 떨어져 있는 돈은 하오형제의 혼례 예물이므로 실수로 주웠다가는 저세상 혼례식에 초대될지 모른다. 물가에서 노는 것은 스스로 하오형제의 친구가 되겠다는 뜻이다. 다른 사람을 성과 이름을 다 써서 부르는 것도 금지. 만약 누가 그렇게 불렀을 때 돌아보지만 않으면 하오형제에게 영혼을 빼앗기진 않는다.

우리는 그런 미신을 웃어넘겼지만 그래도 감히 아강의 어머니를 거스를 생각은 하지 못했다. 만에 하나라는 게 있다. 구체적으로는 라디오카세트의 음량을 줄이고 연못에서는 거리를 두었으며 연습할 때는 빼놓지 않고 용수나무의 잎을 몸에 붙였다. 용수나무의 잎은 귀신을 퇴치하는 데 효험이 있다고 했다.

"윈드밀 연습은 그만두는 게 좋아." 마치 하오형제나 되는 것처럼 아강은 우리를 자기편으로 끌어들이려고 했다. "어깨의 우밍화가 꺼질지도 몰라."

그런데도 제이와 다다는 날마다 돌고 또 돌았다. 우리 집에는 비디오 기기가 있었는데, 제이가 어디선가 빌려 온 MTV 비디오를 같이 보며 연구한 적도 있었다. 나는 윈드밀이나 로봇 춤 등 다양한 기술을 자세히 그림으로 그려 마치 오랫동안 품어왔던 대단한 비기라도 전수하듯 그들을 지도했다.

내게 런 디엠시가 흑인 음악의 입구였다면 어떻게 발음하는지도 제대로 모르면서 마빈 게이, 마블레츠, 잭슨 파이브, 슈프림스, 보니 엠 등도 듣게 되었다. 모두 형이 가지고 있던 레코드였다.

어느 날 밤, 댄스 연습이 끝나 템테이션의 테이프를 틀었다. 땀을 실컷 흘린 몸에 종려나무를 흔드는 바람과 〈마이 걸〉의 달콤한 코러스가 편안하게 닿았다. 멍하니 노래를 듣고 있는데 갑자기 다다가 입을 열었다.

"좋은 노래네."

"응." 내가 대답했다. "모타운 사운드라고 해."

"모타운?"

"미국 디트로이트를 그렇게 불러. 디트로이트에서는 차를 만들어. 모터 타운을 줄여 모타운이라고 한다더라."

"터만 줄인 거잖아."

"뚱보의 파이어버드도 거기서 만들어."

"디트로이트라." 용수나무의 잎을 만지작거리면서 다다가 말했다. "틀림없이 엄청난 곳일 거야."

7.

2016년 1월 29일의 디트로이트는 최고 기온이 영하 1도밖에 되지 않았다.

땅을 기듯 낮고 흐린 하늘이 여기저기 빈터로 남은 모터 타운에 무겁게 내려와 앉았다. 경찰 차량의 뒷좌석에서 코트 속에 몸을 웅크리고 뜨거운 커피가 든 종이컵을 양손으로 감싸며 추위에 벌벌 떠는 나를 보고 현지 경찰관들은 웃었다. 그들은 이 정도는 추운 축에도 들지 않는다며 큰소리쳤는데, 내가 미국으로 넘어오기 직전에 대만을 덮친 한파로 80명 이상이 동사했다. 그때 타이베이의 최저 기온이 4도였다.

"대만을 알아요." 데이브 할런 경부보가 조수석에서 돌아보며 말했다. "우리 아버지가 항공모함 니미츠에서 일했어요. 20년쯤 전에 대만에 갔었다고 했어요."

"1996년이네요." 내가 하얀 입김 너머로 그를 봤다. "대만에서 처음으로 총통 선거가 이루어진 해입니다. 그걸 방해하려고 중국이 대만해협에 미사일을 쐈지요."

"그때 아버지 부대는 페르시아만에서 대만해협으로 출동했어요. 니미츠는 빠르니까."

"아마 인디펜던스도 배치되었죠."

"거기에는 동생이 타고 있었어요." 그렇게 말하고 데이브 할런은 환하게 웃었다. 나이는 50 전후일까. "나도 옛날에는 육군이었어요."

"군인 일가네요."

"선생님은?"

"할아버지가 국민당이었습니다. 중국에서 일본인과 공산주의자와 싸운 뒤 대만으로 건너왔습니다."

"그렇군요. 부모님은 다 건강하십니까?"

"예, 뭐."

"영어를 정말 잘하시네요." 운전하는 제복 경관이 입을 열었다. "미국에서 사셨나요?"

"UCLA 로스쿨에 다녔습니다. 그보다 열셋부터 모타운 사운드를 들었죠. 마빈 게이나 마블레츠를."

"대만에서 개업했나요?"

"우리 사무소는 타이베이와 LA에 있습니다."

"그럼 왔다 갔다 하시겠군요."

"예, 그렇습니다."

"디트로이트는 어때요? 예전에 음악을 들으며 상상하던 그대로인가요?"

나는 애매하게 흘려들으며 창밖으로 시선을 돌렸다.

거의 유령도시처럼 변한 회색 거리는 일주일 전에 포브스 인터넷이 발표한 '비참한 미국의 도시 순위'에서 당당하게 1위를 차지했다. 그러니까 디트로이트는 미국인이 아닌 사람이 미국을 상상하는 것과는 정반대 위치에 있었다. 높은 실업률과 범죄율. 후드티의 모자를 깊이 눌러쓰고 등을 잔뜩 구부린 채 걷는 사람들. 메트로폴리탄국제공항에서 경찰서로 오는 길에 헤아릴 수 없을 정도의 빈집과 버려진 빌딩을 봤다. 갈라진 아스팔트에 뿌리를 내린 잡초는 오가는 사람들의 불쾌한 영혼에까지 퍼진 것 같았다.

그런데도 이상한 기시감에 사로잡히고 만다. 디트로이트의 버려진 빌딩은 건설 중에 방치된 타이베이의 고가철도를 연상시켰다. 아무도 없는 역 건물은 1992년에 해체된 중화상창(中華商場) 같았다. 거리를 떠도는 누렇게 바랜 냄새에 뒷골목을 떠도는 음식물쓰레기 차를 떠올렸다.

"선생님에게는 미안한 일이지만……" 데이브 할런 경부보가 혼잣말처럼 중얼거렸다. "색맨 재판에서 선생님이 이길 가능성은 없어요."

신호로 정차했을 때 낙서가 가득한 셔터 앞에서 춤추는 소년들을 봤다. 커다란 라디오카세트에서 흘러나오는 가시 돋친 힙합 음악에 맞춰 원을 이루며 어려운 기교를 선보였다. 아강이 이걸 봤다면 애당초 댄스에 다가가려고도 하지 않았을 것이다. 저렇게 괜히 땀을 흘릴 바에는 집에서 소고기국수를 나르는 게 더 낫다고 생각했겠지.

"왜 그러세요?" 룸미러로 이쪽을 보는 눈이 보였다. "재미있는 거라도 있나요?"

"아닙니다. 그냥 옛날 생각이 나서요." 얼굴에 미소를 남긴 채 소년들을 턱으로 가리켰다. "옛날에 대만에서도 브레이크 댄스가 유행했던 때가 있어서……."

"어떤 노래에 췄나요?"

"런 디엠시였나……."

"고전이네요."

"고전이라기보다 경전이죠."

"그저 춤만 추는 거라면 귀엽죠." 제복 경관이 말했다. "댄스 정도라면 저 녀석들의 인생에 변함은 없죠."

흑인 소년이 원에서 나와 아름다운 윈드밀을 선보였다.

옛날, 나도 완벽한 윈드밀을 본 적 있다. 그는 빙글빙글 돌더니 점점 돌다가 그대로 어딘가로 날아가버릴 것만 같았다.

8.

다다가 윈드밀에서 백턴까지의 동작을 끝내면 구경꾼들이 들썩였다. 그대로 물러난다. 바로 야구모자를 한 손으로 누른 제이가 뛰어나간다. 전광석화 같은 스텝을 밟다가 땅으로 몸을 던져 핸드 그라인드에 들어간다. 한 손으로 몸을 받치고 다른 한 손으로 지면을 치면서 빙글빙글 돌았다.

아강이 라디오카세트 볼륨을 높여 구경꾼을 선동했다. 모두 머리로 리듬을 타며 휘파람을 불어댔다. 박수 속에서 제이가 윈드밀에서 백스핀으로 들어가면 더욱 큰 환성이 터졌다.

8월 중순을 지날 무렵 우리는 중화상창의 인도교에서 춤췄다. 사실은 더 많은 사람이 모이는 곳에서 하고 싶었으나 시먼딩의 눈에 띄는 장소에서는 더 잘하는 녀석들이 추고 있었다. 그런 녀석들은 형편없는 수준의 흑인 문화에 잔뜩 취해 자신들이 얼마나 거친지 과시하고 싶어 온몸이 근질거렸기 때문에 새내기들에게 가차가 없었다. 함부로 자기 구역에 침범하면 뼈아픈 일을 당하는 쪽은 아직 몸도 제대로 일으키지 못하는 우리였다.

거리 공연에 데뷔한 날, 우리는 훙로우 극장 앞에서 춤추려고 했다. 결론부터 말하자면 너무 비참한 데뷔였다. 모두가 너무 긴장해 제 실력을 발휘하지 못했을 뿐 아니라 구경꾼들에게 당했다. 얻어맞은 게 더 낫다. 말 그대로 우리는 당했다.

신공원(현재의 2.28평화공원)과 훙로우 근처가 동성애자들이 모이는 장소라는 것 정도는 알고 있었는데 동성애자가 뭔지는 잘 몰랐다. 어른들이 훙로우 근처에는 가지 말라고 했으나 우리는 어엿한 어른이 되었으니 아예 그곳을 데뷔 무대로 정한 것이다.

제이는 돌지 못했고 다다는 뛰어오르지 못했으며 라디오카세트까지 테이프를 씹은 상황이었다. 그런 가운데 내 로봇 춤만이 사람들의 시선을 끌었다. 나 역시 죽을 만큼 긴장했으나 원래 로봇 춤이라는 게 삐걱거리는 동작이라 별 영향이 없었다. 영향을 줄 정도로 잘하지도 못했다.

삐걱삐걱 로봇이 되어 있던 나는 구경꾼의 원이 점점 좁아지고 있는 것을 깨닫지 못했다. 그래서 정신을 차렸을 때는 이미 다다가 적의 수중에 있었다.

빨간 벽돌 벽에 밀쳐진 다다는 막대기처럼 몸이 딱딱하게 굳어 있었고 그대로 몸 여기저기를 남자들이 만지고 있었다. 도무지 믿을 수 없는 그 광경에 나는 연료가 떨어진 로봇처럼 움직임을 멈추고 말았다. 눈은 다다의 벨트를 풀려고 하는 남자들에게 못 박혀 있었는데, 그것은 아강과 제이도 마찬가지였다. 우리는 손가락을 빨며 그저 다다를 바라보고만 있었다.

누군가 엉덩이를 꾹 움켜쥐어 나는 깜짝 놀라 그 자리에서 펄쩍 뛰었다. 돌아보니 사냥 모자를 쓴 남자가 금니를 드러내며 씩 웃었다. 대만어로 뭐라고 말해 전혀 알아듣지 못했으나 온몸에 소름이 돋았다.

"제기랄!" 제이가 다른 남자를 발로 찼다. "뭐야, 이 녀석들?!"

"린리다!" 아강이 동생 이름을 외쳤다. "이리로 와!"

다다는 우는 건지 웃는 건지 알 수 없는 표정을 짓고 있었다. 인간은 극도의 공포에 사로잡히면 그렇게 되는 법이다.

우리는 폭풍우에 우롱당하는 돛단배였다. 좌현에서 덮치고 우현에서 공격이 들어왔으며 앞뒤로 협공해왔다. 동생의 손을 잡은 아강이 라디오카세트를 마구 휘두르며 길을 텄다. 바지가 반쯤 벗겨진 다다는 망연자실 상태였다.

"젠장!" 사방팔방에서 뻗어 나오는 팔을 제이가 뿌리쳤다. "만지지 마!"

로봇 춤을 출 생각은 눈곱만치도 없었으나 친구들의 뒤를 쫓는 나는 여전히 삐걱거렸다.

정체 모를 남자들을 위협하면서 우리는 간신히 기적적으로 호랑이 아가리에서 벗어났는데, 그렇게 무서운 일을 당한 것은 처음이었다.

사흘에 걸쳐 그날의 충격에서 회복되자 진르백화점 뒤쪽 주차장을 다음 댄스 필드로 정했다. 첫 번째와 두 번째까지는 어떤 방해도 없이 형편없는 브레이크 댄스를 선보일 수 있었다. 그런데 인생이란 좋은 일만 계속될 수 없는 법이다. 세 번째 다시 열 명 정도의 남자에게 둘러싸였다.

머리에 반다나를 둘렀거나 커다란 스웨트를 입은 고등학생들은 아무리 봐도 동성애자는 아니었는데 그렇다고 안심할 수는 없었다. 손에 저마다 벽돌이나 흉측한 무기를 들고 있었으니까.

아강이 거품을 물며 음악을 멈추자 우리는 겨울철 작은 새들처럼 옹기종기 모였다. 남자들은 싱글거리고 있었다. 탁탁, 들고 있는 곤봉을 자기 손에 내려치는 녀석도 있었다.

"뭔데?" 무턱대고 상대와 붙으려는 제이를 그때만큼 미워했던 적이 없다. "무슨 불만이라도 있어?"

"여기는 우리 구역이야." 한 녀석이 곤봉을 내밀었다. "누구 허락을 받고 추는 거지?"

"너희는 누구 허락을 받고 추는데?" 낄낄대고 웃는 제이를 나는 때려서라도 입을 다물게 하고 싶었다. 틀림없이 아강도 같은 마음이었을 것이다. "어디서 추든 내 마음이야."

남자들은 성을 냈고 우리는 뒤로 물러났다. 말할 것도 없이 제이를 빼고 그랬다는 소리다.

"브레이크 댄스란 말이야." 그만해! 죽고 싶어? "미국 갱들이 권총으로 싸우는 대신 시작한 거야. 너희 같은 바보는 브레이크 댄스를 할 자격이 없어."

"이 새끼!" 드디어 남자들의 인내심이 한계에 달했다. "죽여 줄까, 이 꼬맹이!"

보라고, 말하면 안 된다니까!

나와 아강은 거북이처럼 고개를 잔뜩 웅크리고 있었는데 다다는 일찌감치 쫓기는 토끼처럼 도망쳤다. 그 달리기는 정말 한 줄기 바람과 같아서 눈 깜빡할 사이에 백화점 모퉁이를 돌아 사라졌다. 그것만으로도 충분히 충격이었는데 제이는 제이대로 더 앞으로 나가려고 했다.

아주 옛날, 제나라 장공의 마차에 사마귀 한 마리가 나타나 수레를 멈추게 했다. 어떤 벌레냐고 묻는 장공에게 마부가 대답했다. 사마귀라고 합니다. 앞으로 나아갈 줄만 알지 물러날 줄 모릅니다. 앞뒤 가리지 않고 적에게도 달려듭니다.

장공은 도리를 가릴 줄 알았으므로 이 사마귀는 마차에 밟히지 않고 지나갔다. 하지만 눈앞의 남자들에게 그것을 기대할 수는 없었다. 만약 시카고 블루스의 유니폼을 입은 남자가 동료를 말리지 않았다면 우리는 사마귀처럼 납작하게 얻어맞아 죽었을지 모른다.

천천히 다가온 블루스는 제이를 가만히 내려다봤다. 가로와 세로 모두에서 제이의 두 배였다. 그리고 제이의 야구모자를 쳐 떨어뜨렸다. 상대를 노려보는 제이의 작은 몸은 당장이라도 폭발할 것만 같았다. 블루스가 던진 말은 "꺼져!"라는 한마디뿐이었다. 로켓 불꽃처럼 튀어 나가려는 제이를 나와 아강이 달려들어 광저우지에까지 질질 끌고 돌아왔다. 정말 큰일 날 뻔했다.

눈 아래의 중화루를 트럭이 달려가자 인도교가 흔들렸다.

제이가 물러나는 타이밍에 내가 문워크로 등장했다. 전신의 관절이 떨어질 것처럼 덜거덕덜거덕 로봇 춤을 선보인다. 휘파 람과 손 박자가 날아들고 관객 중에는 손을 들어 환호하는 사 람도 있다.

스모그 때문에 더 반짝이는 태양이 중화상창 너머로 떨어지 고 있었다. 이런 일을 한다고 도대체 무슨 의미가 있지? 손가락 끝까지 신경을 보내면서 문득 그런 생각을 했다. 형이 살아 돌 아오는 것도 아니고 어머니의 마음이 편안해지지도 않는다. 그 래도 나는 계속 춤추고 있다. 아강, 제이와 춤추는 한 나는 수없 이 되살아날 수 있고 마음도 편안했다. 형과 어머니 대신 내가 살겠다, 그런 기분이 들었다. 괜한 일에 몰두하는 것은 더없이 행복했다.

갑자기 음악이 끊겼다.

신이 TV 채널을 바꾼 것처럼 갑자기 음악과 댄스가 없는 세 계가 나타났다. 음악과 댄스가 없는 세계는 회색이었고 온통 쓰 레기뿐이었다. 무슨 일이 일어났는지는 말하지 않아도 알았기 에 나는 돌아보지도 않고 인파를 헤치고 도망쳤다. 인도교에서 손목시계, 빗, 우산, 물총, 바퀴벌레약, 구두 안창, 귀여운 스티 커 등 자질구레한 물품을 팔던 사람들도 물건을 정리해 일제히

뛰기 시작했다.

뒤에서 경찰의 호루라기가 울리기 시작할 즈음에 나는 이미 인도교의 마지막 몇 계단을 뛰어내리고 있었다. 올려다보니 늦게 도망친 남자가 붙잡혀 하루 벌이를 빼앗기고 있었다. 이렇게 경찰은 이따금 생각났으니 손을 봐야겠다고 결심한 듯 거리나 인도교에서 장사하는 사람들을 검거했다. 그 탓에 눈물을 흘리는 사람도 있으나 경찰이 사라지면 장사치들은 다시 길 까마귀처럼 돌아왔다. 그리고 아무 일 없었다는 듯 우산과 빗, 구두 안창을 팔았다.

"남아도는 시간을 어찌지 못하고 남이나 괴롭히고!" 라디오 카세트를 어깨에 멘 아강이 다가와 내 등에 대고 호통쳤다. "경찰도 쉬는 날에는 와서 사면서……."

중화루 너머에서 골목으로 꺾어 들어가는 제이와 다다에게 손을 흔들고 나와 아강은 시먼딩의 인파에 섞여 들어갔다.

경찰의 손에서 벗어난 우리는 광저우지에까지 걸어서 돌아왔다.

샤오난먼에 늘 세워져 있는 아지우의 과일 트럭 앞에서 먼저 돌아온 다다가 두 여자아이와 서서 이야기하고 있었다.

"너희 집, 저기 아훙 소고기국숫집이지?" 하나가 그렇게 말하자 다른 하나가 가세했다. "린리다, 너희 본성인(本省人: 청나라 때 이주해 온 한족)이야?"

다다가 뭐라고 대답했다. 등을 돌리고 있어선지 나와 아강이 있는지 모르는 것 같았다. 아지우가 키우는 구관조가 대나무 새장 안에서 푸드덕거렸다.

"너희 소고기국수가 아주 맛있다고 아버지가 말했어."

"우리 아버지도 소고기국수가 대만인 음식 중에서 제일 좋다고 했어."

"소고기국숫집 같은 거 안 해." 주눅이 들어서인지 다다의 작은 등이 더 작게 보였다. "아마 안 할 거야."

"그럼 뭘 할 건데?"

"모르지만…… 소고기국수는 안 팔 거야. 냄새도 싫으니까."

"나는 맥도날드가 좋아!"

"나도, 나도! 멋지잖아!"

아강이 혀를 찼다. 그해 1월, 대만 민성둥루에 맥도날드 1호점이 오픈했다.

"린리다, 너도 먹어봤어?"

"다, 당연하지! 아버지가 가끔 사와. 그, 그래. 맞아!"

"야." 아강이 말을 걸자 다다가 깜짝 놀랐다. "제이는 왔어?"

"응? 아…… 응." 돌아본 눈이 허공을 헤매고 있었다. "일단 집에 갔다가…… 밤에 다시 온대."

두 여자아이는 튀어나온 아강의 배를 보고 눈을 반짝였다. 코알라나 아리산의 일출이나 뭔가 신기한 것을 만난 것 같은 표정이었다.

"가자." 아강이 동생의 머리를 두드렸다. "소고기국수를 팔아야 하니까."

다다는 고개를 떨구고 매 맞은 강아지처럼 아강의 뒤를 따랐다. 여자아이들이 키득키득 웃었다.

"참고로 소고기국수는 외지인이 대만에 가지고 온 거야." 자리를 떠나기 전에 나는 그녀들에게 웃어 보였다. "틀림없이 쓰촨성 출신 노병이 만들었던 것 같은데 뭐, 맛있으면 됐지."

아강은 성큼성큼 걸었다.

다다는 잰걸음으로 뒤를 쫓았다.

"아버지가 언제 맥도날드를 사 왔냐?"

"……."

"한심한 거짓말은 하지 마라."

"이 동네, 너무 싫어."

둘은 걸음을 멈추지 않고 급히 걸었다. 그들과 너무 떨어지지 않도록 나도 걷는 속도를 높여야 했다.

"소고기국수도 소고기국숫집도 싫어."

"싫든 말든 우리 집은 소고기국숫집이야. 우리는 소고기국수로 자랐다고."

"그래도 싫은 건 싫어."

"아버지와 어머니를 모욕할 셈이야?"

아강이 휙 몸을 돌리고 동생을 노려봤다. 다다는 고개를 숙였다. 나는 어떻게 해야 할지 몰랐다.

"너, 그 시계 어디서 났니?"

그러자 다다가 재빨리 팔을 등 뒤로 숨겼다.

아강이 성큼성큼 다가와 동생의 팔을 비틀어 올렸다. 다다의 손목에는 정말 새 디지털시계가 있었다.

"야, 누가 사줬어?"

"이거 놔!" 다다가 자기 팔을 뺐다. "얼마 전에 엄마가 사줬어."

"거짓말 마!"

"누구라도 상관없잖아!"

"누가 사줬어, 응?" 그렇게 말하고 동생의 멱살을 잡았다. "설마 훔치진 않았겠지?"

"형이야말로 그 농구화 훔쳤잖아?"

"훔쳤어?"

"이거 놓으라고!"

아강이 동생의 따귀를 갈기자 다다가 머리로 형을 받았다. 이 새끼! 둘은 드잡이하고 길거리 한복판에서 치고 차댔다. 젠장, 너 쳤어! 지나가던 사람들이 걸음을 멈추고 바라봤다.

"아강, 그만해!" 나는 아강을 다다에게서 떼어냈다. "너도 건방진 말 하지 마! 다다!"

"훔쳤지? 이 자식!" 아강은 나를 뿌리치고 다다를 움켜잡았다. "잘 들어. 내가 바보짓을 하는 것은 내가 바보이기 때문이야."

다다는 몸을 비틀어 도망치려고 했으나 아강의 힘이 강했다.

"하지만 너는 달라."

"놔! 놓으라고!"

"너는 머리가 좋아."

다다의 눈에 눈물이 차올랐다.

"내 흉내는 내지 마." 동생을 내동댕이치기 전에 아강은 그렇게 말했다. "다음에 또 물건을 훔치면 죽인다. 알겠어?"

"훔친 거 아니야!"

"이 자식······."

"받았다고."

"그래? 누구한테?"

다다는 가슴을 들썩였다. 팔로 눈을 쓱쓱 문질렀다.

"울기만 하면 알 수가 없지. 누가 줬는데?"

"진씨······." 다다는 훌쩍이면서 목소리를 쥐어짜냈다. "진씨가 줬다고."

"진씨가 누군데?"

"엄마 친구."

"여자야?" 다다가 고개를 젓자 아강이 재차 물었다. "그 진씨라는 아저씨가 왜 손목시계를 주지?"

"늘 공부하는 걸 보니 장하다고."

"그럼, 가게 손님이야?"

"자주 국수를 먹으러 오는 아저씨야." 그리고 생각났다는 듯 덧붙였다. "그보다 자주 국수를 남기는 아저씨지."

나는 절로 "아!"라는 소리를 흘리고 말았다.

"원, 뭐야?" 아강의 시선이 이쪽으로 이동했다. "너도 알아?"

"아아…… 아니." 이유는 모르겠으나 순간적으로 얼버무리고 말았다. "몰라…… 응. 몰라."

"계속 가게에 있으면서 모른다고?"

"계속 있다고 해도 방과 후뿐인데."

"원도 한 번쯤 봤을 거야." 다다가 말했다. "그 사람, 늘 형들이 학교에서 돌아오기 전에 오거든."

"늘 국수를 남기는 한심한 사람이 너에게 왜 손목시계를 주지?" 아강은 동생에게 주먹을 내밀었다. "거짓말하면 혼난다. 그 녀석, 엄마 친구야?"

"엄마가 그렇게 말했어."

"그 녀석에게 손목시계 받았다고 엄마에게 말했어?"

다다가 입을 다물었다.

"아, 말하지 않는 게 좋겠다. 돌려주고 오라고 할지 모르니까."

"응."

"처음부터 솔직히 말했으면 좋았지."

"그야……."

"내가 빼앗아갈 것 같았어?" 아강이 걷기 시작하자 다다가 서둘러 나란히 섰다. "엄마한테는 아무 말 안 할 테니까 가끔 빌려줘."

"거봐!" 다다가 목소리를 높였다. "이럴 줄 알았다니까!"

아강의 집 간판은 소고기국수였지만, 그 밖에도 다양한 국수를 팔았다. 우육탕면, 마장면, 건면, 양춘면부터 자장면도 종종 나갔다. 남기는 손님도 드물진 않았다. 가게 앞 용수나무 밑에 버리고 가는 무례한 사람도 있었다.

그래도 내게는 다다에게 손목시계를 준 사람이 그 남자라는 확신이 있었다. 풀 먹인 하얀 셔츠를 입고 뚱보처럼 머리에 기름을 바른 남자. 국수에 파리가 달려들어도 전혀 신경 쓰지 않고 아홍 아저씨에 관해 물었다. 글쎄요, 라고 아강의 어머니는 대답했다. 어디를 싸돌아다니는지. 얼간이 같으니라고. 몇 개월 전의 대화가 귓가에 되살아나 나는 불쾌함과 동시에 불안해졌다. 하지만 그것도 아강의 집에 도착할 때까지였다.

"너희들, 빨리 와서 도와라!" 우리를 보자마자 혼자 동분서주 하며 국수를 만들던 아강의 어머니가 비명을 질렀다. "원, 그 자 장면은 밖의 그 남자…… 그 사람이 아니다. 저기 택시 앞에 있 는 사람! 아강, 안으로 가서 아버지를 도와라. 다다, 거기 있는 그릇들 다 치워."

가게에 들어가지 못한 손님은 밖에서 담배를 피우거나 신문 을 읽거나 우두커니 서 있었다.

우리는 분담된 일을 맹렬하게 해치웠다.

국수를 나르거나 돈을 서랍에 넣을 때 여러 번 아강의 어머니 를 훔쳐봤는데 불안해질 일은 하나도 없었다. 아강의 어머니는 평소와 다름없이 씩씩하고 발랄하게 가게를 척척 운영했고 손 님의 농담에 깔깔대고 웃었다. 오랜만에 바쁜 밤이라 댄스 연습을 하러 온 제이까지 배달에 나섰다. 9시 반까지 손님이 밀어닥쳐 우리가 간신히 저녁을 먹기 시작한 것은 10시가 넘어서였다.

"너희들, 고맙다." 아강의 어머니는 우리 앞에 소고기국수를 턱 내려놓았다. "많이 먹어라."

우리는 너무 배가 고팠고 피곤해 눈앞의 국수 외에는 아무 생각도 들지 않을 정도로 행복했지만, 그때 이미 나쁜 미래가 알람시계처럼 맞춰져 있었다.

비가 오락가락하는 동안에 식물원에서 연습했는데 밤 9시 무렵부터 본격적으로 내리기 시작했다.

제이와 다다가 제일 먼저 정자로 피했고 나는 라디오카세트가 젖지 않도록 셔츠 안에 감추고 그 뒤를 따랐다. 아강은 달릴 바에는 비에 맞는 게 낫다고 생각했으므로 흠뻑 젖은 것도 자업자득이었다.

강한 바람이 정자를 훑고 지나가 우리는 젖은 몸을 부르르 떨었다. 밤하늘에 검게 떠오른 용수나무가 바람에 흔들렸다. 격렬한 비 탓인지 연못의 개구리조차 입을 다물고 있었다.

"저기 봐!"

다다가 가리키는 곳을 보니 연꽃 사이를 스멀스멀 헤엄치는 뱀이 보였다.

"봤어? 머리가 삼각형이니 독사지?"

"잘못 봤겠지." 먼저 와 있던 노인들이 웃었다. "이런 데 독사가 있겠니?"

비를 피하려고 몇 사람이 달려왔다.

우리는 정자 지붕에서 떨어지는 빗물을 만지거나 스텝을 연습하고 또 뱀은 없을까 주위를 살피면서 비가 그치기를 기다렸다. 어른들은 담배를 피우거나 천천히 부채질하거나 이야기를 나눴다.

나는 라디오카세트의 물기를 티셔츠로 닦아내고 재생 버튼을 눌렀다. 제대로 작동했다. 별생각 없이 라디오 스위치를 눌렀는데 여자 목소리가 "화시지에의 어떤 구두 안에서 유산지에(雨傘節)가 몸을 말고 자고 있었다"라고 보도하고 있었다. 유산지에는 산속에서 만나면 반드시 큰일을 당한다는 독사였다.

앵커는 대만에서는 매년 1,000명 이상이 뱀에 물리며 혈청은 한 명당 두 개에서 세 개가 필요한데 만약 유산지에처럼 독성이 강한 뱀에 물리고 혈청을 맞지 못하면 치사율은 85퍼센트까지 올라간다고 했다.

"말도 안 돼." 누군가가 중얼거렸다. "왜 이런 번화가에 유산지에가 나오지?"

라디오에서는 완화의 뱀 요리 전문점에서 200마리 정도의 뱀이 도망쳤다고 했다. 뱀을 모아둔 곳을 제대로 잠그지 않았기 때문으로, 경찰이 지금 조사 중이라고 한다.

"보라고!" 다다가 의기양양하게 말했다. "조금 전 뱀은 역시 독사였어!"

대만의 뱀은 적극적으로 인간을 공격하지는 않는다. 유산지에라고 해도 공격성이 그다지 높지 않으므로 요컨대 마주치더라도 당황하지 말고 요란을 떨지 않는 게 중요하다고 앵커는 주위를 환기했다. 당황하지 말고 요란 떨지 말고 무엇보다 결코 잡으려고 해서는 안 됩니다. 어떤 사람은 아침에 눈을 떴더니 위에서 코브라가 입을 잔뜩 벌리고 성내고 있었다. 하지만 당황하지 않고 요란도 떨지 않은 채 가만히 노려봤더니 뱀이 겁을 먹고 어딘가로 도망쳤다는 것이다.

그 말을 듣고 모두 웃었다.

"군대 때 같은 소대 녀석이 산에서 커다란 놈에 물렸어." 담배를 피우고 있던 사람이 말했다. "어떤 뱀인지 알 수 없어서 우리는 그놈을 잡아서 병원에 가져갔지. 산에 있었으니까 병원에 도착했을 때는 꽤 시간이 흘렀어. 결국은 그 녀석, 죽고 말았어. 다리를 물렸는데 물린 데가 퍼렇게 변했어. 그때 뱀이 뭐였는지 아직도 몰라."

전원이 고개를 끄덕였다.

"머리가 삼각형이 아닌 독사도 있고, 겨울에도 나오니까." 누군가가 그렇게 중얼거리자 부채질하던 노인이 천천히 말했다. "타이베이는 아열대라 뱀도 동면하지 않아. 시골에 살아보면 알지. 한파가 올 때만 쉬다가 다시 기온이 오르면 움직여."

"우리 형의 옛날 여자친구네가 화시지에서 뱀집을 했어요." 마지막을 장식한 게 나였다. "그녀 집에서 뱀이 도망친 게 아니었으면 좋겠는데……."

무섭게 내리던 비는 단명했다. 빠르게 흘러가는 구름 사이로 밝은 달이 얼굴을 내밀자 하나둘씩 정자를 나섰다.

우리도 젖은 열대 나무 밑을 지나 귀갓길에 올랐다. 젖은 아스팔트가 가로등에 반사되어 검게 빛났다. 비에 잠시 사라졌던 열기가 다시 돌아왔고 흙과 풀 냄새가 무겁게 올라왔다. 바람이 불면 용수나무와 종려나무 잎에 붙어 있던 물방울이 높은 곳에 떨어졌다. 연못 쪽에서 개구리 소리가 났다. 전기음처럼 징 하는 귀뚜라미 소리도. 다다가 집요하게 뱀 이야기를 떠들어대서 아강이 머리를 때려 입을 다물게 했다. 이제 2주만 지나면 다다는 초등학교 6학년이 되고 우리는 중학교 2학년이 된다.

9.

다다가 드디어 헤드스핀을 완성한 밤, 땅바닥에 쓰러진 우리는 땀과 피로에 절었으나 흡족했다.

팀에 헤드스핀이 새롭게 더해짐으로써 드디어 시먼딩 중심부로 진출할 마음의 준비가 끝났다. 격렬한 흥분에 이어진 허탈함 속에서 우리는 밤하늘을 올려다보거나 물고기가 뛰어오르는 소리에 귀를 기울였다. 얼마 전 새아버지에게 얻어맞은 제이의 관자놀이는 시커멓고 코에는 반창고가 붙어 있었다.

바람이 지나가자 대나무숲이 으스스하게 술렁였다. 라디오 카세트에서는 조용한 랩 음악이 흐르고 있었다. 제이가 한수밍을 언급한 것은 그때였다. 여동생들을 데리고 단수이강에서 쑥을 캐고 있는데 얼굴에 붕대를 칭칭 감은 한수밍을 봤다는 것이다.

"종업식 때 지앙 선생님이 말했잖아." 아픈지 제이는 입을 거의 움직이지 않고 말했다. "문정국중에 이상한 사람이 침입해

학생에게 염산을 뿌렸다고."

"중학교면 어디든 상관없었다고." 아강이 덧붙였다. "그 범인이야?"

"범인은 그 자리에서 체포되었다고 선생님이 말했잖아." 나는 아강의 어깨에 펀치를 날렸다. "염산을 맞은 아이야, 제이?"

제이가 고개를 끄덕이자 다다가 흥분해 물었다. "얼굴, 봤어?"

"아니, 여동생들이 무서워해서."

"신문에서 읽었는데," 나는 라디오카세트 볼륨을 줄였다. "귀가 녹아버린 아이도 있대."

전원이 제이를 바라봤다.

"귀는 모르겠는데 눈이 붕대 사이로 보였어. 한쪽 눈이 새하얗더라. 실명했겠지."

"그리고?" 다다가 달려들었다. "저기, 제이. 더 본 거 없어?"

"이렇게 더운데 소매가 긴 옷을 입었어. 그리고 목덜미가 짓물러 용수나무 뿌리 같더라."

"그 사람, 늘 단수이강 근처에 있나?"

"내가 어떻게 아냐?"

"저기, 또 만날 수 있을까?"

우리는 얼굴을 찌푸렸다.

"제이는 좋겠다! 나도 보고 싶은데."

나는 다다가 얻어맞지 않을까 생각했는데 아강은 그러기는커녕 동생과 마찬가지로 기대를 품은 눈빛으로 제이를 쳐다보고 있었다.

"그럼 내일이라도 보러 가볼까?" 제이가 씩 웃었다. "운이 좋으면 또 만날지도 모르지."

그런 이유로 다음 날, 우리는 불행한 소년을 찾으러 나갔다.

습기를 머금은 뜨거운 바람이 부는, 상당히 흐린 오후였다. 낮게 드리워진 구름이 거리를 덮고 있고 전깃줄에 앉은 까마귀는 숨쉬기도 힘든지 울 기운도 없어 보였다. 무거워 보이는 몸을 흔들며 남하하는 쥐광하오를 바라보고 나와 아강, 다다는 선로를 건넜다.

때는 80년대 중반으로 이 선로가 지닌 의미는 옛날보다 훨씬 가벼워졌으나 그래도 대만인의 땅에 발을 들여놓았다는 약간의 긴장감이 내 등을 내달렸다. 그 긴장을 들키지 않으려고 평소보다 더 거칠게 행동했다. 말끝마다 "젠장"이나 "이 바보 녀석"이라는 말을 괜스레 사용해 소심함을 감췄다. 아강은 복잡한 표정을 지었지만 드러내지는 않았다.

광저우지에를 서쪽으로 나아갔다. 인도다운 인도는 없었고 인도가 있어도 차도로 걸었다. 인도는 좁고 다닥다닥 붙은 점포들이 맘대로 나와 있어 사유지 같았다. 파는 가구나 맡아둔 오토바이 같은 것들이 가는 길을 죄다 막고 있었다. 우리는 선반 공장에서 나온 기름투성이 남자를 피해 걸어갔다. 남자는 기름으로 시커멓게 된 러닝셔츠를 입고 기름으로 시커먼 손을 기름으로 시커먼 수건으로 닦으면서 우리를 응시했다.

청나라 때 세워진 붉은 벽돌의 보피라오지에의 터널 같은 치로우 밑에서 제이를 기다렸다. 제이의 집은 도로를 건넌 산수이 시장 안에 있었다. 시장이라고 해도 조악한 음식점이 늘어서 있는 초라한 골목으로 동네 노인들이 입에서 국물을 줄줄 흘리며 밥을 먹고 있었다.

대만어로 방카라고 부르는 이 일대를 우리 외지인은 완화라고 불렀다. 대만어로 글자가 없어서 일본통치시대에 대만인이 '방카'라고 말한 것을 일본인이 '완화(萬華)'라는 글자를 붙였다. 곧장 서쪽으로 가면 단수이강이 있고 거기서 북쪽으로 가면 디화지에가 나왔다. 완화나 디화지에 다 하구 교역으로 번성했던 곳인데, 거칠다는 의미에서는 완화가 훨씬 강했다.

"초등학교 2, 3학년 때 말이야." 심심했던 터라 그런 옛날이야기가 입 밖으로 나오고 말았다. "형과 둘이 이 근처를 어슬렁거린 적이 있어."

아강의 얼굴은 산수이 시장을 향하고 있었으나 나는 개의치 않고 이야기를 계속했다.

"형, 이제 돌아가자." 몇 시간이나 괜히 돌아다닌 탓에 반바지를 입은 내 다리는 막대기처럼 뻣뻣했다. "저기, 저기 말이야…… 엄마에게 들키면 혼난다고. 선로 저쪽으로는 가지 말라고 했잖아."

"죽어라 따라온 사람은 너야." 무섭게 노려보는 모의 얼굴에 정면으로 석양이 내려앉아 있었다. "데리고 가지 않으면 어머니에게 이른다고 협박했잖아."

"그야⋯⋯."

아강도 자주 이리 놀러 오니 그랬다는 말은 하지 못하고 삼켰다. 선로를 넘어 광저우지에 저쪽으로 가는 것은 당시 내게는 큰 의미가 있었다. 그것은 친구들 사이에서 용기를 증명하는 일이었다. 어른들의 말을 잘 듣는 착한 아이라는 말은 소용없었다. 아강과 동등해지기 위해 반드시 해야만 하는 통과의례 같은 것이었다.

"돌아가고 싶으면 혼자 가." 모가 말했다. "이 길이 광저우지에니까 그대로 돌아가 선로만 건너면 샤오난면이야. 하지만 잘 들어. 어머니에게 일렀다가는 어떻게 되는지 알지?"

"여기, 룽산사 아니야? 벌써 세 번째 지나가는 거야."

"시끄러워!"

"아무리 찾아도 못 찾아." 나는 다리를 질질 끌며 걸었다. "아마 이제는 안 파나 봐⋯⋯ 이만큼 찾았는데 못 봤잖아."

모는 화를 내며 걷는 속도를 높였고 나는 우는 소리를 늘어놓으면서 종종걸음으로 형의 뒤를 쫓았다.

우리는 누에를 찾고 있었다.

며칠 전, 하굣길의 모가 삿갓을 쓴 남자에게 누에와 뽕잎을 샀다. 이게 뭐야?! 어머니가 비명을 질렀다. 이런 걸 사서 뭘 하려고, 모! 학교 앞에서 팔았어, 다 샀다고. 그런 걸 물은 게 아니 잖아. 왜 샀는데? 이 녀석들은 실을 토해내 고치를 만들어. 내가 그걸 몰라 묻겠니? 그 고치가 비단이 된다고. 저기, 모……. 엄 마에게 비단 손수건을 만들어줄게.

"치파오는 어렵겠지만." 그렇게 말하고 모는 슬그머니 웃었 다. "엄마, 기대해."

어머니는 불평을 늘어놓으며 안으로 들어갔는데 화난 척하 는 것일 뿐이라는 걸 나도 알았다.

모와 나는 누에를 과자 깡통에 옮기고 뽕잎을 넣어주었다. 작은 분필처럼 새하얀 누에들은 꾸물꾸물 기어 다니며 뽕잎을 무섭게 먹어치웠다. 그리고 아주 작고 검은 알갱이 똥을 쌌다. 순식간에 먹어치웠기 때문에 모가 후다닥 달려가 뽕잎을 더 사 와야만 했다.

어느 날 밤, 일을 끝내고 돌아온 아버지가 마두랑(馬頭娘, 누 에의 다른 말) 이야기를 해줬다. 한 아버지가 전쟁에 나갔어. 집 에는 딸과 말만 남았지. 딸은 외로워 "만약 네가 아버지를 모시 고 오면 네 아내가 될게"라고 말했어. 그러자 말은 히힝 크게 울 고 집을 뛰쳐나가 정말로 아버지를 등에 태우고 돌아왔던 거 야! 딸은 정말 기뻐했는데 아버지는 말이 좀 이상하다는 걸 깨 달았지. 어찌 된 일이니? 무슨 일이 있었어? 딸을 추궁했어. 그 리고 딸이 말과 바보 같은 약속을 했다는 사실을 알았지. 격노 한 아버지는 활로 말을 쏴서 죽였어. "말 주제에 사람 아내를 얻으려 하다니!"그리고 말의 가죽을 벗겨 마당에 내버려 뒀어. 딸이 말가죽 위에서 놀고 있었는데 갑자기 가죽이 확 펴지더니 딸을 감싸고 집을 뛰쳐나갔어.(이때 아버지가 양팔을 확 펼치는 바람에 나도 형도 펄쩍 뛰어올랐다) 아버지가 딸을 발견했을 때 딸은 말가죽에 달라붙은 채 누에가 되어 나무 사이에서 실을 뱉어내고 있었어. 아버지는 딸을 잃고 슬퍼 그 나무에 '상(喪)'과 발음이 똑같은 '상(桑, 뽕나무)'이라고 이름을 붙였지. 그래서 누에는 뽕잎만 먹는 거란다.

우리의 누에는 뽕잎을 마구 먹어대며 점점 통통해졌다. 몇 마리가 깡통 구석에서 실을 뱉어내기 시작해서 형과 나는 언제 고치가 될까 싶어 즐겁게 기다렸는데, 어느 날 학교에서 돌아와 보니 모두 죽어 있었다. 이유는 모른다. 모는 내가 무슨 짓을 했다고 지레짐작하고 내 따귀를 갈겼고, 내가 엉엉 울자 어머니가 모를 혼냈다. 윈은 아무 짓도 하지 않았어, 깡통 안이 너무 더웠던 거 아닐까? 그래서 형은 집을 뛰쳐나왔고 나는 형의 뒤를 쫓아 나온 것이었다.

"대체 왜 누에 장사가 완화에 있다고 생각해?"

그렇게 말하면서도 나 역시 누에를 파는 장사꾼을 찾으려면 완화밖에 없다고 생각했다. 이쪽의 광저우지에 없다면 저쪽 광저우지에서 찾는 수밖에 없다. 초등학생 때의 우리 세계는 겨우 그 정도였다.

"배고파. 밥 먹을 때까지 돌아가지 않으면 정말 혼날……."

모가 걸음을 멈추는 바람에 나는 그의 등에 쿵 하고 부딪치고 말았다.

"왜 그래, 형?"

그는 좁은 골목을 신중하게 살피고 있었다. 거리는 바싹 말라 있었는데 그곳에만 물웅덩이가 있었다. 빨강과 초록색 문과 철제 격자가 끼워진 창문이 양쪽에 늘어섰고, 슬립 차림의 여자가 문에 기대어 담배를 피우고 있었다. 언제였던가, 리씨 할아버지와 아버지가 하던 말이 떠올라 나는 전율했다. 완화의 이런 뒷골목에는 음탕한 장사를 하는 여자들이 있고 남자들이 하나에 10위안인 막대 불꽃놀이 폭죽을 사면 그게 다 탈 때까지 입은 옷을 풀어헤치고 나체를 보여준다는 것이다.

"안 돼!" 나는 뒷걸음질 쳤다. "정말 싫어…… 안 된다니까."

해가 저물고 있다고는 해도 골목은 훨씬 더 어두웠다. 몇 미터 앞은 이미 어둠에 갇혀 있었다. 불길한 그림자가 어쩌다 이곳에 흘러든 이방인을 기다리고 있는 것만 같았다. 그런 나의 불안을 꿰뚫어 본 것처럼 암흑 속에서 빨갛고 노란 네온이 깜빡였다. 무섭지 않아. 골목이 그렇게 말하며 손짓하는 것 같았다. 이리 와, 어서. 이쪽으로 와.

"여기는 아직 보지 못했어." 모가 빨려 들어가는 것처럼 걸음을 내디뎠다. "여기를 봐야겠어."

웃통을 벗고 문신을 한 남자가 골목에서 나와 우리를 의아한 눈빛으로 봤다. 한 손에 뱀을, 다른 한 손에 식칼을 들고 있었다. 그 남자에게 정신이 팔려 다시 돌아봤을 때 이미 형은 골목 깊숙한 곳까지 들어가버렸다.

"형! 형!"

형은 돌아보지도 않고 점점 안으로 들어갔다.

"형! 기다려, 형!"

검은 아지랑이 같은 것이 몸에 달라붙은 것처럼 나는 형을 불러대면서 열심히 쫓아갔다. 씩 이를 드러낸 입술 간판, 막대 불꽃처럼 묘하게 반짝이는 네온. 모든 게 아이를 잡아먹으려고 했다. 밖에서는 몰랐는데 골목 안은 미로처럼 복잡했다. 모는 마치 어디로 가고 싶은지 다 아는 것처럼 모퉁이를 계속 돌아갔다. 뒤에서 뭔가가 커다랗게 입을 벌리고 쫓아오는 것 같아 나는 열심히 달렸다. 하지만 아무리 발버둥을 쳐도 쫓아갈 수가 없었다. 파란 대문 앞의 여자와 눈이 마주쳤다. 얼굴에 커다란 멍 자국이 있는 젊은 여자였다. 새빨간 입술이 싹 올라가더니 슬쩍 손을 뻗어 나를 잡았다.

"전생의 기억이라는 게 있어."

나는 너무 당황해 굳어버렸다. 멀어져가는 모를 부르고 싶었으나 목소리가 목구멍에 들러붙어 나오지 않았다.

"삼도천에는 나하라는 다리가 있어. 그 다리 옆에 맹파라는 할머니가 망자들에게 맹파탕을 마시게 하지." 여자는 빨간 입술을 내 귀에 가까이 댔다. "그걸 마시면 전생의 기억을 잃고 새사람이 되어 윤회할 수 있어. 하지만 나는 기억을 없애지 않고 다시 태어나는 방법을 알아. 너도 알고 싶니?"

나는 고개를 절레절레 흔들었다. 이럴 때 잘못 끄덕였다가는 나락에 빠지기 마련이다. 그녀의 눈은 나를 관통해 그 너머를 보는 것만 같았다.

나는 울상을 짓고 밤이 찾아오는 것도 잊은 채 형을 부르며 골목에서 골목으로 어둠 속을 달렸다. 어디를 어떻게 달렸는지 모르겠다. 그러다 녹색으로 빛나는 격자창 옆에서 걸음을 멈췄다. 창 위에 걸려 있는 간판에는 '집 누에'라고 적혀 있었다. 확신이 전류처럼 온몸을 관통했다. 모는 여기에 있다. 문을 노크하려다 손을 멈췄다. 안에 있는 게 누구든, 굳이 내 존재를 알리는 것은 좋지 않다. 그렇다고 영화처럼 문을 박차고 들어갈 배짱은 없었다. 그래서 최대한 소리가 나지 않도록 살짝 문을 열었다.

집 안은 녹색 빛으로 물들어 있었다.

제일 먼저 눈에 들어온 것은 방 대부분을 차지하는 커다란 신전이었다. 칙칙한 색깔의 보살과 관음 양쪽에 흘러가는 것 같은 글자가 적힌 대련(對聯, 보통 중국 가정에서 문과 집 입구 양쪽에 거는 대구를 쓴 것)이 걸려 있었다. 은색 연기가 향로에서 피어오르고 있었다. 맡아본 적 없는 가루 향의 냄새에 머리가 어질어질했다. 연기가 폐에 가득해 숨쉬기가 힘들었으나 지금은 그런 데 신경 쓸 때가 아니었다. 향로를 응시하니 향이 하나도 세워져 있지 않았다. 대신 누에가 꿈틀대며 작은 굴뚝 같은 실을 토해내고 있었다.

공포가 혈관 속을 내달렸다. 내장이 쑥 빠지는 것 같은 절망에 사로잡혀 다리가 얼어붙어 움직일 수 없었다. 100명의 스님이 내는 나무아미타불 소리가 머릿속에서 커다랗게 울려 퍼졌다. 어둠 속에서 목소리가 난 것은 내가 로봇 춤을 추듯 온몸의 관절을 삐걱거리며 몸을 돌렸을 때였다.

"너, 알고 싶어?"

얼음물을 들이부은 것처럼 목소리가 되지 못한 소리가 머리 꼭대기에서 튀어나왔다.

"전생의 기억을 없애지 않는 방법 말이야." 뒤에서 여자 목소리가 또 났다. "너, 알고 싶어?"

갑자기 깨달았다. 나는 잘못을 저지른 것이다. 아마도 거기서 고개를 저었던 게 아니지 않을까. 하지만 이미 끝난 일이다. 어차피 이미 나락이라면 어떻게 했든 마찬가지다.

각오하고 돌아보니 거기에는 과연 그 여자가 있었다. 얼굴의 멍이 말의 옆얼굴 같았다. '마두랑'이라는 세 글자가 머릿속을 스쳤다.

"너, 알고 싶어?"

나는 고개를 끄덕였다.

다음 순간, 나는 한 마리의 누에가 되어 있었다. 향로 안에서 다른 누에들과 같이 뽕잎을 먹고 있었다.

위장에 구멍이 난 것 같은 허기에 끊임없이 시달리며 이파리를 마구 먹어댔다. 먹다 보니 아침이 왔고 또 밤이 되었다. 시간 감각은 너무나 쉽게 씹히고 삼켜지고 배출되었다. 날이 바뀌었지만 계속 먹었다. 먹는 것 외에는 아무것도 신경 쓸 게 없었다. 누에가 되기 전, 나는 남산국중에 다니는 평범한 중학생이었다. 나는 한심한 싸움 끝에 목숨을 잃은 형이 있고 슬픔에 빠진 어머니가 있고, 나는 안중에도 없는 아버지가 있었다. 내게는 친구가 있었으나 그들은 진정 내가 원하는 게 아니었다. 내가 원하는 것은 번데기처럼 자신을 벗어던지고 완전히 다시 태어나는 것이었다.

무심히 뽕잎을 먹는 데 몰두하니 기억이 흐려지고 더는 내가 아닌 것 같았다. 가을 나무에서 낙엽이 하나씩 떨어지자 내게서 기억이 하나씩 빠져나갔다. 내 몸은 아강처럼 뚱뚱해졌다. 마두랑이 가끔 향로를 들여다보며 행복한 듯 우리에게 말을 걸었다. 많이 먹어. 많이 먹고 아름다운 고치를 만들렴. 그럼 내가 커다란 솥에 삶아 실로 만들어줄게. 마른 아이도 뚱뚱한 아이도 행복한 아이도 슬픈 아이도 모두 같은 비단실이 되는 거야. 그러면 은색 옷감을 짜줄 테니까. 나는 그녀의 말을 완전히 이해했다. 그래서 안심하고 먹었다. 은색 옷감으로 다시 태어나기 위해서 한 번은 커다란 솥에서 푹푹 삶아져야 했다.

어느 날, 배에 뭔가가 차서 괴로웠다. 힘을 줬으나 똥은 나오지 않았다. 그러기는커녕 배를 막은 것이 무슨 생물처럼 몸을 기어 올라와 목구멍을 막았다. 누에에게도 목구멍이 있다는 것을 그때까지는 전혀 몰랐다. 숨을 쉴 수가 없었다. 입을 크게 벌리자 목구멍 안에서 은색 실이 둥실둥실 떠서 나왔다. 나는 며칠에 걸쳐 실을 뱉었다. 더는 뽕잎을 먹고 싶지 않았다. 솜사탕 같은 은색 실이 천천히 몸을 감싸더니 부드럽게 내 몸을 덮어 숨겼다.

나는 멋진 고치가 되었다. 거기에는 어떤 고통도 슬픔도 없었다. 그저 내 심장 박동만 들렸다. 편안한 고치 안에서 몸을 동그랗게 말고 꿈을 꿨다. 꿈속에서 나는 무기질적인 방에 있었고 누군가가 오길 기다렸다.

그리고 생각하기 시작했다.

나는 복도를 다가오는 발소리에 귀를 기울였다. 그 정겨운 발소리의 주인을 나는 전부터 알고 있었다. 점점 빨라지는 심장 박동을 억누르며 문의 손잡이를 바라봤다. 기억이 불러온 감각은 높은 곳에서 추락하는 것과 비슷했다. 유리컵에 물을 붓는 것처럼 추락의 풍경은 사라지지 않고 내 몸을 채웠다.

마침내 문이 조심스럽게 열렸다.

"윈!"

아강이 어깨를 흔들어 정신을 퍼뜩 차렸다. 눈을 깜빡이는 나를 다다가 이상하다는 듯 올려다봤다.

"갑자기 말하다가 마냐?" 아강이 혀를 찼다. "완화의 골목에서 이상한 여자에게 붙잡혔다며, 그래서 어떻게 됐는데?"

"아? 아아…… 그게 다야." 말해봤자 믿을 수 없는 이야기는 역시 하지 않는 게 상책이다. "형이 나를 찾아서 그대로 집에 왔어."

아강은 불만스러워했으나 그때 다다가 산수이 시장 쪽을 가리키며 제이가 온다고 소리쳤다.

지금도 가끔 그때 일을 생각한다. 정신을 차리니 나는 모에게 업혀 있었다. 깼어? 나를 내려주면서 모가 말했다. 그런 데서 자는 녀석이 어디 있니? 다리에 힘이 들어가지 않아 비틀거렸다. 괜찮아, 윈? 내가 뭘 했어? 다른 사람 집 처마 밑에서 자고 있더라. 어디에 있었고 뭘 했는지 바로 생각나지 않았다. 어두운 길 끝에서 건널목 경고가 울리고 빨간 등이 깜빡였다. 그래서 선로 근처까지 왔다는 걸 깨달았다. 계속 업어준 거야? 어쩔수 없잖아. 이상한 꿈을 꿨어. 이상하지 않은 꿈이라는 게 있나? 파란 열차가 천천히 타이베이역 쪽으로 달려갔다. 차창 안에서는 사람들이 자거나 우리를 보거나 걷고 있었다. 승강구 계단에서 남자가 담배를 피우고 있었다.

"젠장!" 아강이 소리쳤다. "30분이나 기다렸다고!"

제이는 찜통 연기와 오토바이의 매연을 헤치며 달려왔다. 얼굴을 보니 또 맞은 걸 알 수 있어서 아강도 더는 아무 말 하지 않았다.

우리를 데리고 단수이강까지 갔으나 이날은 끝내 강가에서 놀기만 했을 뿐 한수밍을 보지 못했다.

10.

모든 것은 오랜 시간에 걸쳐 천천히 변해간다. 하지만 모든 것이 완전히 변해버린 다음에야 깨닫는다. 변화하는 중에는 좀처럼 깨닫지 못한다. 마치 해시계처럼 아무것도 변한 게 없는 듯하다. 그래서 더는 눈길을 피할 수 없게 되었을 때 사람은 그제야 일의 중대함에 놀란다. 도대체 무슨 일이 일어났나 하는 생각에 고개를 갸웃한다. 그렇게 하나씩 돌이킬 수 없어지는 것이다.

여름방학 마지막 주말에 아강의 어머니가 증발했다.

평소와 전혀 다름이 없는 아침이었다. 우리를 침상에서 끌어낸 것은 평소 같은 8월의 무더위였고, 아홍 아저씨가 몰래 가게 돈을 빼낸 것은 이발소 아줌마에게 주기 위해서였고, 아강의 어머니가 오토바이를 타고 나간 것은 평소와 다름없이 장사를 시작할 준비를 위해서였다.

그랬어야 했다.

가게를 여는 오전 11시가 되어도 그녀는 돌아오지 않았다. 용수나무에 매달린 매미가 맹렬하게 울어대며 여름을 구가하고 있었다. 그와는 반대로 불기가 없는 부엌은 싸늘했고 냄비 안에서는 육수 표면이 기름으로 하얗게 굳어 있었다.

우리는 가게 셔터를 반만 열고 아강의 어머니가 돌아오기를 기다렸다. 소고기국수 한 그릇을 원해 찾아온 사람들이 원망을 남기고 떠났다. 셔터 아래로 얼굴을 들이미는 단골도 있었는데 아홍 아저씨는 그런 사람들에게 고개 숙여 사과했다. 죄송해요. 우리 집사람이 아직 장 보러 갔다가 돌아오질 않았어요.

그녀는 정오가 되어도, 1시가 되어도, 2시가 되어도 돌아오지 않았다. 매미 소리와 틀어놓은 TV의 소리가 나른한 오후의 정적을 그나마 흔들었다. 오후 3시가 지나자 아홍 아저씨가 천천히 냄비에 불을 켰다. 그리고 끓기 시작한 육수를 가만히 바라봤다. 내내 그 사람에게 모두 맡겨뒀었네. 육수 끓는 소리가 아홍 아저씨의 목소리를 지웠다. 하지만 원래는 내가 그 사람에게 소고기국수 만드는 법을 알려줬잖아. 그랬지.

나와 아강과 다다는 몰래몰래 서로를 훔쳐봤다. 맛이 부족한 아홍 아저씨의 소고기국수를 먹은 다음에는 무거운 더위와 침묵 속에서 오로지 기다렸다. 5시가 다 되어 제이가 왔다. 우리는 댄스 연습을 하기로 되어 있었다. 내가 짧게 사정을 설명하자 제이도 같이 기다렸다. 아홍 아저씨가 전화 몇 통을 걸었다.

어느새 매미 대신 쓰르라미의 쓸쓸한 소리가 광저우지에에 길게 퍼졌다. 손님이 왔다가 실망하고 돌아갔다. 지루해진 다다가 졸라 나는《냉성풍운》의 다음 이야기를 시작했다.

"다음 적은 찬랑랑(웜 우먼)이야." 리우따오를 죽인 콜드 스타의 다음 복수극을 생각나는 대로 말했다. "이 녀석은 입에서 은색 실을 뱉어. 그 실에는 눈에 보이지 않는 작은 누에가 징그러울 정도로 많이 붙어 있어서 흡입하면 결국에는 누에가 몸속을 온통 실로 채워 질식사시켜. 실을 마신 콜드 스타는 절체절명의 위기에 빠지지. 질식해 쓰러진 콜드 스타를 내려다보며 찬랑랑이 빨간 입술을 일그러뜨리며 웃어. 하지만 콜드 스타는 죽지 않아. 평소 기공 훈련을 게을리하지 않아서 쓰러진 채 기를 단련해 체온을 100도까지 올리는 거야. 보통 인간은 도저히 견뎌낼 수 없지. 콜드 스타는 가만히 기다려. 몸의 구멍이란 구멍에서 검은 연기가 분출해. 그 덕분에 몸에 들어갔던 누에들이 모두 타 죽어. 그것을 본 찬랑랑의 미소가 차갑게 얼어붙지."

"찬랑랑의 필살기는 그게 다야?" 다다를 제치고 제이가 나섰다. "아니, 그럴 리가 없지. 이제부터 정체를 밝힐 거지? 여자의 껍질을 벗어던지자 엄청나게 큰 누에였던 거 아냐?"

"아아…… 응." 의표를 찔린 나는 재빨리 말을 바꿔 계속했다. "아니, 아니야. 찬랑랑의 필살기는 그게 다야…… 응. 보라고, 필살기라는 것은 한 방에 상대를 죽이는 기술이잖아? 그러니까 두 번이나 같은 적과 싸우는 일은 없으니까 하나로 충분해."

"찬랑랑의 그 필살기 이름은 뭐야?"

"아, 그건……."

전화벨이 어마어마하게 크게 울려 우리는 입을 다물었다.

의자에서 벌떡 일어난 아훙 아저씨가 계속 울리는 전화기를 가만히 쳐다봤다. 마치 그 벨 소리가 사형선고라도 되는 듯. 우리의 시선은 아훙 아저씨와 전화 사이에서 흔들렸다. 벨이 한번 울릴 때마다 도화선이 점점 짧아지는 것만 같았다.

"아버지."

아강이 재촉하자 아훙 아저씨는 겨우 주문에서 풀린 듯 수화기를 들었다. 침을 꿀꺽 삼키는 소리가 들렸다.

"여보세요."

"……."

아훙 아저씨가 눈을 질끈 감고 천장으로 고개를 들었다.

"아, 잘 지내." 억누른 목소리로 몇 번 건성으로 대답했다. "그쪽은 어때?"

"……."

"그런 건 신경 쓰지 마. 지금 전화 바꿀게." 그렇게 말하고 내게 수화기를 내밀었다. "윈, 받아라."

"예?"

"국제전화야."

아강이 작게 혀를 찼다. 나는 수화기를 받아들고 다른 사람들에게 등을 돌렸다.

"여보세요. 아버지?"

"윈, 잘 지내니?"

"아…… 응."

"왜 그래? 무슨 일 있니?"

"아, 아니……." 등에 몇 개의 시선이 꽂혔다. "아무 일 없어…… 잘 지내. 거기는? 어머니는 괜찮아졌어?"

"다음 주에 대만으로 돌아갈 거야." 바다 너머에서 아버지가 말했다. "오랫동안 혼자 있게 해서 미안했다."

"정말?" 들뜬 목소리를 서둘러 떨어뜨렸다. "무슨 요일에?"

"일요일이야. 다음 날부터 새 학기지? 그때까지는 돌아가고 싶었어. 아홍 말을 잘 들어라."

"응."

"네가 해줬으면 하는 일은 환기야. 할 수 있겠니?"

"응."

"윈, 정말 괜찮은 거니? 무슨 일 있으면……."

"괜찮아."

"그렇다면 다행이지만."

"아저씨 바꿀까?" 시선을 던지자 아홍 아저씨가 손을 흔들었다. "아저씨도 별일 없으시대."

그리고 한두 마디 더 하고 수화기를 내려놓았다. 딸깍 하는 소리는 한동안 멈췄던 광저우지에의 시간이 다시 움직이기 시작하는 신호이자 꿈과 현실을 가로지르는 포인트가 삐걱거리는 소리 같았다. 아홍 아저씨는 허공을 노려봤고 아강은 안달이

났는지 다리를 덜덜 떨었다. 단 한 통의 전화가 나와 그들을 갈라놓은 것 같았다. 내가 할 수 있는 일은 들뜨는 마음을 최대한 숨기고 소고기국숫집에서 나오는 것뿐이었다.

황혼이 광저우지에를 붉게 물들이고 있었다. 붉은 잔광 속에서 박쥐들이 하염없이 날고 있었다. 아무 생각 없이 가게를 나왔지만 내게는 아버지에게 부탁받은 일이 있었다. 엔핑난루를 걷고 있으니, 구걸하는 노파가 다가와 동전이 든 플라스틱 컵을 내 앞에서 찰랑찰랑 흔들었다. 10위안짜리 동전 하나를 넣었다. 노파는 이가 없는 입을 우물거리며 사라졌다.

"한 사람한테 주면 모두 몰려들 거야."

돌아보니 제이가 서 있었다.

"너도 나왔어?"

"저런 공기가 싫어서 나는 집에 있기 싫어. 저런 분위기일 때 아버지라는 사람은 아이를 때리지."

"아저씨는 그런 짓 안 해."

"그럼 자신을 고통스럽게 하지." 제이는 기지개를 쭉 켜고 머리 뒤에서 깍지를 꼈다. "그건 그렇고 아강의 엄마는 어딜 간 걸까?"

"글세, 모르겠다."

"우리 아버지처럼 몰래 중국으로 돌아간 건 아닐 테고."

이때까지 나는 그 남자의 존재를 조금도 생각하지 못했다. 늘 국수를 남긴 남자, 다다에게 손목시계를 선물한…… 그래,

분명 진이라는 이름이었다. 어디를 싸돌아다니는지. 얼간이 같으니라고…… 교태를 부리던 아강의 어머니가 시야에서 흔들렸다.

"왜 그래?" 제이가 미간을 찌푸렸다. "뭐 짚이는 데라도 있어?"

"어? 아…… 아냐, 별로."

우물쭈물하고 있는데 두 번째 걸인이 다가와 시커먼 손을 내밀었다.

"아까 노파에게 줬어요."

"그래서?" 걸인 남자가 말했다. "그 돈으로 아까 노파가 뭘 먹었으면 내 배도 불러?"

혀를 차고 나서려는 제이를 말렸다.

"그러네."

더러운 손에 10위안짜리 동전을 쥐여주는 나를 보며 제이는 어이없어했다. 그리고 고맙다는 말도 없이 사라지는 부루퉁한 걸인을 향해 "돈을 벌었으니 세뱃돈 좀 줘!"라고 소리쳤다.

객실 창문을 열었으나 바람이 하나도 불지 않아서 집에 가라앉아 있는 탁한 공기가 전혀 움직이지 않았다.

나와 제이는 가운데 테이블을 치웠다. 윈드밀을 할 정도로 넓진 않으나 스텝 연습 정도는 할 수 있는 공간을 확보하자 전에 제이가 두고 간 마이클 잭슨의 비디오를 틀었다. 스텝 자체는 그리 어렵지 않았다. 그런데도 우리 동작은 좀처럼 맞지 않았다.

"보라고. 우리는 좀비라고. 좀비니까 상반신의 동작은 맞추지 않아도 돼. 하지만 하반신은 제대로 맞추지 않으면 안 돼. 그리고 발소리도 크게 내야 해."

비디오를 수없이 되돌려 보며 마이클 잭슨의 움직임을 연구하고 나름대로 개량해 좀비처럼 오른쪽 어깨만 올리면서 포지션을 바꾸는 연습을 했다. 한 시간 정도 땀을 흘리며 춤췄을 때 제이가 툭 내뱉었다.

"둘이 연습해봤자 의미가 없어."

"그러네."

"아강과 다다도 같이 맞추지 않으면 거리에서 출 수 없잖아."

허무함에 사로잡힌 우리는 소파에 몸을 던지고 틀어놓은 비디오를 멍하니 쳐다봤다.

나는 아강의 어머니와 그 남자가 같이 있는 걸 상상해보려고 했으나 성인 남자와 여자가 도대체 뭘 하며 노는지는 상상할 수 없었다. 마이클 잭슨의 뮤직비디오가 끝나고 〈플래시댄스〉의 뮤직비디오로 바뀌었다. 검은 발토시를 신은 여성이 댄스 스튜디오 안을 자유로운 새처럼 뛰어다녔다. 수없이 본 비디오인데 언제 봐도 그녀의 레오타드 모습에 마음을 빼앗겼다. 파란 스포트라이트를 받은 실루엣이 한껏 뒤로 몸을 젖히면 그 아름다운 육체에 물이 쏟아졌다. 그것은 그 무렵 내가 아는 가장 에로틱한 장면이었다.

그때 제이의 얼굴이 앞을 가로막더니 그의 입술이 내 입술에 살짝 닿았다.

아주 짧은 순간이었다.

제이는 다시 소파에 몸을 기댔고 우리는 아무 일 없었다는 듯 TV를 계속 봤다. 댄서 여성이 땅에 몸을 던져 백스핀에 들어 갔다. 경쾌하게 스텝을 밟는 그녀의 엉덩이가 화면 가득 약동하고 있었다.

"저 여자 말이야." 쩍쩍 달라붙는 입을 간신히 열었다. "엉덩이를 드러내는 게 아무렇지도 않나 봐."

제이는 여전히 입을 다물고 있었다.

그래서 나도 입을 다물고 한쪽 다리로 빙글빙글 도는 나체나 마찬가지인 여자를 노려봤다. 여성의 자유와 노출도는 비례한다고 말하는 것 같았다.

"지금 그거 뭐야?"

역시 대답은 없었다.

"두 번 다시 하지 마라."

뱃속에서 영문 모를 분노가 치솟았다. 부모님이 미국에서 돌아와 이제부터 모든 게 잘될 인생에 재수 없는 일이 생길 것만 같았다.

"들었어? 두 번 다시 하지 마."

우리는 TV 화면에 얼굴을 고정하고 있었다. 아마도 컬처 클럽이나 더 카스의 한심한 뮤직비디오가 흐르고 있었을 것이다.

그 무렵에는 그런 게 유행이었으니까. 하지만 전혀 기억나지 않는다.

이윽고 제이가 일어나 슬그머니 사라진 뒤에도 나는 TV 앞에서 움직이지 않았다.

11.

아강의 어머니에게서 연락이 온 것은 이틀 뒤였다.

그녀는 완전히 이혼을 결심하고 아강과 다다를 데리고 집을 나가겠다고 아훙 아저씨에게 알렸다. 이후 아강의 집은 이혼 재판의 수렁에 점차 빠지게 되었다. 아훙 아저씨의 변호사는 그의 어릴 적 친구이기도 한 내 아버지였다. 귀국하기 전에 아버지는 국제전화로 아훙 아저씨에게 아내의 부정 증거를 최대한 모아두라고 조언했다. 하지만 훨씬 뒤에 명백히 드러난 것은 아내보다 아훙 아저씨의 부정 증거뿐이었다.

아훙 아저씨는 소고기국숫집을 쉬고 아침부터 맥주만 마셨다. 뒤따라 아강도 불량해지기 시작했다. 눈빛이 험악해지고 아무 데나 침을 뱉었다. 아주 사소한 일에 동생을 두들겨 패서 다다도 웃으며 지내기 어려워졌다. 아강이 문제의 손목시계를 빼앗아 벽에 던졌을 때는 다다도 가만히 있지는 않았다. 형제가 드잡이하는 바람에 가게가 엉망이 되었다.

"그만해!" 아홍 아저씨가 아들들을 말렸다. "너희들, 왜 그래? 아강, 왜 손목시계를 부수었니?"

아강은 절대 대답하지 않았고 다다는 피해자 행세를 하며 훌쩍훌쩍 울었다. 아홍 아저씨는 부서진 손목시계를 주웠다.

"이 손목시계, 뭐니?"

형제 모두 입을 다물었다.

"아강, 이 손목시계 뭐니?"

아강은 고개를 돌리고 이를 악물었다.

"다다, 어머니가 이 손목시계를 사줬니?" 다다도 아무 말 하지 않아서 아홍 아저씨는 내게 고개를 돌렸다. "윈, 너 뭐 아니?"

"그건……" 우물거리는 나를 아홍 아저씨는 끈질기게 기다렸다. "그건 아마…… 그 진씨가 다다에 사줬을 거예요."

"그러니, 다다?"

다다는 입을 굳게 다물었다.

"손목시계가 가지고 싶었니?"

대답은 없었다.

아홍 아저씨는 부서진 손목시계를 테이블에 놓고 한마디 없이 가게를 나가 그대로 밤까지 돌아오지 않았다.

그날 이후 나와 제이 사이에도 어색한 공기가 흘렀다.

제이가 아무 말도 하지 않는 것은 불공평하다는 생각이 들었다. 말이 없어지니 마음에 미움이 싹텄다. 제이가 굳이 변명하지 않는 것은 나를 깔보기 때문이다, 그렇게 생각하게 되었다. 그야 그런 일이 있었으면 잘못한 사람이 먼저 다가와야 하는 게 아닌가!

그런 까닭으로 그 여름방학이 끝나는 마지막 날, 우리는 저마다의 이유로 화가 나 있었다. 증오가 풍선처럼 부풀어 금방이라도 터질 것만 같았다. 나와 아강이 제이를 쓰러뜨린 것은 부모님이 귀국하기 전날이었다.

아홍 아저씨는 셔터가 내려진 캄캄한 가게 안에서 내내 술을 마시고 있어 아강과 다다는 우리 집에서 지냈다. 우리가 담배를 피우기 시작한 것도 이 무렵부터였다.

그날 밤, 나와 아강은 소파에 깊이 기대어 담배를 피우고 있었다. 다다는 내 침대에서 죽은 듯 자고 있었다. 열어놓은 창문으로 바람 한 줄기도 들어오지 않은 탓에 쾌쾌한 연기가 객실에 충만했다. 바람조차 피하는 것만 같았다.

켜놓은 TV는 재미도 없는 그저 그런 오락 프로그램을 방송하고 있었는데, 전혀 관심도 없는 남자가 전혀 관심도 없는 오래된 노래를 부르고 있었다. 울고만 있어선 안 돼. 하! 즐겁게 지내자. 고생을 두려워해선 안 돼. 하! 웃으며 어려움에 맞서자. 사랑해야만 하는 인생. 사랑해야만 하는 인생을 축복하자……. 듣고 참는 데도 정도가 있었다.

"인생이란 말이야." 아강이 천천히 입을 열었다. "이런 노래를 듣고 있으면 완전히 똑같은 재료로 전혀 다르게 만든 요리 같은 느낌이 들어."

"무슨 소린지 알겠다."

"어떻게 알아?"

"소고기국수와 우육탕면 같은 거라고 말하고 싶은 거잖아?"

"결국은 마찬가지야."

우리는 담배를 피웠다.

아강이 비디오 기기를 만지자 사랑해야만 하는 인생을 축복하라고 강요하는 가수가 사라지고 〈플래시댄스〉 뮤직비디오가 나왔다.

"젠장!"

우리는 담배를 피우고 약동하는 댄서의 엉덩이를 한참 쳐다봤다.

"왜 그래?" 아강이 물어왔다.

"뭐가?"

"지금 젠장이라고 했잖아. 내게 불만이라도 있어?"

"너랑은 상관없어."

다시 담배를 피우고 약동하는 댄서의 엉덩이를 봤다.

"젠장!"

"그러니까 왜 그러냐고!" 아강이 혀를 찼다. "하고 싶은 말이 있으면 얼른 해! 나는 그렇게 한가하지 않다고."

"제이 때문이야."

아강이 눈을 가늘게 뜬 것은 연기 탓만은 아니었다.

"그 녀석이 나를 호모 취급했어."

"무슨 소리야?"

"얼마 전에 둘이 비디오를 보고 있을 때야." 빈 깡통에 꽁초를 비벼 끄고 말이 나온 김에 털어놓았다. "갑자기 키스해오더라."

"키스라니…… 뺨에?"

곁눈으로 아강을 가만히 바라봤다.

"말이 되냐?"

"너, 의심스러운 적 없었냐?"

"글쎄다." 아강은 이리저리 눈을 굴리면서 기억을 뒤졌다. "그러고 보니 소변볼 때 종종 들여다보곤 했지."

"바로 그거야."

"그런 일은 자주 있잖아."

"내 말 못 들었냐? 키스해왔다고."

"젠장, 장난인 줄 알았는데."

"그 녀석, 그런 눈으로 우리를 봤던 거야."

"전에 중화상창에 야한 책을 구하러 간 적이 있는데 그때도 별로 맘이 없어 보이더라."

"젠장!"

"젠장." 아강이 말했다. "그러면 그 자식, 홍로우에 죽치고 있는 녀석들과 같다는 소리잖아?"

우리는 가만히 있을 수 없었다.

다음 날, 제이를 불러냈다. 내게 전화가 올 거라고는 생각지도 못했다는 듯 제이의 목소리는 긴장한 것 같았는데, 결국은 강아지처럼 순순히 응했다. 저녁이 돼야 하녀로 일하는 어머니가 돌아온다고 해서 5시에 룽산사 앞에서 만나기로 했다.

30분쯤 일찍 도착한 우리는 아강의 제안으로 정말 제이를 때려눕혀도 되는지를 신전에 물어보기로 했다.

룽산사 본존은 관음보살인데 그 밖에도 다양한 신이 모셔져 있었다. 우리는 참배객으로 가득한 본전을 돌아 우리 목적에 맞는 신을 찾아다녔다. 관음전, 천공전(하늘을 지키는 신), 문창전(학문을 지키는 신), 수선전(물을 지키는 신), 마조전(항해의 안전을 지켜주는 신), 주생전(출산과 안산의 신)이 나왔고 마지막이 관성제군전(관우를 모신 곳)이었다.

"말해두겠는데." 아강이 말했다. "관우는 장사를 번창하게 하는 신이야."

"《삼국지》에 나오는 호걸 아니야?" 내가 대답했다. "어쨌든 주생전에 갈 수는 없잖아."

"그야 그렇지."

우리는 예법에 따라 지아오 패(筊, 빨간 초승달 모양의 나뭇조각. 두 개로 한 쌍을 이루는데 바닥에 던져 각각 앞뒤로 나뉘면 신불의 승인을 얻은 것으로 간주)를 양손에 들고 이름, 주소, 생년월일을 남김없이 적어 관우 공에게 올렸다.

"단판 승부야." 아강이 말했다.

"그렇지." 내가 대답했다.

"만약 관우 공이 그만하라고 하면 관두는 거다."

"응. 그래야지."

"묻고 싶은 것을 자세히 말하지 않으면 웃는 패가 나오니까."

"웃는 패?"

"둘 다 양면(陽面)이 나오는 거야. 패가 웃는 것처럼 보이잖아? 웃는 패는 신이 네 질문을 이해하지 못했거나 실소했다는 뜻이야."

"어느 쪽이 양면인데?"

"평평한 쪽이 양면이야."

"너, 잘 안다."

"장사꾼이니까."

"그럼 둘 다 음면(陰面)일 때는?"

"어두운 패라고 해. 최악의 대답이지. 해봤자 잘 안 된다는 뜻이야."

"우리 경우는 뭐가 최악일까?"

"글쎄, 모르겠네." 아강이 어깨를 으쓱했다. "아마도 제이를 때려눕히는 대신 우리가 흠씬 얻어맞는 거 아닐까."

나는 눈을 감고 속으로 이런 이런 사정으로 선지에썬을 때려눕혀도 괜찮나요, 라며 소원을 올리고 에잇 하고 패를 던졌다. 바닥에 떨어져 튕기는 나뭇조각의 소리가 가루 향이 만들어낸 자욱한 연기 속에서 울렸다.

앞과 뒤.

"성스러운 패야. 원, 죽여버리자."

"좋았어!" 온몸이 부르르 떨렸다. "하자!"

이어서 아강도 던졌다.

두 나뭇조각이 바닥에 부딪히고 튕기더니 빙그르르 돌았다. 이마에 땀이 난 우리는 패를 내려다봤다가 각자 눈앞에 서 있는 관우 상을 올려다봤다. 알겠니? 관우 공이 무섭게 눈을 부릅뜨고 있었다. 너희 엉덩이는 스스로 닦아. 그게 내 뜻이다.

빨간 패가 나란히 음면을 드러내고 있었다.

"어두운 패야. 알겠어, 원? 나는 관여하지 못해."

"알았어." 눈을 껌뻑거리자 제이에게 얻어맞아 피투성이가 된 자신의 모습이 보였다. "그 대신 내게 무슨 일이 생기면 다 네 탓이야."

우리는 향에 불을 피우고 관우 공에게 삼배하고 음산한 회랑을 거쳐 본전을 떠났다. 그리고 건물 옆의 용 무늬 기둥에 기대어 제이를 기다렸다.

한없이 이어지는 참배객과 끊임없이 오르는 향불, 끝이 없는 기도…… 좀처럼 해가 떨어지지 않는 거리는 그런 것들을 모두 삼키고 낮게 신음했다. 마치 기계 장치가 덜커덕 넘어가듯 낮과 밤이 바뀌려고 하는 듯했다.

우리는 기다렸다.

"늦네." 약속했던 시간에서 15분이 지났을 때 툭 내뱉었다. "오늘 안 오려나?"

아강은 아무 말도 하지 않았다.

"아무래도 일이 생겼나 봐." 15분이 지났을 때 다시 용기를 내어 말했다. "오늘은 안 올 것 같아."

아강이 경멸하는 듯 슬쩍 나를 봤다.

"그 녀석이 오질 않으니 어쩔 수 없네." 손목시계 바늘이 5시 20분을 가리켰을 때 나는 애써 밝게 말했다. "다른 날로 정해야겠다."

"왔어." 아강이 가리켰다. "가자, 윈."

"……."

네온이 켜지기에는 아직 이른 시간이었다.

빼곡한 노점과 오토바이와 인파를 헤치고, 자동차 경적을 가볍게 제치고 달려오는 제이는 환하게 웃으면서 손을 흔들고 있었다. 가슴이 죄였다. 뭐라고 표현할 수는 없었으나 앞으로 무슨 일이 일어나든 그것은 간단치 않으리라는 것을 알 수 있었다. 하지만 그것이 관우 공의 뜻이었다.

"YO, YO, YO!" 마음속 불안을 해소하려는 듯 제이는 최선을 다해 웃었다. "기다리게 해서 미안해. 사과의 의미로 내가 살게."

나와 아강은 얼굴에서 표정을 지웠다.

"무슨 일 있어? 편의점에서 핫도그라도 살까?"

"이 변태 새끼!" 아강이 입가를 흉측하게 끌어올렸다. "윈이 내게 말했어."

제이의 미소가 얼어붙었다.

"잠깐 나 좀 보자." 나는 턱으로 가리켰다. "어디 방해 없는 데서 얘기하자."

제이의 눈에 당황하는 빛이 스쳤다. 미소를 짓기 위해 얼굴을 지탱했던 기둥이 무너졌다. 우리의 무표정에 감염된 듯 제이의 얼굴에서 미소가 옅어지더니 사라졌다.

그때 나는 씩 웃어버려 아무 일도 아닌 것으로 만들 수 있었다. 그렇게 해야만 했다. 그 녀석을 때려눕혀도 되냐고 관우 공에게 물을 게 아니라 때려눕히지 않아도 되냐고 물었어야 했다. 그랬다면 우리는 깔깔대고 웃으며 서로에게 펀치를 날리고 어깨동무를 한 채 핫도그 같은 걸 사러 갔을 텐데……. 그리고 모든 것을 잊고 앞으로 나아갈 수 있었다. 자기 인생에만 전념할 수 있었다. 전학한 아강과는 그대로 소식이 끊어지고 입원한 제이의 병문안을 가지 않았어도 되었을 텐데…….

하지만 우리는 웃지 않았다.

나와 아강은 제이를 포위하려고 조금씩 걸어갔다. 아강이 앞, 내가 뒤였다. 뒷골목을 묵묵히 걷는 동안 제이는 한 번도 돌아보지 않았다. 나는 그 녀석의 등을 바라봤다. 말랐고 슬픔을 잔뜩 짊어지고 있는 것처럼 보였다. 그리고 드디어 담 위의 고양이 외에는 아무도 없는 막다른 길에 도달했다. 나는 제이의 가녀린 어깨에 손을 올렸고 돌아보는 녀석의 옆얼굴에 주먹을 날렸다. 제이는 다리에 힘을 주어 간신히 쓰러지지 않고 버텼다.

"해치워, 원!" 아강의 호통이 골목에 울렸다. "완전히 눌러버려!"

첫 주먹에 나라는 존재를 유지하고 있던 무언가가 툭 끊어졌다. 침을 뱉고 노려보는 제이의 면도칼 같은 눈에 나는 공황에 빠졌다. 친하게 지내는 동안 잊고 있었으나 이 녀석은 싸움에 강하다. 그 사실이 번개처럼 내리쳤다. 여기서 움직임을 멈추면 공포에 짓눌린다. 그러므로 부끄러움도 주위 시선도 고려하지 않고 맞섰다.

크게 휘두른 내 펀치를 피하고 제이가 날카로운 일격을 날렸다. 나는 비틀거리며 눈을 희번덕거렸다. 펀치가 전혀 보이지 않았다. 손등으로 코를 닦자 솔로 쓴 것처럼 피가 묻었다. 세포 하나하나가 폭발하면서 온몸을 내달렸다.

"저기, 원. 이제 그만하자……."

"이 호모 새끼!"

눈빛이 바뀌며 달려들었다. 제이는 상체를 뒤로 젖히거나 숙이면서 피했다. 내 팔은 허무하게 허공을 갈랐다. 얼굴을 노리고 휘두른 주먹이 맥없이 빗나갔고 그 기세에 아강과 부딪쳤다.

"뭐 하는 거야. 정신 차려!"

아강에게 강하게 떠밀려 팔을 획획 돌리면서 앞으로 나왔다. 제이는 곤란한 듯, 그러면서도 조금 슬픈 표정을 짓고 계속 피했다. 완전히 피가 솟구친 내게는 그것이 굴욕으로 느껴졌다.

"너, 엉덩이를 빨고 싶지!"

다 소리치기도 전에 왼쪽 눈에 번쩍 불이 났다.

나는 휘청거리고 당황했는데 제이가 더 당황한 것 같았다.

방금은 내 오른손이 멋대로 움직인 거라고 말하고 싶은 표정이었다. 포효하며 몸을 던졌다. 상대의 허리를 붙잡고 턱에 힘껏 박치기했다. 비틀거리는 제이의 발차기를 피해 두 번째를 녀석의 관자놀이에 날렸다. 아강의 환성에 용기를 얻어 휘두른 다음 펀치는 빗나갔을 뿐만 아니라 옆구리에 강타를 맞았다. 견디지 못하고 몸을 구부린 채 간신히 눈앞의 다리를 안았다.

"쓰러뜨려, 윈!" 뒤엉켜 쓰러진 우리의 주위를 아강이 소리치면서 빙빙 돌아다녔다. "네가 더 몸이 커. 뒤집어!"

다리를 사용해 녀석의 몸에 올라타 나는 정신없이 주먹질했다. 얼굴을 감싼 팔 위로 주먹을 날렸다. 아강의 말이 맞았다. 체격이 작은 제이는 아무리 발버둥 쳐도 내 밑에서 빠져나올 수 없었다. 시야가 좁아지더니 상대가 그냥 물건처럼 보였다. 언젠가 이렇게 얻어맞았던 일이 떠올라 팔에 더 힘이 들어갔다. 정신을 차리니 아강이 나를 뜯어말리고 있었다.

"그만해, 윈! 이제 됐어!"

"이거 놔!" 나는 그래도 녀석에게 달려들려고 했다. "이거 놔, 돼지야!"

"끝났어!" 호통이 귓가에 작렬했다. "끝났다고, 윈!"

아강에게 붙잡힌 채 나는 씩씩 숨을 몰아쉬었다. 쓰러진 제이를 내려다보자 피투성이 얼굴이 눈물에 젖어 있었다.

제이가 울고 있었다.

마치 마음의 수도꼭지가 고장 난 것처럼 똑바로 누운 제이의 눈에서 하염없이 눈물이 흘러나왔다.

그것을 본 순간 그 녀석이 일부러 져줬다는 것을 깨달았다. 그러지 않았다면 피투성이가 되어 골목에 쓰러져 있을 사람은 나였다. 후회의 시큼한 맛이 입안에 퍼졌다. 그것을 그냥 넘길 수 없어서 침과 함께 뭬 내뱉었다. 그래도 혀끝에 들러붙어 떨어지지 않아 아강에게 담배를 달라고 하는 수밖에 없었다.

아강이 내민 성냥에 담배를 가져다 댔을 때 아강의 어깨 너머로 사람 그림자가 보였다. 우리와 또래 정도로 보이는 아이가 골목 끝에서 이쪽을 들여다보고 있었다. 그 그림자가 석양 때문에 길게 드리워져 있었다.

입에서 담배가 떨어졌다.

야구모자를 쓴 그 소년은 얼굴에 칭칭 붕대를 감고 있었다. 내 얼빠진 얼굴을 본 아강이 의아해하며 돌아보고 목을 뺐다. 그대로 몇 초가 흘렀다. 그 아이가 달리기 시작한 것과 아강이 "한수밍이다!"라고 소리친 것은 거의 동시였다.

"가자, 제이!" 생각할 겨를도 없이 나는 제이를 바로 일으켜 세웠다. "저 녀석을 잡자!"

일단 그 자리를 떠나고 싶었다. 떠나기만 하면 아무 일도 없었던 게 될 것만 같았다. 전력으로 질주하는 나를 발소리 하나가 따라왔다. 마음이 붕 떴다. 아강이 이렇게 빨릴 달릴 리 없었다.

우리는 앞뒤로 좁은 골목을 달려서 빠져나왔다. 풀들이 난 콘크리트 담 사이를 발소리를 맞춰 달렸다. 갈라진 아스팔트 사이에 핀 하얀 꽃이 우리에게 인사했다.

"여기야!"

나는 다리에 급브레이크를 걸고 샛길로 달리는 제이의 뒤를 쫓았다. 담 안에서 개가 화를 내며 컹컹 짖었다. 프로판가스를 여러 개 실은 오토바이가 달려와 제이와 나는 좌우로 비켰다. 고무줄놀이를 하는 여자아이들의 고무줄을 앞서거니 뒤서거니 뛰어넘자 뒤에서 악담이 쏟아졌다. 한수밍을 잡아 어떻게 할지는 둘 다 몰랐다. 억지로 붕대를 벗겨 염산에 타들어 간 얼굴을 찬찬히 볼 생각이었을지 모른다. 두들겨 패줄 생각이었는지도 모르겠다. 그런 것은 아무래도 상관없었다.

우리는 나는 듯 뛰었다.

좁은 골목에서 큰 도로로 뛰어나왔을 때 자동차의 흐름에 갈 길이 막혔다. 여기저기 헤드라이트 불빛이 켜지기 시작했다. 나와 제이는 빈랑 열매를 파는 노점과 정차된 오토바이 사이를 들여다보고 전기 간판 사이를 야만인처럼 왔다 갔다 했다. 불쌍해 보이는 소년은 어디에도 없었다.

"젠장, 놓쳤다."

나는 진심 안타까운 것처럼 행동했지만 사실은 한수밍이 아무 데도 없어서 좋았다. 만약 발견되면 우리는 잔혹한 짓을 하게 되었을 테니까. 같이 누군가에게 상처를 주지 않으면 안 될 정도로 나와 제이의 관계는 뒤틀려 있었다. 화해하기 위해서는 희생양이 필요했다.

돌아본 제이의 얼굴에 살짝 남아 있던 웃음기가 나와 눈이 마주친 순간 휙 커튼이 쳐진 듯 사라졌다. 마른 핏자국이 들러붙은, 제정신을 차린 얼굴이 거기에 있었다. 나는 당혹해 입을 열었다가 다시 다물고 한수밍을 찾는 척했다. 그러고는 용기 내어 말했다.

"이제 무승부다."

"……"

"전에는 너와 아강에게 당했잖아. 이걸로 남은 건 없다."

"속에 담고 있었냐……."

"당연하지."

"그게 다야?"

"그럼 또 뭐가 있어?"

서로의 속셈을 가늠하는 것 같은 침묵이 흘렀다.

"아강 녀석만 아픈 일을 당하지 않았네." 제이가 찢어진 입술을 움직였다.

"그럼, 다음은 그 돼지 차례인가?" 내가 씩 웃었고 그것이 상대에게도 전염되었다. "다음에는 둘이 녀석을 해치우자."

얼굴이 벌겋게 달아오른 아강이 골목에서 나타나 돼지처럼 헐떡이면서 한수밍을 찾았다.

나와 제이는 얼굴을 마주 보고 싱글싱글 웃었다.

"놓쳤어."

내가 그렇게 말하자 제이가 손바닥을 휘두르며 기염을 토했다. "이 주변에 있다는 걸 알았으니까 다음에는 꼭 잡아야지."

아강이 의아한 표정으로 나와 제이의 얼굴을 번갈아 봤다. 그리고 이 돼지도 사정을 이해한 듯 말했다.

"이제 어떻게 할 거야?"

"그야 빤하지." 나는 거리에 테이블을 내놓고 있는 족발국수 노점을 턱으로 가리켰다. "배도 고프고."

"그건 그렇다." 아강이 고개를 끄덕였다. "오늘은 윈이 내야지?"

"당연하지!" 나는 아강의 머리를 껴안고 마구 문질렀다. "실컷 먹어라."

제이가 입을 크게 벌리고 웃었다.

이리하여 우리는 공모해 싸운 이유를 슬쩍 바꿔치기하는 데 성공했다. 그것은 중학교 1학년 여름방학이 끝나기 이틀 전의 일로, 지금 돌이켜보면 우리 인생은 이때부터 크게 뒤틀리기 시작했다.

12

반쯤 무너진 공장 터를 지나쳐, 좌우로 모퉁이를 돈 우리 차는 조용히 편도 2차선 길로 들어섰다.

도로에 적힌 'W 7Mile Rd'를 넘어 동쪽으로 향했다. 길 양쪽 나무에 가려진 낮은 가옥들이 이따금 보였다. '웨스트 7마일 로드'는 음산하고 소시민적이었다. 솔직히 말하면 어디에나 있는 보수적인 미국의 도로였다. 겨울을 맞아 적막한, 풀도 거의 없는 중앙분리대에 흑인 샌드위치맨이 있었다. 앞면에 'FUCK YOU', 뒷면에 'STILL FUCK YOU'라고 크게 쓴 직접 만든 메시지 보드를 걸고 있었다.

신호로 정차했을 때 보니 앞의 픽업트럭 범퍼에 공화당의 도널드 트럼프를 지지하는 스티커가 붙어 있었다. 2016년은 미국 대통령 선거가 있던 해다. 그 덕분에 내 의식은 대만에서 처음으로 총통 선거가 열렸던 1996년으로 날아갔다. 헤아리면 그해 우리는 스물다섯이었다.

스물다섯 살.

그러니까 그 사건으로부터 11년이라는 시간이 흘렀다는 소리다. 우리는 경찰에 체포되는 일 없이 그 11년을, 그리고 또 그 후로도 살아남았다. 처음 했던 약속대로 서로 연락하지 않은 채 각자의 인생을 걸어왔다. 나는 고등학교를 졸업하고 2년간의 병역을 마친 후 대만대학 야간에서 법률을 공부했다. 변호사 시험에 합격한 것이 1995년, 96년부터는 루오스푸루에 있는 법률사무소에서 일하기 시작했다.

법률에 관심을 가진 것은 무엇보다 자신을 지키기 위해서였다. 언젠가 경찰에 체포될 때를 대비해 나는 중학교 때부터 법률 서적을 읽어댔다. 그러나 사고로 처리된 그 살인은 지금도 사고로 남아 있다.

신호가 파랑으로 바뀌자 미국과 멕시코 국경에 만리장성급 장벽을 쌓는 꿈을 실은 픽업트럭은 직진하고 우리는 좌회전했다.

가진 자료에 따르면 그가 미국으로 건너온 것도 1996년이었다. 대만 최초의 총통 선거를 방해하기 위해 중국이 연습이라 칭하며 대만해협에 미사일을 쐈다. 그 탓에 미국의 항공모함이 페르시아만에서 급파되는 소동이 일어났다. 대만에서는 주가가 폭락했고 출국 소동이 벌어졌다.

그 시류를 타고 그도 나라를 떴다.

샌디에이고에 작은 아파트를 얻은 그는 멕시코인이 경영하는 국경 근처의 도기 공장에서 일했다. 접시에 그림을 그리는 일이었다. 10년 이상 성실하게 일한 후 멕시코 티후아나에서 12세 소년을 폭행해 체포되었다. 2008년의 일이었다. 사건 몇 개월 전, 대만에 살던 그의 어머니가 병으로 세상을 떠났다. 그게 계기가 되었는지는 모르겠으나, 그는 마침 그때부터 헤로인에 손을 댔고 사건 당일에도 사용했다.

호세 루이스 카마레나는 전에도 그에게 몸을 팔았는데 사건으로까지 발전한 것은 그가 잠든 사이에 지갑을 훔치려다가 발각된 탓이었다. 그는 소년을 때리고 사타구니를 여러 번 강하게 차서 고환을 파열시켰다. 현지 경찰이 모텔에 출동했을 때 그는 소파에 앉아 전화를 하고 있었다. 호세 루이스 카마레나는 피오줌을 싸면서 눈을 뒤집고 실신한 상태였다. 권총을 겨누며 방에 돌입한 경찰들에게 그는 검지를 획 올리며 지금 전화 중임을 알렸다. 그리고 다시 중국어로 아무 일 없다는 듯 계속 떠들었다. 잘하고 있어, 엄마. 두통약은 먹었어…… 지금? 집에서 TV를 보고 있어. 경찰관들은 서로의 얼굴을 바라보다가 그를 엎드리게 해 수갑을 채웠다. 압수한 아이폰을 조사하니 그가 매일 밤 같은 시간에 대만에 전화를 건 것으로 밝혀졌다. 그것은 그의 어머니가 죽어 번호를 사용하지 않게 된 후로도 마찬가지였다.

미국으로 송환된 그에게 징역 2년 6개월의 판결이 내려졌다. 포트 샘 주 교도소는 전통적으로 멕시코 갱이 많아 그가 한 짓이 이미 널리 알려져 있었다. 입소 첫날 성기가 찔려 그 역시 고환 한쪽을 잃었다. 경찰병원에서 치료받고 상처가 어느 정도 낫자 본격적인 교도소 생활이 시작되었다. 멕시코인에게서 몸을 보호하기 위해 그는 아시아 갱에게 의탁했는데, 대가는 남창이 되는 것이었다.

가로수에 걸린 현수막이 나를 현실로 되돌려놓았다.

RIVIVE DEATH PENALTY, OR YOU ARE INVITING SACKMAN TO KID ROOM.

사형을 부활하라, 그러지 않으면 색맨을 아이들 방에 초대하는 것이다.

활동가로 보이는 사람들이 추위에 몸을 웅크리고 길가에 서 있었다. 외국인을 배척하는 메시지를 든 플래카드도 보였다.

"색맨이 체포되었을 때는 난리였어요." 조수석의 데이브 할런 경부보가 어깨 너머로 말했다. "미쳐 날뛴 민중이 이곳을 가득 채웠지."

"무리도 아니죠." 운전사가 맞장구를 쳤다. "자, 도착했습니다."

"디트로이트 시경 제12분서에 잘 오셨습니다."

자동차는 나무로 둘러싸인 벽돌색 건물 앞에 정차했고, 나는 문을 열고 축축한 포장도로에 내려섰다.

음울한 하늘 아래에서 제12분서는 뭔가를 가만히 참고 있는 것 같은 풍경이었다. 뼈까지 얼어붙을 것 같은 바람이 나뭇잎을 서글프게 흔들고 있었는데, 건물 꼭대기의 성조기는 마치 교수

형을 당한 사체처럼 축 늘어져 있었다. 부지 밖에 있던 남자가 우리를 향해 뭐라고 아우성쳤다.

"그래서 도널드 트럼프는 강해요." 할런 경부보는 그쪽에서 시선을 돌리며 말했다. "나는 인종차별주의자는 아니지만 그런 녀석들 역시 아메리카 정신의 일부라고 생각합니다."

"바로 만날 수 있습니까?" 자동차 루프 너머로 말을 걸었다. "그러니까…… 그를."

"예." 할런 경부보는 고개를 끄덕이고 말했다. "서류 두세 개에 사인만 하면 바로."

"그전에 그를 체포한 경찰관과 대화를 나눌 수 있을까요?"

"알아보죠."

우리는 돌계단을 올라 건물로 들어가서 곧바로 2층으로 올라갔다. 톱밥 같은 냄새가 나는 복도를 지나 안내된 곳은 취조실 같은 좁은 응접실이었다. 알렉스 세이어 순사부장을 불러오겠다는 말을 남기고 할런 경부보는 방을 나갔다.

나는 서류가방을 소파에 놓고 격자창으로 밖을 바라봤으나 마음이 편해질 만한 것은 하나도 없었다. 보일 리가 없었다. 예를 들어 창으로 뉴올리언스 축제가 보인다 해도 30년간 마음속에 가라앉아 있던 무거운 돌은 어떻게 할 도리가 없었다. 앨리스 해서웨이에게 전화하려다가 말았다. 나는 이제까지 일하다가 그에게 전화한 적이 없다. 만약 지금 그런 일을 하면 감이 빠른 앨리스는 뭔가를 알아차릴 것이다. 그렇다. 지나간 오랜 생각의 그림자 같은 것을.

소파에 앉아 서류가방에서 색맨 자료를 꺼냈다. 파일은 일곱 개로, 피해자별로 정리되어 있었다. 나는 '1'이라는 숫자가 붙은 파일을 열고 조사보고서에 클립으로 표시한 톰 싱어의 사진을 봤다. 아직 어린 열세 살 소년이 빠진 이를 드러내고 웃고 있었다.

2011년 2월 8일, 커다란 자루에 든 톰 싱어의 시신이 펜실베이니아 주 필라델피아 교외에서 발견되었다. 페이지를 넘겨 시신을 발견했을 때의 사진을 꺼냈다. 색채가 바랜 겨울 강변에 던져진 자루는 아주 하얘서 마치 커다란 누에 같았다. 그 옆에 검은 새 한 마리가 있었다. 색맨의 진술에 따르면 톰 싱어가 먼저 그에게 말을 걸었다고 한다. 블루 크로스 리버의 스케이트 링크에서였다.

"아저씨, 잠깐만요." 필라델피아 플라이어스(미국의 프로 아이스하키팀)의 오렌지색 유니폼을 입은 소년은 그 또래의 소년들이 늘 그렇듯 최대한 부루퉁하게 다가왔다. "부탁이 하나 있는데요."

"……"

"아, 부탁이 좀…… 영어 할 줄 알아요?"

"영어라면 너랑 비슷할 거야."

"아, 다행이다. 그럼, 저기 보이는 하얀 스웨터 입은 여자 보여요?"

그는 고개를 끄덕였다.

"내 어머니예요."

"옆에 있는 젠틀맨은 아버지?"

"아버지도 아니고 신사도 아니에요. 저기…… 괜찮아요? 어디 안 좋아요?"

"두통이 조금 있어…… 지병이야. 별일 아니란다."

"어쨌든." 톰 싱어는 말을 이었다. "저 녀석이 비겁한 놈이라는 것을 어머니에게 알려주고 싶어요."

"어떻게 해주길 바라니?"

"내가 아저씨에게 부딪치면 화를 내요. '이 자식, 어딜 보고 다녀!' 같은 느낌으로. 그럴 때 저 녀석이 나를 도와주는지 아닌지 확인하고 싶어요."

"너는 저 사람이 싫으니?"

"잘 모르니까 확인해보고 싶어요."

"하지만 비겁한 사람일 거라고 예상하지?"

"다들 그렇게 말해요."

"다들?"

"저 녀석, 우리 학교 이과 선생님이에요."

"그렇구나."

"제러미 슬론 일당이 수업 중에 떠들어도 주의도 주지 않고…… 게다가 어맨다 디어스의 어머니와도 사이가 좋은 것 같다고요. 어맨다도 아버지가 없어요. 이라크 사람에게 살해되었대요."

"그랬구나." 그는 팔짱을 꼈다. "하지만 만약 그가 비겁한 사람이 아니라면?"

"그럼 어맨다 디어스의 어머니와 어떤 관계냐고 물어볼 거예요."

"만약 그가 어맨다의 어머니와는 단순한 친구 사이라고 하면 믿을래?"

"그건 몰라요." 톰 싱어는 스케이트 링크 건너편에서 사이좋게 있는 어머니와 그 연인을 바라보며 어깨를 으쓱했다. "게다가 내가 믿는 게 중요한 게 아니라 엄마가 믿는 게 중요하죠."

"그런데도 확인하고 싶어?"

"그래요. 도와줄래요, 말래요?"

"나는 도움이 안 될 것 같은데."

"왜요?"

"보라고. 저 사람은 나보다 체격도 크고 강해 보이는구나. 나같은 사람에게 겁을 먹을까?"

알았다고 내뱉고 자리를 뜨려는 소년을 그는 불렀다.

"이런 작전은 어떨까? 내 차에 너를 태우는 장면을 일부러 그에게 보여주면?"

"무슨 소리예요?"

"유괴 흉내를 내는 거지."

톰 싱어는 의심스러운 눈초리를 지었다.

"진심으로 뭔가를 확인하고 싶다면" 그렇게 말하고 그는 다른 사람을 끌어들이는 미소를 지었다. "너도 진심이어야 한다."

9일 후, 가련한 소년이 담긴 자루는 검은 새가 지켜보는 가운데 강변 풀숲에 버려져 있었다.

톰 싱어를 즉흥적으로 유괴, 살해한 뒤 색맨은 주도면밀하게 다음 유괴를 준비했다. 그가 시간을 들여 감금 장소로 선택한 곳은 주변에 사람이 없는 폐허나 농장이었다. 아이들을 꾀어내는 구실도 어떤 때는 브레이크댄스 달인, 또 어떨 때는 대만의 인형사로 살인을 저지를 때마다 세련되어졌다. 수갑, 재갈, 비닐테이프 그리고 다양한 파티 마스크를 갖췄다. 순조롭게 소년들을 차에 태운 후 수갑을 채워 문과 연결하고 재갈을 물려 소리를 내지 못하게 하고 비닐테이프로 눈을 가렸다. 그리고 얼굴에 마스크를 씌웠다. 아이언맨, 다스 베이더, 스파이더맨, 토이 스토리나 몬스터 주식회사의 캐릭터 중 하나를……

13.

　우리의 아주 작은 세계는 조금씩, 조금씩, 그러나 아주 결정적으로 손상되었다.

　중학교 2학년이 되고 곧 아강과 다다는 쌍십절(10월 10일. 대만의 건국기념일)이 되기도 전에 전학했다.

　아강의 어머니가 같이 인생을 보내기로 한 진지엔이는 신이루의 맨션에 살았는데 아강과 다다도 그곳에서 다닐 수 있는 학교에 들어갔다. 샤오난먼에서 신이루까지는 버스를 타면 금방이라 아강은 자주 아버지를 보러 왔고 우리 집에도 놀러 왔다. 아강이 오면 우리는 방에 틀어박혀 음울한 소울 음악을 들으면서 몰래 담배를 피웠다.

　어느 날, 아강과 같이 아훙 아저씨를 보러 갔다. 소고기국숫집의 셔터를 올리니, 그토록 활기찼던 가게가 불과 두세 달 만에 무덤처럼 변해 있었다. 아훙 아저씨는 접이식 침대에 죽은 듯 자고 있었고 옆을 지나치자 마른침 냄새가 났다. 빈 맥주캔과 담배꽁초가 여기저기 흩어져 있어서 거기 있는 것만으로도 온몸이 간지러웠다. 우리가 청소하는 동안 아훙 아저씨의 코 고는 소리가 끊임없이 들려왔다. 아강은 여러 번 혀를 찼다.

"다다는 어떻게 지내?"

"그 녀석은 선물받은 닌텐도 패미콤에 푹 빠졌어."

우리는 쓸고 닦았다.

"중학교를 나오면 어디 먹여주고 재워주는 데서 일할 거야. 그 자식 덕은 안 볼 거라고. 그리고 열여덟이 되면 바로 병역을 마치고 광저우지에로 돌아올 거야."

"이런 데로 돌아와서 어쩌려고?"

"내가 뭘 할 수 있겠어?" 아강이 말했다. "다시 소고기국수라도 팔아야지."

우리는 쓰레기를 자루에 담고 바퀴벌레를 때려잡고 잠든 아훙 아저씨의 뜻대로 되지 않은 세상에 셔터를 내렸다.

"젠장!" 용수나무 아래에 아강이 침을 뱉었다. "그 진지엔이라는 사람, 엄마와 오래전부터 알았던 것 같아."

언젠가 뚱보가 했던 말이 떠올랐다. 너희 어머니는 옛날에 술집 여자였어. 제이가 뚱보의 차에 음식물쓰레기를 끼얹었을 때였다. 아직 반년도 지나지 않았는데 아주 오래된 일 같았다.

그리고 제이.

녀석과는 다른 반이 되었다. 복도에서 만나면 여전히 "YO, YO" 하며 손바닥을 마주쳤으나 그 싸움이 우리 사이에 작은 가시처럼 박혀 있었다. 아강이 사라진 후 우리는 거의 댄스를 연습하지 않게 되었다. 나는 제이가 원하는 것을 해주지 못했고 녀석도 녀석대로 앞으로 나가겠다고 결심한 듯 서로 같은 반 친구들과 어울리는 시간이 길어졌다. 아강이 우리의 구심력이었다는 사실을 싫어도 깨달을 수밖에 없었다. 그렇다고 뭔가 달라진 것도 없었다. 나와 같은 전철을 밟지 않도록 제이는 조심하고 있을 것이다. 내가 아는 한 그 녀석을 두고 호모니, 변태라고 험담하는 사람은 없었다.

최악은 어머니였다.

미국에서 돌아와 한동안은 좋았는데 바로 원 상태로 돌아오기 시작했다. 우선 이름을 바꿨다. 그것도 웃긴 게, 한 해에 40만 원(元)이나 빈랑(대만에서 껌처럼 씹었던 대중적인 열매로 각성제 성분이 있다)을 샀던 사람이 개명하자마자 갑자기 먹지 않게 되었다는 것을, 우연히 TV에서 봤기 때문이다. 개명이 운을 바꾼다며 어머니는 곧바로 성명학의 대가라는 사람을 찾아가 새로운 운을 열어줄 자획을 받아왔고 신에게 공양까지 해서 단차이화에서 단밍밍으로 개명했다.

이름을 바꾸는 것 자체는 드물지 않다. 누구나 하는 일이었다. 그 정도로 재난을 피하고 길운이 찾아온다면 계속하면 된다. 문제는 새 이름에 끌려가듯 어머니의 성격이 뒤틀어지기 시작했다는 것이다. 색채와 화려함이 사라지고 오직 광기 가득한 밝음만이 남았다. 요컨대 내가 하는 일마다 간섭하게 되었다.

학교에서 조금이라도 늦게 오면 어머니는 골목에서 기다리고 있었다. 어머니는 종종 조그만 가로등 밑에 유령처럼 우두커니 서 있었다. 미국에 가기 전에는 없었던 백발이 늘었고 언제나 같은 하얀색 원피스를 입었다. 가로등은 마침 모퉁이에 있었으므로 골목에 들어서는 사람들은 어머니와 마주치고는 깜짝 놀라며 가슴을 쓸어내렸다.

"너를 걱정하는 거야." 아버지는 그렇게 말했다. "어머니는 완전히 나은 게 아니야. 지금도 약 먹는 거 알지? 형이 죽고 너까지 어떻게 되면 어머니는 살 수가 없어."

"응⋯⋯."

"삶이란 후회의 연속이다. 내 후회는⋯⋯."

나는 기다렸다.

"내 후회는 모를 늘 짐처럼 생각했다는 거다." 아버지가 눈을 깜빡였다. "모가 태어났을 때 나는 내 인생이 이제 끝났다고 느꼈어. 그래서 일에 몰두해 집을 비웠지. 모에게 애정을 쏟는 사람은 어머니밖에 없었어. 어머니와 모는 단둘이 집에 있었지, 그렇게 몇 년이나⋯⋯ 그랬구나. 단둘이서만 마당의 월계수가 노란 꽃을 피웠다가 떨어뜨리는 모습을 몇 년씩 바라봤지. 내가 없는 집에서 어머니는 더듬더듬 조심스럽게 첫아이를 사랑했어. 그래서 장남이란 존재는 언제나 어머니에게 특별하지. 네가 특별하지 않다는 게 아니다. 내게는 너의 탄생이 각성의 경험이었어. 어쩌면 그냥 내가 나이를 먹었기 때문일지 모르지. 모 덕분에 아이를 키우는 데 익숙해졌던 탓도 있겠지. 어쨌든 세상이 완전히 변한 것 같더라."

어떤 이야기든 해야 할 것 같았으나 무슨 말을 어떻게 해야 할지 알 수 없었다.

어렸을 때 형과 내가 나쁜 짓을 저지르면 언제나 내가 더 많이 맞았다. 예외는 한 번뿐이었다. 타이난에 사는 스위에 삼촌의 집에 놀러 갔을 때 종종 사촌들과 옥상에서 숨바꼭질을 했다. 스위에 삼촌은 아버지의 동생으로 16층짜리 맨션의 9층에서 살았다. 어둡고 곰팡내 나는 계단을 오르면 녹슨 철문이 있었는데, 문을 열려면 온몸으로 밀어야 했다. 우리는 급수탑과 그대로 비를 맞고 있는 건축자재 더미에 숨었다.

어느 날, 모가 옥상을 둘러친 울타리를 넘었다. 깜짝 놀라 달려가자 형은 맨션 옆 벽에 튀어나온 차양 위에 숨어 있었다. 콘크리트 차양은 마침 아이의 어깨너비 정도밖에 되지 않았다. 저쪽으로 가, 윈. 형은 나를 쫓아버리려고 했다. 다른 데 숨어. 나는 그 자리에서 움직이지 않았다. 마치 공중에 뜬 것 같은 모에 완전히 반했다. 차양 밖으로 나온 모의 손톱 아주 저 멀리 아래에서 성냥갑 크기의 자동차들이 달리고 있었다.

"모에게 해주지 못했던 것을 전부 네게 해줘야겠다고 생각했다. 모에게 많은 걸 해주고 싶었어. 너희는 여섯 살 차이지? 나는 모에게 해줄 수 있는 건 다 해줬다고 생각하지만 낭비해버린 처음 6년간을 생각하면 여전히 고개를 들 수 없구나."

나는 울타리를 타고 넘었다. 이리로 오지 마, 윈. 모가 손을 휘둘렀다. 너는 안 돼, 저쪽으로 가. 나는 갑자기 불끈 용기를 내어 울타리 위에 다리를 걸었다. 모가 또 혼자 독차지하려고 하고 있다, 그렇게 생각했다. 강한 바람이 불어와 머리가 나부꼈다. 마침 사촌들이 돌아오지 않았다면 무슨 일이 벌어졌을지 모른다. 여러 개의 팔이 나를 붙잡아 내렸고 나는 버둥거렸다. 모! 모! 모두 저마다 입을 벌려 외치면서 모에게 손을 내밀며 주위를 내달렸다. 모는 차양 위에서 여러 번 점프했으나 울타리 끝에 손이 닿지 않았다. 누가 불렀는지 사색이 된 어른들이 달려왔다. 나는 스위에 삼촌에게 제압당했고 아버지는 모를 낚아챘다. 너, 무슨 짓을 했냐! 아버지는 모의 뺨을 때려 쓰러뜨렸다. 윈이 따라 하다가 떨어지기라도 했으면 어쩔 뻔했니?!

아버지의 말을 듣고 나는 그때의 일을 떠올렸다. 어른들의 성화를 받으며 계단을 내려올 때 모가 조그만 목소리로 불평했다. 젠장, 나는 떨어져도 된다는 말이야?

"윈, 네가 나를 아버지로 만들어주었단다." 농담처럼 그렇게 말하고 아버지는 내 머리를 쓰다듬었다. "그러니까 어머니를 잘 부탁한다."

바로 그 어머니에게 담배를 피우다가 걸렸을 때는 아강이 맨발로 도망쳤을 정도로 히스테리를 부렸다. 어머니는 나를 아강과 놀지 못하게 했을 뿐만 아니라 사립중학교로 전학 보내고 싶다고 아버지에게 주장했다.

"이 동네는 안 돼. 이런 곳에 있어선 큰일 나겠어!"

"진정해." 아버지가 구슬렸다. "원은 걱정하지 마. 나도 열셋부터 담배를 피웠어."

"하지만!"

"아강에게는 지금 원이 필요해. 당신도 알잖아? 게다가 내가 제대로 대처하지 못해 아홍이 그 여자에게 친권을 빼앗겼잖아."

"자업자득이야! 아홍이 먼저 바람을 피웠잖아? 그렇게 한심한데 어차피 아이는 못 키우지."

"지금 그 집은 힘든 시기야." 아버지는 끈질기게 다독였다. "우리가 힘들 때 아홍은 원을 몇 개월씩 맡아줬어."

"내가 잘못했다고?" 어머니의 새된 소리에 옆집의 리씨 할아버지가 담 너머로 얼굴을 내민 적도 있었다. "나는 원을 지키고 싶을 뿐이야. 그게 뭐가 나쁘지?"

부모가 미국에서 돌아온 지 두 달이 지나지 않아, 나는 이미 아강의 집에서 지내던 날들을 그리워하고 있었다. 모가 살해당해 안 좋은 감정만이 가득할 터에 마음에 되살아나는 것은 좋은 추억뿐이라는 게 이상했다. 그리고 이 모든 게 누구 탓일까 생각했다. 나는 야박한 사람인가? 왜 계속 슬퍼하지 못하지?

아무리 생각해도 답은 나오지 않았다. 그러다가 이것은 틀림없이 누구의 탓도 아니며 내가 조금쯤 어른이 된 탓이겠거니 했다.

12월 들어 첫째 주말, 오랜만에 아강 형제가 나란히 광저우지에로 돌아왔다.

다다가 너무 달라져 놀랐다. 구깃구깃한 티셔츠가 깔끔한 와이셔츠로 바뀌어 있었을 뿐만 아니라 머리도 바싹 깎아 올렸고 이에는 번쩍이는 치열 교정기가 끼워져 있었다. 태도에서도 비굴함이 빠져 마치 태어나고 자란 슬럼에 개선한 세계 챔피언 같았다. 잠깐 안 본 사이에 키도 훌쩍 컸다.

아강은 조금 마른 것 같았다. 청결한 격자무늬 셔츠 안에서 비좁은 듯 몸을 움찔거리고 있었다. 머리도 다다와 마찬가지로 바싹 깎아서 그것이 진지엔이라는 남자의 스타일이라는 것을 알 수 있었다. 아강이 이런 머리를 마음에 들어 할 리 없었다. 전혀 펑키하지 않았다. 그래서 나는 점점 그 남자가 싫어졌다. 그의 첫인상이 어떤 것이었든, 그것이 틀리지 않았음을 확신했다. 나는 생각했다. 아마도 그는 자신의 복제판 같은 아이만 인정할 것이다. 깔끔하게 애들을 꾸미면 아강도 곧 자신을 따르리라 생각하겠지.

우리는 아홍 아저씨를 보러 갔다. 평소라면 아강이 셔터를 올렸는데 그날은 그럴 필요가 없었다.

"아버지." 아강이 반쯤 열린 셔터를 들여다봤다. "있어?"

대답은 없었다.

나와 아강은 셔터를 넘어 안으로 들어갔다. 이제는 완전히 익숙해진 광경이 그곳에 펼쳐져 있었다. 그러니까 마구 흩어진 빈 맥주캔과 담배꽁초, 썩어버린 음식물쓰레기, 기어 다니는 바퀴벌레가 우리를 맞이했다. 가게 밖에서 다다가 정처 없이 어슬렁거렸다.

"들어와." 아강이 혀를 찼다. "청소할 거니까 너도 도와."

"냄새나."

나와 아강은 서로의 얼굴을 바라봤다. 그리고 코를 킁킁거렸다. 듣고 보니 분명 가슴 깊이 빨아들이고 싶은 좋은 냄새는 아니었다. 하지만 나도 아강도 이미 이 시큼한 냄새에 완전히 익숙해져 있었다.

"다다, 빨리 들어와."

"냄새나서 싫다고."

아강은 동생에게 몸을 돌리고 무슨 희한한 이야기라도 들은 것처럼 고개를 기울였다.

"들어와."

"나는 됐어."

"린리다. 들어올 거야, 말 거야. 어느 쪽이야?"

"어차피 또 더러워질 거잖아."

아강 형제 사이에 불온한 공기가 흘렀다. 나는 아강이 동생을 때리는 게 아닐까 생각했는데 그런 일은 일어나지 않았다. 획 고개를 돌리고 녀석은 바로 청소를 시작했다.

"아아, 집오리가 된 기분이야." 바닥을 쓸면서 아강이 커다란 목소리로 내뱉었다. "막대기를 든 녀석이 우리를 어딘가로 몰고

가는 것 같아."

알 것도 같았다. 아강은 진지엔이를 증오했으나 아마도 다다와 같은 곳으로 몰려가리라. 나 역시 부모에 의해 어딘가로 몰리고 있었다. 그곳은 둥둥 뜰 수 있는 연못도 아니었고 브레이크댄스도 없었다. 집오리라 날아서 도망칠 수도 없었다.

우리가 땀을 흘리며 가게를 치우는 동안 다다는 용수나무에 기대 손목시계만 들여다봤다. 아강이 망가뜨린 게 아니라 새 시계였다. 진지엔이가 다시 사준 걸까. 불과 두세 달 전만 하더라도 다다의 인생에 손목시계가 나올 일은 없었다. 학교에만 지각하지 않으면 시간 같은 것은 어찌 되어도 상관없는 것이었다. 지각도 뭐 별일 아니었다. 그런데 어느새 손목시계가 필요할 정도로 복잡해진 것이다.

아강은 동생을 모른 체하고 일사불란하게 움직였다. 풀 먹인 셔츠, 교칙에 따른 머리 스타일, 그리고 손목시계 사이에서 아강 형제는 분열된 것 같았다. 쓰레기를 봉투에 담고 가게에서 나오자 마침 지나가던 시 할머니가 아강을 붙잡고 일러주었다. "네 아버지가 이발소 남자에게 맞았어."

"리양 씨에게?" 아강이 눈을 희번덕거렸다. "왜?"

"아훙이 잘못했어!" 시 할머니가 들고 있던 비닐봉지를 휘둘렀다. "남의 부인을 희롱했으니."

뛰기 시작한 아강을 쫓아 나와 다다도 달렸다.

리양 씨의 이발소는 소란스러웠다. 거리에 인접한 유리창에 구멍이 뚫렸고 가게 앞에서 리양 씨가 몇 사람에게 제압되어 있었다.

"모르는 줄 알았냐?!" 이발소 이발기를 들이밀며 소리쳤다. "내가 모르리라 생각했냐, 이 자식아?!"

"알면 어쩔 건데?" 아흥 아저씨가 무섭게 되받았다. "안다고 뭐가 달라지는데, 응?"

그만해, 아흥. 코피를 흘리는 아흥 아저씨에게 여러 개의 팔이 얽혀 있었다. 둘 다 일단 진정해.

"이게 진정할 일이야!" 리양 씨의 홀쭉한 얼굴에서 눈물이 뚝뚝 떨어졌다. "저 녀석은 말이야…… 저 녀석은 내 이발기를 그렇게 사용했다고! 내 장사 도구인 이발기를 그런 데에……."

"억지로 한 건 아니야." 아흥 아저씨가 낄낄대고 웃었다. "서로 승낙하지 않았으면 그런 데에 쓸 수는 없지."

"사람도 아니야. 은혜도 모르는 놈!"

"무슨 은혜? 네가 그 여자를 제대로 잡지 못한 은혜?"

"다들 들었어! 지금 저 말 들었냐고!"

"여자 한둘쯤에 쌍심지를 켤 일은 아니지. 잘 들어. 리양성푸, 나는 네 원친채주야. 전생의 빚을 받으러 온 것뿐이야."

그만 좀 해, 아흥. 남자들은 둘은 떼어놓으려 했다. 도대체 왜 이 모양이야?

"왜 이 모양이냐고?" 만천하에 알리려는 듯 아흥 아저씨는 양 팔을 번쩍 들었다. "내가 왜 이 모양인지 모르는 사람이 이 거리에 있냐!"

"제 아내를 다른 남자와 바람나게 한 놈이 나까지 같은 신세를 만들어? 이 간악한 자식아!"

"이봐, 두 번 다시 나를 그렇게 부르지 마! 알았어? 두 번 다시!"

"뭘? 다른 남자와 바람피웠다는 거? 아니면 간악하다는 거?" 리양 씨가 냉소했다. "원친채주라고? 그렇다면 너도 마찬가지 아니야? 전생에서 너는 그 남자에게 빚이 있었겠지. 네 아내를 빼앗아간 그 진이라는 놈 말이야!"

"경고했다!"

"계속 얘기해주지! 마누라가 바람난 놈! 간악한 자식! 짐승 같은 놈!"

"이 새끼!"

침 튀기며 드잡이하는 둘을 남자들은 몸은 던져 말려야 했다. 이발기를 휘두르는 리양 씨의 손목을 누군가가 잡았다. 이를 드러내고 위협하는 아홍 아저씨의 셔츠 버튼이 날아가 가슴팍이 드러났다.

원친채주란 전생에서 진 빚을 받으러 온 채권자를 가리킨다. 살인도 도둑도 교통사고조차 그 가해자는 전생에 원한이 있는 원친채주일 수 있었다. 가정을 파괴하는 애인도 그런 종류였다. 그래서 금전이나 감정적인 면에서도 우리는 타인에게 빚을 지는 행위를 해선 안 된다고 배웠다. 그렇지 않으면 다음 생에 원친채주가 올 테니까.

"아강, 그냥 둬도 괜찮겠어?"

내 질문에 한심하다는 듯 눈을 치켜뜬 사람은 아강이 아니라 다다였다.

"아강!"

아강은 아무 말도 하지 않았다. 창백한 얼굴을 숙인 채 몸을 돌렸다. 나는 아홍 아저씨를 계속 돌아보면서 수없이 불렀지만 이렇게 된 이상 아무도 더는 아강을 말리지 못했다.

나 역시 아홍 아저씨를 보고 싶지 않았고, 아홍 아저씨가 누군가의 원친채주라고 생각하고 싶지도 않았다. 무슨 일이 있더라도 아홍 아저씨는 천진하고 대범하길 바랐다. 이 세상은 어차피 아무것도 아니므로 빚 같은 건 없어. 더러움도 없다. 그러니 무슨 일이 있더라도 슬퍼할 필요 없어. 이런 설교를 아무렇지도 않게 내뱉어줬으면 좋겠다. 아, 풍파에 시달리지 않은 말이란 얼마나 행복한 것인지! 아홍 아저씨가 건넸던 따뜻한 말들이 그랬다면 얼마나 좋았을까.

"아강." 내가 녀석의 어깨를 잡았다. "아홍 아저씨를 저대로 둬도 되겠어?"

"그냥 둬."

"하지만……."

"괜찮아."

"저기, 아강……."

"나라면 저런 모습을 자식에게 보이고 싶진 않을 테니까."

더는 할 말이 없어 나는 자신의 스니커즈만 노려봤다.

부모님이 미국으로 가 아강의 집에 맡겨졌을 당시, 나도 부모에게 버려진 것 같은 비참한 기분을 실컷 맛보았다. 자신보다 불행한 아이는 아무리 세상을 뒤져도 없으리라 생각했다. 하지만 아강의 집에서 사는 동안 내가 느끼는 불행이란 게 사실은 그리 대단한 게 아닐 수도 있음을 깨달았다. 그 떠들썩한 날들 속에서 나는 그저 불행할 것이라는 예감에 겁먹었던 것임을 깨달았다. 그래서 알게 된 사실인데 불행의 예감은 불행 자체보다 호되다. 거대하고 사악한 싹이 트고 있는 그림자의 정체가 작고 귀여운 생명체일 때도 있다. 사람은 어떤 일이 생기더라도 행복하게 살 수 있고 반대로 무슨 일에든 불행해질 수 있다. 이것은 모두 아홍 아저씨의 등을 바라보며 배운 것인데, 슬프게도 그 사실을 아강에게 전할 도리가 없었다.

"저기 있잖아." 다다가 누구에게랄 것도 없이 말했다. "리양 씨가 아까 말한 '그런 데'가 뭐야? 이발기를 그런 데에 썼다고 했잖아."

아강은 혼이라도 토해낼 것처럼 깊은 한숨을 쉬고 가련한 눈빛으로 동생을 봤다.

"그런 건 문제가 아니야."

"그럼 뭐가 문제인데?"

"아버지가 이발기를 가지고 리양 씨의 부인과 무슨 일을 했든, 그건 절대 해선 안 되는 일이야." 아강은 씹어 삼키듯 말했다. "아버지는 해선 안 될 짓을 한 거야."

다다는 어깨를 으쓱하고 또 슬쩍 손목시계를 봤다. 그리고 말했다.

"그러네. 형 말이 맞아."

다다는 이처럼 자존심이 강해서, 그것이 설사 친형이라고 하더라도 일단 얕잡아 보지 않으면 순순히 따르지 않았다.

14.

1984년도 끝을 달리고 있을 때 그해의 첫 한파가 찾아왔다.

평지 기온이 단숨에 10도 이하로까지 떨어져 더위에 익숙한 사람들을 당황하게 했다. 아이들은 깃털을 잔뜩 부풀린 공작처럼 옷을 껴입었고, 노인들은 훌쩍 저세상으로 가지 않도록 욕실로 난로를 옮겼다. 다들 덜덜 떨었다. TV 뉴스에서는 드물게 눈이 쌓인 위산에 몰려든 관광객들의 차량 행렬을 보여줬다. 위산은 대만 한가운데 위치한 가장 높은 산으로, 일본통치시대에는 '니다카야마'라고 불렸다. 표고가 후지산보다 높아 당시에는 일본 학교에서도 '일본 최고의 산'이라고 칭송되었고 미일 개전을 고하는 암호 전문에도 등장했다. 그런 화려한 위산의 경력 뒤에서 일본통치시절 수많은 일본인이 이 땅에서 원주민에게 살해된 것 또한 사실이다.

어머니의 간섭은 더욱 심해져 점점 견디기 힘들어졌다. 입만 떼면 공부하라는데 그것은 정말 공부하라는 게 아니라 나를 집에서 나가지 못하게 하는 방편이었다. 그 증거로 집에만 있으면 공부 같은 거 하지 않아도 잔소리가 없었다.

"건국중학(대만에서 가장 들어가기 힘든 남자 학교)을 쳐야지." 야식을 가져다주는 척 어머니는 매일 같이 내가 담배를 피우지 않는지, 술을 마시지 않는지, 오토바이를 타고 돌아다니지는 않는지, 디스코라도 추고 돌아다니지 않는지 감시했다. "지금부터 제대로 준비하지 않으면 늦어. 놀 시간 같은 게 없다고…… 원, 듣고 있니? 그래, 그래야겠다. 요즘은 너무 흉흉하니 네 방 창문에도 철제 격자창을 붙여야겠어."

"창문으로 몰래 나가는 일은 없어."

"당연하지." 그리고 귀에 거슬리는 목소리로 웃어댔다. "아무도 그런 걱정은 안 해. 애 좀 봐, 무슨 소리를 하니!"

내 방에 있는지 감옥에 있는지 알 수 없을 때가 종종 있었다.

그런 까닭에 제이가 입원한 것도 녀석이 퇴원하기 전날에야 알았다. 아강이 거는 전화를 계속 바꿔주지 않았기 때문이다. 제이의 반 녀석이 하는 말을 우연히 주워들었기 망정이지 잘못했으면 의리 없는 놈이 될 뻔했다.

학교에서 돌아오자마자 급히 교복을 갈아입었다.

"원, 어디 가니?" 어머니는 나를 쫓아 방에서 현관까지 따라왔다. "나갈 거면 돌아오는 시간을 말하고 가라. 저녁은 집에서 먹지?"

"제이 병문안이야." 스니커즈의 끈을 묶으면서 나는 어머니가 날리는 날카로운 사랑을 등으로 막아냈다. "아강과 먹고 올게."

"6시까지는 와야 해. 알지?"

"알아."

"오토바이는 타지 마."

"아무도 안 타."

"제이는 어때?"

"중상인 것 같아."

"어차피 싸웠겠지. 어디 입원했어?"

"산준종합병원."

"그럼, 엄마가 택시로 데려다줄까?"

"버스 탈거니까 괜찮아."

"그럼 병문안이 끝나면 전화해…… 응? 그럼 엄마가 병원까지 데리러 갈게."

"엄마!"

어머니가 그 자리에서 굳었다. 겁먹은 것 같은, 아첨하는 것 같은 그 얼굴을 바라보면서 온갖 증오의 말이 저 깊은 뱃속에서 부글부글 끓어올랐다. 녹아서 걸쭉해진 말들이 목구멍을 타고 올라왔다. 그 말이 공기에 접촉하는 순간 나를 다른 차원으로 날려버릴 것이다. 좀 더 자유롭고 황량한 곳으로.

"원, 왜 그러니?" 어머니의 차가운 손이 이마에 닿았다. "어디 아프니?"

"……."

"오늘 병문안은 그만두고 쉬는 게 어떠니?"

나는 잠자코 집을 나와 중화루를 건너 버스를 타고 산준종합병원으로 향했다. 한파가 지나갔는데도 햇살은 희끄무레하고 약했다. 기온이 그다지 오르지 않아 낮게 드리워진 회색 구름이 광저우지에를 완전히 감싸고 있었다. 12월 마지막 토요일이었다.

병실에 들어가자마자 나와 아강은 "YO, YO"라고 말하면서 일부러 더 놀란 척하고 돈을 내어 사 온 과일을 누워 있는 제이에게 던지는 척했다.

"YO." 제이는 기뻐하며 침대에서 몸을 일으켰다. "윈, 왔어?"

"당연하지." 나는 부상자가 내민 손을 잡고 등에 베개를 대주었다. "괜찮아? 내일 퇴원한다며."

"어머니는?" 아강이 물었다. "오늘도 출근하셔?"

"입원비가 상당하니까. 조금 전까지 여동생들도 있었어. 너희들이 온다고 해서 보냈어."

"네가 맞는 거야 늘 있는 일이지만, 이 정도로 맞은 걸 보니 상당히 나쁜 짓을 했나 봐."

내가 장난처럼 때리는 시늉을 하자 제이는 놀라 몸을 움츠렸다. 순간 얼굴이 험악해지더니 만지면 찢어질 것 같은 증오가 결막 출혈로 붉게 물든 눈을 스쳤다.

"천하의 선지에썬이 무슨 일이야?" 너무 어색한 나머지 나는 웃으며 얼버무리는 수밖에 없었다. "그래, 알았다. 혹시 그 새아버지를 죽일 생각이면 도와줄게. 그렇지, 아강?"

아강의 마른 웃음소리는 이제 그만하라고 말하고 있었다.

"어머니가 결단을 내렸지." 제이는 울혈 탓에 누렇게 된 얼굴로 간신히 미소를 짓고 뜻밖의 말을 했다. "이번에야말로 그 녀석과 헤어지겠대."

아강은 고개를 끄덕이며 마치 나라를 위해 싸운 병사라도 되는 양 제이의 어깨를 두드렸다. 그리고 온갖 불평을 해댔다. 아무리 전화해도 어머니가 나를 바꿔주지 않은 것, 새 학교에는 도련님과 아가씨 같은 애들만 있어서 지루하다는 것, 지금 맨션 꼭대기에 사는데 어머니의 남자가 옥상에 옥탑, 그러니까 불법 증축을 하려고 하는 것.

"이제 곧 공사가 시작돼. 옥상에 펜트하우스를 짓는대. 다다는 거기를 자기 방으로 해달라며 신났어. 정말 부끄러운 줄 모르는 녀석이라니까."

내 실언을 만회하기 위해 아강은 눈물겨운 노력을 기울였다. 자신의 어머니가 지금 새로운 남자와 자고 가끔 듣고 싶지 않은 소리를 들어야 한다는 이야기까지 꺼냈다.

"이 상태로 가면 내년 이맘쯤에는 남동생이나 여동생이 생기겠어."

제이가 소리를 내어 웃었다.

나는 불안한 마음으로 병실을 둘러봤다. 그곳은 6인실로 제이 외에는 모두 노인이었다. 거치대에 걸린 링거가 관 속을 빙글빙글 돌아 제이의 손등으로 빨려 들어갔다. 머리에 붕대를 감고 있고 왼쪽 눈은 토끼처럼 빨갰으며 갈비뼈에도 금이 갔다고 했다. 노인들은 텅 빈 동굴 같은 입을 벌리고 잠들어 있거나, 멍하니 창밖을 바라보거나 라디오를 들으며 해바라기씨를 우물우물 먹고 있었다.

소독약 냄새와 노인이 발하는 냄새가 섞여 시간의 흐름을 막고 있는 것 같았다. 벽시계의 초침은 죽음의 방문을 조금이라고 늦추려는 듯 평소의 두 배 정도 천천히 돌았다.

"그런데 정말 다행이다."

아강이 놀란 표정으로 이쪽을 봤다.

"아, 지금 그 상황이 아니라" 나는 서둘러 덧붙였다. "이걸로 드디어 그 녀석과 인연이 끝난다니까……."

"어머니는 그 녀석과 헤어지지 못해."

"……."

"왜?" 아강이 화가 난 듯 말했다. "왜 그렇게 생각해? 아들이 이 지경인데?"

"제이." 내가 말했다. "왜 그렇게 생각해?"

"그냥 알아."

"뭘?"

"우리는 어리고 세상은 어린애들 생각대로 돌아가지 않아."

할 말이 없었다.

제이의 존재가 아주 멀게 느껴졌다. 너무 멀어 한번도 가까웠던 적이 없는 것 같았다. 손을 뻗으면 닿을 정도로 가까운데 그것은 어떤 것도 가까이할 수 없는 거리였다. 어쩌면, 이라는 생각이 들었다. 제이가 새아버지에게 맞는 것은 이 거리 때문일지도 모른다.

그날 밤의 일이 떠올랐다. 내게 키스했을 때, 그때만 제이는 아주 가까웠다. 너무 가까웠다. 화가 날 정도로. 제이는 내게 다가오려고 했다. 말도 안 되는 어설픈 방법으로. 내게 가능한 게 뭘까? 이 녀석을 수용도 거절도 하지 않는 방법이, 옳은 답이 어디 있기는 할까?

노인의 라디오에서 활기찬 미국 팝이 흘렀다. 병실에서 듣는 미국 팝만큼 고독한 것도 없는데, 거기에 친구의 오열이 섞이자 곤혹을 넘어서 분노마저 느껴졌다. 제이는 팔로 눈가를 감추고 있었으나, 이 같은 헛된 노력은 본 적이 없었다. 눈물의 발작을 참으려고 너무 노력한 나머지 가녀린 가슴이 경련을 일으켰다.

제이는 소리를 죽여 미국 팝 소리 뒤에 숨어 울었다. 팔 아래로 눈물과 콧물이 타고 흘러 일그러진 입술을, 앙다문 이를 적셨다.

나와 아강은 눈으로 신호를 보내 병실을 나왔다. 복도를 지나 계단을 내려와 주차장에서 담배를 피웠다. 지나가는 사람들이 대낮에 당당하게 담배를 피우는 중학생을 보고 눈살을 찌푸렸다. 우리는 우리를 향한 찡그린 얼굴을 일일이 노려봤다. 구급차가 요란하게 달려와 축 늘어진 여성을 허둥지둥 병동으로 실어갔다. 어쩌면 여기서 분초를 다투니까 병실의 시간은 형평을 맞추기 위해 거북이처럼 느리게 가는 게 아닐까? 이런 한심한 생각을 하면서 회색빛 하늘에 담배 연기를 흘려보냈다. 우리는 천천히 담배를 피웠다. 그리고 담배꽁초를 내던지고 병원으로 들어가 계단을 올라 병실로 돌아왔다.

미국 팝은 끝났고 침대 위에서 제이가 평온한 미소를 던졌다.

"들켰어."

나와 아강은 서로의 얼굴을 바라봤다.

"들켰어." 그의 목소리는 귀를 틀어막고 싶을 만큼 조용했다. "그 녀석에게 들켰어."

왠지는 모르겠지만 엉엉 소리를 내어 울면서 소리치고 싶었다. 자신과 그 한심한 새아버지가 한통속인 것만 같았다.

그리고 갑자기 깨달았다. 제이는 지금 또 내게 훌쩍 가까워지려고 하고 있다. 두들겨 맞은 들개처럼 코를 쿵쿵대며 경멸과 거절의 냄새를 분간하려고 하고 있다. 나는 어른스럽게 상식이라는 이름의 포기를 들이댈 수도 있었고(유감스럽게도 분명 세상은 우리 생각대로 되지 않지.), 모든 것을 시간에 맡겨도 괜찮았고(지금은 일단 낫는 것만 생각하자.), 천진난만함을 가장해 제이의 상대를 시시콜콜 캐내는 것도 가능했다(뭐? 그래? 그랬구나!).

하지만 그런 짓을 했다가는 두 번 다시 제이에게 다가갈 수 없음을 잘 알았다. 그렇다면 내가 끊임없이 악을 베어주지. 제이의 할아버지가 일사병으로 쓰러졌을 때 포대극 인형을 정신 없이 조종하면서 내 콜드 스타는 분명히 그렇게 말했다. 내가 쓰러져도 내 의지를 잇는 자가 반드시 나타날 테니까.

기억의 단편이 하나로 이어져, 잠깐 사이에 줄거리를 만들어 냈다. 콜드 스타의 다음 적이 지닌 무기는 단단한 대나무로 만 든 피리였다. 하멜른의 《피리 부는 사나이》처럼 피리 소리로 아 이들을 모아 그 피리로 아이들을 때려죽이니까…… 맞다, 헤이 쌰오(黑簫)라고 하자!

"그 자식은…… 네 새아버지는 지금 어쩌고 있는데, 제이?"

"어쩌고 있긴" 아강이 말했다. "자기 아들을 때려 다치게 한 것 정도로 타이베이의 경찰이 움직일 것 같아?"

"널 보러는 왔니?"

"왔을 리가 있겠어?"

"돼지야, 넌 잠자코 있어. 나는 제이에게 물었어."

"말해, 제이. 그 쓰레기는 고리대금업자에게 쫓기느라 지금 그럴 형편이 아니라고."

"너를 이렇게 해놓고 모른 척해?"

아강이 눈을 희번덕거렸고 제이는 침묵했다. 그래서 대신 내 가 말했다.

"정말 죽일까?"

그 순간, 마치 물에 떨어진 피 한 방울이 퍼지듯 우리 사이에 서 무언가가 다시 공유되는 것 같았다.

"하하하!" 너희에게는 진짜 졌다는 느낌으로 아강이 양팔을 번쩍 들었다. "괜찮네. 해치우자. 뭐로? 권총?"

"하겠다면 돕지." 목소리가 겹쳤다. "어때, 제이?"

커다랗게 벌어진 제이의 눈을 나는 놓아주지 않았다. 창백한 그 얼굴에 핏기가 돌아왔다. 입을 열었다가 다시 꾹 다물었다. 뭔가를 필사적으로 막으려는 것 같았고 그 무언가는 살의인 것 같았다.

"뭔가…… 뭔가 생각한 게 있어, 윈?"

"어이! 진심이야? 제이! 윈은 농담이었어."

"그랬어? 윈…… 농담이야?"

"진심이야." 내가 말했다. "네가 그럴 마음이면 절대 들키지 않는 방법이 있어."

그의 눈이 기대로 물들어갔다.

"야, 농담이지?" 아강이 소리쳤다. "너희 둘 어떻게 된 거 아니야!"

이때였다. 현실과 공상을 나누던 부드러운 경계선이 일그러지며 서로의 영역을 침범해 녹아들었다. 마치 자신의 꼬리를 우걱우걱 먹어대는 뱀처럼 우리 안에서 시작과 끝이 하나가 되었다.

지금 돌이켜보면 그것은 모든 실패와 모든 후회가 탄생한 빛나는 순간이었다. 어차피 우리는 열세 살로, 브레이크댄스와 도둑질의 연장선 위에는 살인도 있었다.

15.

듀이 코너즈의 조서에는 색맨에게 납치될 뻔했을 때의 상황이 자세히 기록되어 있었다.

인형사가 갑자기 두통을 호소하며 자동차 글러브 박스에서 약을 가져다 달라고 간청했다. 열한 살 소년은 황급히 차로 뛰어들었다. 곧바로 글러브 박스를 열자 약통이 여러 개 떨어졌다. 어떤 거요? 소년은 어깨 너머로 소리쳤다. 어떤 약이요?

그러나 대답 대신 색맨은 소년의 작은 몸을 차로 밀어 넣고 조수석 문을 닫으려고 했다. 듀이 코너즈는 뒷좌석에 흩어져 있는 파티 마스크를 발견하고 문이 닫히기 직전에 발로 차서 다시 열었다. 그때까지 신사적이었던 인형사의 얼굴이 무섭게 일그러지며 소년의 가는 목에 손을 댔다. 듀이 코너즈는 발버둥을 쳤는데 그 덕분에 고통을 느껴야 했다. 인형사가 뭐라고 했는데 중국어라 무슨 말인지 알 수 없었다. 만약 그때 알렉스 세이어 순사부장이 구하러 오지 않았다면 그도 다른 소년들과 같은 말로를 맞았을 것이다. 즉, 어떤 운 나쁜 사람에 의해 일주일이나 2주 후 자루 속에서 발견되었을 것이다.

듀이 코너즈에게는 행운의 별이 있었다. 그러나 다른 소년들은 그렇지 않았다.

브라이 코엔, 14세 소년 사건.

2012년 8월 4일, 플로리다 주 포트 로더데일에 사는 브라이 코엔은 자택 근처를 흐르는 노스포크 뉴 강가에 있는 남자에게 말을 걸었다.

"저기, 아저씨. 악어 밥이 되고 싶어요? 그렇게 물가에 가까이 있으면 안 돼요."

반응이 없었다.

"저기, 아저씨. 괜찮아요?"

"아주 친절하구나." 돌아본 남자가 쓰고 있던 중절모를 들어 올려 소년의 친절에 답했다. "두통이 있어."

"구급차를 부를까요?"

"아니, 괜찮다. 조금 쉬면 나으니까. 그렇게 많니?"

"예?"

"악어 말이야."

"아…… 플로리다에는 처음 왔어요?"

"그래."

"많은 정도가 아니에요. 수영장에도 들어오고 학교에도 나타나요. 며칠 전에…… 아! 저기 파란 지붕 집 보이죠?"

남자는 브라이가 가리키는 쪽으로 고개를 뺐다.

"라팔로 아줌마네 개가 지금 아저씨가 서 있는 그 자리에서 악어에게 잡아먹혔어요."

"정말이니?"

"작은 개도 아니었어요. 라팔로 아줌마는 도베르만을 키웠으니까요. 수풀에 숨어 있다가 갑자기 튀어나와서 개를 물속으로 끌고 갔어요."

물가에 자라고 있던 강 부들에 허리까지 담그고 있던 남자가 펄쩍 뛰어올랐고 브라이는 소리 높여 웃었다.

"네 이름이 뭐니?"

"브라이."

"잘 부탁한다, 브라이……. 아, 이러면 어떨까? 혹시 괜찮으면 이 근처를 잠시 안내해주지 않을래?"

"악어에게 잡아먹히지 않게?"

"그래. 악어에게 잡아먹히지 않게." 그렇게 말하고 색맨은 미소 지었다. "어쩌면 악어보다 무서운 게 있을지도 모르지."

폴 랭, 16세 소년 사건.

2013년 12월 18일, 아칸소 주 리틀록에 사는 폴 랭은 친구들 몇과 녹아웃 게임을 했다. 생판 모르는 지나가는 사람을 갑자기 때리고 그 장면을 동영상 업로드 사이트에 올리는 것이다. 경찰은 소년들이 그때 올린 동영상과 보안 카메라에 찍힌 영상을 자료로 첨부했다.

업로드 동영상은 뒷골목에 퍼져서 걷는 소년들의 뒷모습으로 시작된다. 그들의 어깨 너머로 한 남자가 이쪽을 향해 걸어오고 있다. 소년들이 좌우로 비켜 길을 터준다. 남자가 중절모자를 들어 올려 예를 갖춘 다음 순간, 헐렁한 옷에 야구모자를 쓴 폴 랭이 느닷없이 남자의 얼굴에 주먹을 날렸다. 남자는 툭 쓰러지고 소년들 사이에서 와 하고 환성이 일었다.

보안 카메라의 선명하지 않은 흑백 영상에는 그 후의 일이 찍혀 있다. 소년들은 일단 사라졌는데 얼마 후 폴 랭과 다른 소년이 달려왔다. 그리고 그 다른 소년이 주위를 경계하는 사이에 폴 랭이 쓰러진 남자의 품을 재빨리 뒤졌다.

그때 남자가 벌떡 일어나 폴의 팔을 잡았다. 폴은 팔을 빼려고 했으나 괜한 몸부림이었다. 다른 소년이 아연한 상태에서 남자는 소년의 목덜미에 전기충격기 같은 것을 들이댔다. 폴의 몸이 격렬하게 경련하더니 그 자리에 푹 고꾸라졌다. 쓰러진 사람을 털러 왔다가 쓰러져버린 친구를 놓고 다른 소년은 도망쳤다. 남자는 천천히 일어나 떨어진 모자를 주워 쓰고 몸의 먼지를 털었다. 그리고 폴을 끌고 화면에서 나갔다. 얼마 후 살기등등한 소년들이 대거 등장하는데 다들 그 자리에서 갈팡질팡하고 머리를 감싼 채 빙빙 돌고만 있었다. 그들이 경찰에 신고한 것은 친구가 실종되고 40분이 지난 후였다. 녹아웃 게임 사실이 드러나는 것을 두려워했기 때문이다.

일주일 후, 자루에 담긴 폴 랭의 시신은 유괴 현장에서 200킬로미터 떨어진 루이지애나 주 경계 부근에서 발견되었다.

래드 딜러헌트, 12세 소년 사건.

2014년 9월 29일, 인디애나 주 인디애나폴리스에 사는 래드 딜러헌트는 슈퍼마켓을 나오려다 직원에게 제지당했다.

"미안하지만 그 냅색 안을 보여줄래?"

래드는 자지러졌다. 무슨 일에나 처음이 있다. 싱글맘인 어머니의 명령으로 래드가 우유와 고기를 훔친 것은 그날이 처음이었다. 점원이 그를 제지하자 소년의 조그만 몸이 부들부들 떨렸다.

"너를 알아."

"예……?"

"가게 사무소에는 말이야, 문제 손님의 사진이 붙어 있어. 어머니와 같이 찍힌 네 사진도 틀림없이 붙어 있었지."

"죄송해요……. 이제 안 할게요."

"가게가 감시하고 있다는 걸 알고 어머니가 너만 보냈구나."

"저기, 정말…… 잘못했어요."

"나도 네 나이 때 물건을 훔친 적 있어. 그렇게 가지고 싶었던 것도 아닌데 친구들과 나이키 농구화를 훔쳤지."

"……."

"우리는 브레이크댄스를 했어." 그렇게 말하고 점원은 몸을 로봇처럼 움직였다. "어때?"

"어떠냐니……."

"그래서 나이키 운동화를 훔쳤어. 브레이크댄스라면 당연히 나이키니까."

"그렇죠."

"사실은 경찰에 신고해야 해."

"아니! 아니, 그게……, 그래도 한 번만."

"조건이 있어. 다시는 이런 일을 하지 않겠다고 약속해라."

"약속할게요." 래드는 흥분했다. "절대 안 할게요."

"다른 가게에서도 하면 안 된다."

"절대 두 번 다시 안 해요."

"만약 약속을 어기면……."

"그럼 저는 지옥에 떨어져도 괜찮아요."

"그때는 내가 직접 너를 지옥에 보낼 거야."

"예!"

점원은 래드 딜러헌트를 경찰에 신고하지 않았을 뿐 아니라 그가 훔치려고 했던 물건까지 들려 집으로 보냈다.

만약 래드가 약속을 지키고 두 번 다시 도둑질하지 않았다면 어땠을까? 색맨의 먹잇감이 되지 않았을까?

래드 딜러헌트는 그 친절한 아시아인이 있는 슈퍼라면 다시 붙잡혀도 또 봐주리라 생각했을지 모른다. 두 번째 잡혔을 때 그는 눈물을 흘리며 생활고를 호소했다. 점원은 가만히 소년의 이야기에 귀를 기울였다. 그가 훔친 것은 식빵과 땅콩버터, 초콜릿 과자였다. 점원은 가끔 맞장구를 치면서 이야기를 들었다. 그리고 마지막에 이렇게 말했다.

"차로 집에 데려다줄게…… 괜찮아, 걱정하지 마라."

약속은 지켜지지 않았다. 생활보조금을 전부 헤로인에 써버린 어머니가 아들의 부재를 알아차린 것은 래드가 실종되고 2주나 지난 뒤였다.

그날 아침, 어머니인 리나 딜러헌트는 마약에 취한 상태에서 일어나 아들의 이름을 불렀다. 래드……, 얘, 래드, 눈이 부셔. 커튼을 닫아라…… 그리고 물 한 컵만 가져올래?

16.

말문이 막힌 제이는 아강이 내민 페트병 물을 한 모금 마셨다. 그리고 난간에 앉아 등을 말렸다. 몸을 에는 듯한 고백에 완전히 피곤해져 한 걸음도 더 걸을 수 없을 것 같았다.

그를 병문안한 다음 날, 우리는 식물원 정자에서 만났다.

해가 지고 지금은 진흙탕이 된 연못에서 차가운 바람이 불어왔다. 이렇게 차가운 공기에 그대로 노출되는 정자에 있는 멍청한 사람은 우리 말고 아무도 없었다.

제이의 머리를 감았던 붕대가 그물 형태로 바뀌어 있었다. 얼굴의 반은 아직 누렇고 왼쪽 눈도 충혈되어 있었으나 그런 것은 아무래도 상관없었다. 나와 아강은 혼란과 동요를 억누르느라 안간힘을 썼다. 제이가 상대 이름을 말했는지조차 기억나지 않는다. 몇몇 장면이 마치 자신이 경험한 것처럼 생생하게 눈앞에 펼쳐졌다.

제이와 그 남자는 중화상창의 책방에서 만났다. 어쩌다 들어

간 책방에 남자의 나체 사진이 줄에 엮여, 마치 파리 끈끈이처럼 천장에 매달려 있었다. 그런 책방에 어쩌다 들어가는 사람이 있는지는 의문이나, 어쨌든 제이는 그렇게 말했다.

상대는 스무 살의 대학생이었다. 사진을 만지지도 못하고 그냥 정신없이 보고 있는 제이에게, 이런 사진은 스따루 야시장에 가면 더 많이 판다고 말을 걸어왔다. 지나치게 긴 머리카락이 한쪽 눈을 가리고 있고 옅은 수염이 나 있었다. 제이는 부끄러움과 분노에 떠밀려 그 자리에서 도망쳤다.

그리고 호기심과 죄책감에 시달리며 잠들지 못하는 밤을 여럿 보내고 결국은 자신을 다독이며 스따루로 갔다. 사범대학이 있는 곳이기도 해서 거리는 젊은이들로 북적였다. 젊은이들은 깔깔대며 웃었고 밝고 건전했다. 그런 인파에 몸을 두고 있노라니 자신이 아주 더럽게 느껴졌다. 제이는 노점과 가게가 즐비한 뒷골목을 수없이 오가며 찝찝한 눈빛으로 물건을 찾았다. 책방에 들어가 봤지만 기대는 어긋났다.

"그런 데는 없어."

돌아보니 중화상창의 그가 거기에 있었고 부드럽게 웃고 있었다.

"따라와."

우두커니 서 있는 제이를 그냥 두고 그는 인파에 섞였다. 정신을 차리니 그의 뒤를 쫓고 있었다. 뭉게뭉게 피어오르는 괴이한 수증기, 골목 막다른 곳에서 이쪽을 물끄러미 바라보는 검은 고양이, 좁은 계단을 한없이 내려가는 이상한 가게. 남자가 들어간 곳은 별다를 게 하나도 없는 환한 잡화점이었다. '당신을 생각하고 있어요'라고 적힌 서표와 '괜한 착각이 아닐까'라고 적힌 코르크 연필통, 일제 산리오 제품에 여자아이들이 저마다 소리를 지를 것 같은 가게에 제이는 당황했다.

"여기서 아르바이트해." 남자가 내려온 머리를 쓸어 올리면서 환하게 웃었다. "네가 여러 번 가게 앞을 오가는 걸 봤어."

제이의 얼굴은 창백해졌다가 새빨개졌다.

"저기 진열대가 있지."

"……."

"헬로키티 옆에 있는 진열대."

보니까 그림엽서를 수납한 회전식 진열대가 있었다.

"돌려봐."

조심스럽게 시키는 대로 하자 과연 풍경과 귀여운 그림이 있는 그림엽서에 뒤섞여 남자의 나체 사진이 나타났다.

"그게 네가 두려워하는 정체야." 그가 말했다. "헬로키티와 같이 파는 물건이라고."

그 후로 제이는 가끔 그와 만났다. 그는 똑똑했고 오래된 베스파를 가지고 있었고 얼마 전 죽은 미셸 푸코라는 철학자의 책을 프랑스어로 읽을 수 있었다.

"에이즈로 죽었어." 그가 알려줬다. "그는 인간의 성에서 우리가 당연하다고 생각했던 것들을 배제했어. 너와 나 이외의 많은 사람의 성은 권력으로 규격화되어 있지. 인구 정책 때문이야. 사회가 우리 같은 사람들로만 이루어지면 인구가 점점 줄 테니까."

제이는 그의 말을 전혀 이해할 수 없었다. 하지만 그 목소리에서 발산되는 압도적인 자유와 반역성에 머리가 아찔했다.

"성은 원래 자유로웠는데 변질되었어. 정상이냐 비정상이냐는 권력이 우리에게 붙인 꼬리표에 불과해. 지금은 아직 몰라도 돼. 네가 커서 더 많은 책을 읽고 많은 사람과 만나보면 알 테니까."

"나는……" 입안이 바싹 말랐다. "나는 이상한 게 아니에요?"

"아니야." 그렇게 말하고 남자가 씩 웃었다. "너는 자유로운 거야."

그는 제이는 읽을 수 없는, 읽는다고 해도 이해할 수 없는 영어책을 몇 권 건넸다.

"다 읽었으니까 네게 줄게."

"하지만……."

"가지고만 있어도 돼."

"……."

"그것만으로도 네가 걸을 길이 조금 밝아질지 몰라."

헨리 밀러의 《남회귀선》, 셀린느의 《밤의 끝으로의 여행》, 조지 오웰의 《1984》였다.

"고마워요." 너덜너덜한 문고판에 눈물이 떨어졌다. "고마워요."

그날, 둘은 영화를 본 다음 책방 몇 군데를 돌았다. 그는 지금 미국에서 가장 주목받는 아티스트라는 키스 해링의 화집을 제이에게 선물했다. 서점 주인이 일부러 미국에서 들여온 고가의 화집이었다.

"그도 우리와 같아."

낙서로만 보이는, 영문 모르고 가슴이 들뜰 것 같은 키스 해링의 그림에 매료되었다.

"알겠어? 권력과 상식에서 자유롭게 되면 이렇게 멋진 세계가 우리 앞에 펼쳐져."

그는 오토바이로 제이를 집까지 바래다주고 헤어질 때 키스했다. 그것은 제이가 내게 했던 것 같은 키스가 아니라 진짜 키스였다. 하늘로 날아오를 것 같은 기분이었으리라. 이 세상에 드디어 작은 안식처가 생긴 것 같았다.

하지만 인생은 제이에게 그렇게 달콤하지 않았다. 꿈꾸는 심정으로 집에 들어간 제이를 기다리고 있는 것은 권력과 상식의 노예였다. 그 녀석은 누구냐? 축 늘어뜨린 털북숭이 손에는 거무죽죽한 피리가 들려 있었다. 뭐야, 그 책은? 제이는 화집을 뒤로 숨겼다. 너, 남자를 좋아하니? 새아버지는 피리로 제이의 가슴을 찔렀다. 왜, 말하고 싶지 않아?

차가운 바람이 용수나무 잎을 흔들었다. 그렇게 춥진 않았다. 오히려 등에 땀이 났다.

손댈 수 없는 침묵 속에서 무력함이 비단실처럼 가늘게 펼쳐졌다. 침묵은 그 실에 조금씩 얽혀 천천히 하나의 의지로 짜였다.

"전에는 여기서 자주 쳤는데."

대답은 없었다.

"불과 4, 5개월 전인데 정말 옛날 같다." 나는 개의치 않고 계속했다. "한번, 연습 중에 비가 내린 적 있었지?"

제이가 고개를 들었다.

"우리는 이 정자에서 비를 피했어. 기억해? 완화에서 뱀이 도망쳤다는 뉴스를 여기서 들었잖아."

"뱀집이 우리 잠그는 걸 잊었다고 했지." 아강이 입가를 올렸다. "다다가 연못에서 뱀을 봤다고 난리를 쳐댔고."

"그때 도망친 뱀이 어떻게 됐는지 알아?"

"어떻게 됐는데?"

"나야 모르지."

"……"

"하지만 내기해도 좋아. 전부 다 잡히지 않았을 거야. 그때 누군가의 구두에 독사가 들어 있었다는 뉴스를 들었지? 화시지에서 제이가 사는 산수이 시장까지는 그리 멀지 않아. 그렇다면 제이의 새아버지가 독사에 물려 죽는 것도 있을 수 있는 일이지."

"그럼 묻겠는데, 너는 제이의 새아버지를 물 독사를 어디서 구하려고? 나는 태어나서 지금까지 이 타이베이에서 야생 뱀은 본 적도 없어."

"옛날 우리 형이 사귀던 여자의 집이 화시지에서 뱀집을

192

해. 만약 그녀에게 뱀을 사면?"

"바보냐?" 아강은 하늘을 올려다보고 말했다. "우리가 독사를 사고 그 독사에게 제이의 아버지가 물려 죽으면 바로 경찰이 의심하겠지."

"내가 뱀을 샀는데 내 아버지가 물려 죽으면 당연히 나를 의심하겠지. 하지만 뱀은 내가 샀는데 물려 죽은 사람은 제이의 아버지야. 최악의 경우, 경찰이 의심하더라도 형의 옛 여자친구가 자기가 판 뱀의 얼굴을 기억하지 않는 한 제이의 새아버지를 문 뱀과 내가 산 뱀이 같은 뱀이라는 것을 증명할 수 없어."

"대만 경찰이 그런 걸 신경이나 쓸까? 네가 뱀을 샀는데 네 친구 새아버지가 뱀에 물려 죽으면 그냥 범인은 너야."

"제이, 하려면 지금밖에 없어. 지금이라면 네 새아버지가 물려 죽어도 도망친 뱀집 탓이 될 거야."

입을 열기 전에 제이는 잠시 생각에 잠겼다.

"잘될까?"

"그럴 리가 있겠냐!" 아강이 포효했다. "너희들 머리가 돌았냐?!"

"머리가 돌았는지 아닌지 관우에게 물어볼까?" 나는 제이와 아강을 번갈아 봤다. "그 후에 정해도 늦지 않아. 어때?"

아강이 혀를 찼고 제이는 고개를 끄덕였다.

"그럼 빨리 해치우는 게 좋겠지." 내가 말했다. "내일은 학교에 가야 하니까 지금 하자."

영원히 변하지 않을 완화의 소란함 속을, 우리는 조용히 지나쳤다.

사당 입구에서는 딱 보기만 해도 의심스러운 강장제를 파는 남자가 목청을 높여 약효를 떠들고 있었다. 대만어라 나는 이해할 수 없었으나 대만어로 말하니까 의심이 더 커졌다. 그런 강장제는 효과가 없는 것으로만 끝나면 그나마 다행이었고 몸을 해칠 때도 있었다. 마찬가지로 이상한 비디오테이프에 몰려 있는 사람들은 이 동네를 모르는 사람들뿐이었다. 그런 바보들은 집에 돌아가 아무것도 나오지 않는 화면을 바라보며 불을 뿜게 될 게 빤했다.

자동차 배기가스와 향로에서 피어오르는 연기가 밤하늘에 걸린 달을 모호하게 만들었다.

룽산사에 참배하는 것은 내게 무례를 범한 제이를 때려눕혀도 되는지 물으러 왔을 때 이후 처음이었다.

엄격한 관우 상 앞에 선 우리는 우선 향로에 향을 피우고 삼배, 구배를 올렸다. 그리고 점괘 패를 들었다.

"일이 일이니만큼 하나라도 반대하면 그만두자." 내가 조용히 말했다. "아강도 그거면 됐어?"

오는 내내 아무 말도 하지 않았던 아강은 역시 한마디도 하지 않았으나 눈에 결의의 빛이 담겨 있었다.

"그럼 우선은 제이부터."

제이는 패를 이마에 대고 고개를 숙인 후 속으로 질문을 올렸다. 저는 산수이 시장에 사는 선지에썬입니다. 열네 살이 됩니다. 제게는 죽이고 싶은 녀석이 있습니다. 그것은 제 새아버지인 선링둥입니다. 더는 못 참겠습니다. 녀석을 죽이든지 제가 죽든지 둘 중 하나입니다. 눈을 뜨고 마음을 담아 패를 던졌다. 붉은 나뭇조각은 슬로모션처럼 낙하해 마른 소리를 내며 바닥 위에서 튀었다.

앞과 뒤.

"성스러운 패네."

내가 중얼거리고 고개를 들며 물러나는 제이와 자리를 바꿨다. 패를 이마에 대고 눈을 감았다. 저는 옌핑난루에 사는 종스윈입니다, 이제 곧 열네 살이 됩니다. 5개월쯤 전에도 이 셋이 참배하러 왔습니다. 그때 우리는 여기서 의형제를 맺었습니다. 지금이야말로 그때의 맹세를 증명할 때라고 생각합니다. 형제인 선지에썬이 고통을 받고 있습니다. 그 고통을 제거하는 것이 저의 임무가 아니겠습니까. 속으로 중얼거리고 패를 던지자 또 앞뒤로 갈라 나왔다.

합장하고 관우 상에 예를 올리고 아강에게 자리를 양보했다.

입을 꾹 다문 아강은 패를 들어 올리고 심호흡을 한 번 하더니 입을 움직였다. 저는 신이루에 사는 린리강입니다. 열셋입니다. 저는 선지에썬을 도와주고 싶지 않은 것도 아니고 겁먹은 것도 아닙니다.

거기까지 말하고 아강은 입을 다물고 나와 제이가 서로를 마주 볼 정도로 오랫동안 침묵했다.

아강 안에서 뭔가가 날뛰고 있다는 게, 코 밑에 모인 땀방울을 보고 알았다. 무리도 아니었다. 혹시 아강이 두려움을 드러낸다고 해도 녀석을 탓할 마음은 없었다. 오히려 마음속 어디선가 아강이 두려움을 드러내주길 바랐을지도 모른다. 그러면 나는 의리를 다하고 살인자가 되지 않아도 되니까. 만약 아강이 역시 하지 말아야 한다는 말을 꺼냈다면 바로 포기했을 것이다. 그리고 제이를 설득해 어떻게든 진정시켰을 것이다. 우리는 어른이 되어 언젠가 오늘 일을 떠올리며 웃겠지. 결단한 듯 아강이 크게 숨을 들이쉬었다.

"제게도 죽이고 싶은 녀석이 있습니다."

진지엔이라는 남자입니다. 진지엔이는 우리 가족을 망가뜨리고 아무렇지 않은 얼굴로 제 새아버지가 되려고 합니다. 하지만 제 아버지는 하나뿐입니다. 그런 녀석은…… 그런 녀석은…… 저는 종스원과 함께 선지에썬을 돕겠습니다. 만약 일이 잘 풀리면 저도 진지엔이를 죽여도 됩니까.

어안이 벙벙해진 나와 제이의 눈앞에서 다시는 돌이킬 수 없는 패가 하늘로 날아올랐다.

광저우지에를 되돌아 산수이 시장에 들어섰을 때는 이미 모든 준비를 확인했다.

"뱀은 내가 조달해." 내가 말했다. "너는 어머니와 여동생들이 물리지 않도록 조심해."

"녀석이 낮잠을 잘 때 물리게 할 거야." 제이가 고개를 끄덕였다. "여동생들은 학교에 있고 어머니는 일하니까."

"그날은 아강이 남산국중에 가서 제이를 불러내. 나, 뱀, 제이라는 접점이 드러나지 않기 위해서는 그 역할은 아무래도 아강이 해야 해. 중요한 것은……."

"내 모습을 모두에게 보여줘야겠지." 아강의 말이 겹쳐졌다. "제이와 내가 학교를 빠지고 노는 사이에 그 새아버지가 뱀에 물려야 제이가 의심을 받지 않지."

"그동안 나는 성실하게 수업을 받을게."

"나와 제이는 시먼딩에서 영화를 볼게. 영화관에서도 사람들 눈에 띄게 하고. 영화 중간에 나와 제이의 집에 가는 거지. 그런데 새아버지가 낮잠을 안 자면?"

"수요일에는 대체로 밤새 마작을 하니까 목요일은 늘 저녁때까지 자." 제이가 보증했다. "그러니까 수요일에 내가 아강에게 전화할게."

"다음 날 결행하자는 말이군."

"그보다." 나는 아강에게 고개를 돌렸다. "아까 관우 공에게 고백한 말, 진심이야?"

"몰라."

"어머니가 슬퍼할 텐데."

"그야 제이의 어머니도 마찬가지 아냐?" 아강이 어깨를 으쓱했다. "뭐, 모든 것은 관우 공의 뜻대로 되겠지."

제이와 헤어진 후 나와 아강도 중화루에서 헤어졌다. 마침 도착한 버스를 탄 아강은 밝은 차 안에서 뒤쪽으로 걸어갔다. 좌석에 툭 몸을 던지고 인도에 선 나를 봤다. 그 얼굴이 너무 창백했던 기억이 난다. 내가 고개를 끄덕이자 녀석도 끄덕여줬다. 그 후 버스가 움직이기 시작해 느릿느릿 중화루를 떠났다.

부풀었던 마음이 가라앉아 집에 도착할 무렵에는 납덩이처럼 무거워졌다. 가로등 밑에 우두커니 서 있는 어머니를 발견했을 때는 이 세상을 바꿀 수 있을지 모른다는 생각을 순간이라도 했던 나의 어리석음에 완전히 의기소침해졌다.

"윈!" 어머니가 기뻐하며 손을 흔들었다. "늦었잖아, 어디 갔었니?"

"어머니, 아직 8시야."

"무슨 소리니? 타이베이는 나쁜 사람 천지인데. 린리강이랑 여태 같이 있었던 거니?"

내 세계는 변함없이 그대로 거기 있었다.

"그런 애랑 놀면 안 돼. 너무 뚱뚱하고…… 비만은 의지박약의 증거지. 자신을 제대로 관리하지 못하는 사람이 살이 찌는 거야. 봐라. 어떻게 구르든 앞으로 제 아버지처럼 형편없는 사람이 될 테니까."

"아홍 아저씨는 형편없는 사람이 아니야."

"그런 사람은 어떻게 되든 상관없어. 어차피 이제 없으니까."

"뭐……?"

"며칠 전엔가 아버지와 만났다더라. 그 사람, 이발소의 리양 씨와 싸웠지? 그 건으로 아버지가 중재에 들어갔어. 리양 씨는 아홍 아저씨를 고소하지 않는 대신 이 근처에 다시는 얼씬거리지 못하게 했단다. 가오슝에 친구가 있다고 일단 거기에 몸을 맡기기로 했다더라."

"말도 안 돼! 그럼…… 아강과 다다는 어떡해?"

"이미 새아버지와 살고 있으니 어찌 될 것도 없잖아. 린리강의 어머니가 아홍과 인연을 끊은 것은 잘한 일이야. 무엇보다 너는 그런 집 애는 걱정하지 않아도 돼. 제대로 공부해 좋은 고등학교에 들어가 앞으로 이런 동네에서 떠나야지, 안 그래? 아버지와도 얘기했는데 고등학교를 졸업하면 먼저 병역을 마치고 미국 대학에 가면 어떨까 한다. 미국은 정말 좋아! 미국에서 너를 낳기를 잘했어."

이 세상이 끝나도 끝나지 않을 어머니의 잔소리를 들으면서 문득 관우 공에게 묻고 싶은 게 떠올랐다. 저는 옌핑난루에 사는 종시원입니다. 우리 독사가 제 어머니를 물어도 될까요? 점점 강하게 뛰는 심장을 억누르며 머릿속으로 빨간 패를 던졌다. 하지만 신의 생각을 알려주는 나뭇조각은 바닥에 닿는 순간 소리도 없이 파열했다. 붉은 연기가 되어 흔적도 없이 사라졌다.

17.

독사를 손에 넣는 것은 생각보다 훨씬 어려웠다. 다만 3개월
정도 걸렸다는 의미에서.

어른이 되어 보니 3개월은 절대 길지 않다. 사회에 나가 정신
없이 지내다 보면 마치 누군가에게 빼앗긴 것처럼 사라질 정도
의 시간이다. 그러므로 지금 돌이켜보면 김이 샐 정도로 어이없
이 뱀이 손에 들어온 것 같기도 하다. 무엇보다 우리는 살인 준
비에 달랑 3개월밖에 투자하지 않았으므로.

하지만 아이들에게 3개월은 마치 일생과 같았다. 3개월에 온
갖 일이 일어난다. 3개월 전에 없었던 털이 겨드랑이나 사타구
니에 생기기 시작했다. 3개월 전에는 만진 적도 없었던 T자 면
도기가 지금은 내 방 책장에 아주 소중한 물건 마냥 놓여 있다.
3개월 전에는 내 귀가를 가로등 밑에서 기다리기만 했던 어머
니가 지금은 직접 학교로 찾아와 선생들에게 외아들의 하교 시
간을 물었다. 3개월 전에는 "어머니를 잘 부탁한다"라고 말했던

아버지가 지금은 이따금 양복에 달콤한 향수 냄새를 묻히고 돌아왔다.

생각해보면 1984년 여름방학을 전후한 3개월이 나와 제이를 이어주었다. 미국으로 건너간 부모에게 버려졌던 나는 제이의 할아버지 대신 포대극을 하고 농구화를 훔치고 브레이크댄스 연습에 몰두했으며 제이에게 키스를 당하고 그 탓에 치고받고 또 화해했다. 제이는 제이대로 단 3개월 동안 내게 키스하고 그 탓에 치고받고 사범대학 학생에게 권력인지 뭔지에 대해 배우고 그 남자와 키스하고 새아버지에게 맞아 입원했다. 아강도 마찬가지였다. 어머니가 남자를 만들어 집을 나가 전학했고 그렇게 좋아했던 아버지는 눈 뜨고 볼 수 없을 정도로 타락했고 동생은 아강이 죽이고 싶을 정도로 증오하는 남자의 품에 완전히 들어갔다.

그리고 나는 열네 살이 되었다.

우리를 둘러싼 높고 높은 벽이 단 한 군데만이라도 금이 가면 마치 댐이 무너지듯 막혀 있던 모든 고통과 슬픔, 우리를 내리누르는 것을 죄다 흘려버릴 수 있다고 느꼈을지도 모른다. 이 높은 벽을 물어뜯어 금 가게 하는 것, 그것이 단 한 마리의 독사였다.

1985년이 낡은 해를 밀어내자 춥고 어두운 1월, 춘절로 난리가 나는 2월, 계속 비가 내리는 3월이 황급히 지나갔다. 그리고 진달래가 흐드러지게 피는 청명절(춘절, 단오절, 중추절과 함께 중국의 4대 명절 중 하나. 매년 4월 초에 찾아오는 성묘의 절기)이 찾아왔을 무렵, 나는 드디어 볼품없는 코브라를 손에 넣는 데 성공했다.

대도시에 살며 화시지에의 뱀집 외에는 독사 같은 건 본 적도 없는 열네 살 소년이 도대체 어떻게 코브라를 손에 넣었을까?

이제부터 그 이야기를 하려고 한다.

룽산사에 참배하고 관우 공에게 살인 허가를 받은 다음 날, 나는 하굣길에 왕씨야판에게 전화를 걸었다. 형이 군대에 가기 직전까지 사귀었던 여성이다. 모의 책상 유리 매트에 그녀의 전화번호가 은행잎과 함께 끼워져 있었다.

"죄송해요." 전화를 받은 남성의 목소리가 끊어진 틈에 나는 재빨리 말했다. "대만어는 몰라요."

그러자 상대의 목소리가 멀어지더니 대신 중국어를 하는 여성이 전화를 받았다. 나는 처음부터 다시 내 이름과 용건을 말했다.

"죄송합니다. 왕씨야판 씨 계세요?"

"당신, 누군데? 한 번 더 말해줄래?"

"종시원입니다."

그러자 무슨 착각을 했는지 여성은 내가 그녀에게 팔았다는 정수기를 한바탕 칭찬했다. 내가 판 천연수를 마시고 속이 편안해져 설사가 나았다며 고맙다고 했다.

"그거 다행이네요. 그런데 왕씨야판 씨는⋯⋯."

"음료수 회사가 우리 딸에게 무슨 용건이지?"

"아니, 저는⋯⋯."

"우리 딸은 대학생이라 그런 거 안 사. 지금 기숙사에 있다고. 그런 거 필요 없어. 게다가 집에 하나 있으면 충분하지. 아니면 뭐야. 당신, 우리 딸에게 마음 있어?"

"아니, 그게 아니라⋯⋯."

"그게 아닌데 왜 우리 딸에게 전화를 걸어?"

"댁은 뱀집이죠?"

"그렇지. 뱀이 먹고 싶으면 언제든 와. 우리 뱀은 전부 아리산에서 잡아 온 거야. 내 사촌이 그쪽에서 짐승고기 도매를 하거든. 그래서 다른 데보다 굵고 활기가 있지. 하지만 정수기는 이제 필요 없어. 바쁘니까 끊을게."

"아니, 잠깐⋯⋯."

전화가 툭 끊어졌고 나는 수화기를 귀에 댄 채 한동안 멀거니 있었다. 마치 신이 전화를 끊어버린 것만 같았다. 어쩌면 우리는 관우 공의 뜻을 엉뚱하게 해석했던 게 아닐까. 애당초 점패 패를 던져 그것이 앞뒤가 나오면 오케이라는 것을 도대체 누가 정했단 말인가.

그 후로도 집요하게 전화를 계속 걸었는데 전화를 받는 사람은 중국어를 하지 못하는 남자이거나 다른 사람의 말을 도무지 듣지 않는 왕씨야판의 어머니였다.

"왕씨야판 씨 있나요?"

"당신도 집요하네. 우리 딸은 없다고. 전부터 도대체 무슨 일인데? 그보다 어찌 된 일이야? 당신네 정수기에 곰팡이가 생겼다고!"

이런 상황에서 간신히 왕씨야판의 소식을 알아낸 것이 한 달 뒤였다. 그녀는 타이중의 둥하이대학에 진학해 기숙사에서 살고 있었다. 나는 굳이 타이중까지 나가지 않았다. 그럴 필요는 없었다. 그럴까 생각하고 있는데 춘절이 찾아와 왕씨야판이 홀연히 우리 집을 찾아왔기 때문이다.

바람이 강한 날에, 그녀는 할리우드 배우처럼 주근깨 얼굴에 스카프를 두르고 있었다. 집에 온 김에 마침 모의 일주기라 향을 올리러 온 것이다. 어머니는 그녀와 손을 잡고 울었다. 아버지는 그녀를 친딸처럼 여긴다고 말했다. 왕씨야판은 실컷 울고 나서 춘절 과자를 모아놓은 쟁반에서 누가를 집어 입에 넣었다. 아무리 맛이 좋아도 누가는 이에 쩍쩍 달라붙기 때문에 그녀는 한동안 입을 크게 벌리고 어금니를 쑤실 수밖에 없었다. 어머니가 차를 타 오자 둘은 또 한참 엉엉 울었으나 왕씨야판은 이에 달라붙은 누가를 혀로 핥으면서 고전했다. 그 어머니에 그 딸이구나, 하고 나는 생각했다.

나는 기다렸다. 왕씨야판과 단둘이 될 타이밍을 주의 깊게 노렸다. 그동안 머릿속으로 해야 할 말을 수없이 정리했다. 그리고 드디어 그때가 찾아왔다. 그녀가 이만 가겠다고 하자 아버지는 내게 근처까지 나가 배웅하라고 했다.

떠나기 전에 왕씨야판은 어머니와 포옹하고 재회를 약속하면서 모의 몫까지 행복하겠다고 맹세했다. 그리고 아버지에게 누가를 어디서 샀는지 물어, 비닐봉지 가득 누가를 얻어갔다.

"키가 더 컸지?" 나란히 걷는데 그녀가 전리품을 휘두르면서 말했다. "대체로 동생이 더 커지더라."

"왕 누나네 집이 뱀집이지?" 내가 조용히 말을 꺼냈다. "살아 있는 뱀도 팔아?"

"산 애는 안 팔아, 왜?"

크게 숨을 들이쉬었다. 정신을 꼭 붙들어 매고 지난 한 달 동안 생각하고 생각해낸 거짓말을 신중하게 내뱉었다.

"형이 죽은 뒤 아버지도 어머니도 내내 저 상태야."

"부모에게 뭐라고 할 수 없는 일이야."

"하지만 빨리 건강해졌으면 좋겠어."

"그렇지."

"그래서 내가 할 수 있는 일을 생각했어. 아버지는 술을 좋아하니까 뱀술을 선물하면 좋아할 것 같아서."

"그거 좋은 생각이네!"

"그렇게 생각해?"

"그럼, 원!" 눈가가 촉촉해진 왕씨야판이 내 두 손을 잡았다. "아버지가 분명 기뻐하실 거야. 저기, 왜 사람들이 술에 뱀을 담가 먹는지 알아?"

그녀의 기세에 눌려 나는 간신히 고개를 흔들었다.

"나도 잊고 있었네…… 맞다, 뱀이 발을 헛디뎌 술독에 빠졌어. 아! 뱀에게 물론 발 같은 건 없는데 내가 무슨 말 하는지는 알겠지? 어쨌든 그 술을 마시면 병이 낫는다거나 걷지 못했던 사람이 걸을 수 있게 된다거나, 그런 이야기였던 것 같아. 아, 윈. 정말 멋진 생각이야! 당장 우리 집에 사러 갈래? 아버지에게 부탁하면 바로 얻을 수 있을 거야."

"고, 고마워." 모가 이 사람과 헤어진 이유를 왠지 알 것 같아진 나는 다음 수를 내놓았다. "하지만 직접 만든 뱀술을 아버지에게 만들어주고 싶어."

"무슨 소리야?"

"우리 집의 문제는 돈으로 해결할 수 없어." 눈을 내리깐다. 순진한 아이를 연기하기 위해, 그리고 거짓말을 들키지 않기 위해 "아무리 돈이 있어도 형은 돌아오지 않아…… 그러니까 돈을 내고 사 오는 건 의미가 없어. 그럼 내 마음이 아버지에게 전해질 것 같지 않아."

왕씨야판의 입술이 떨리더니 점점 뺨이 상기되었다.

"그러니까 직접 뱀술을 만들고 싶어…… 안 될까?"

"윈!" 왕씨야판은 덥석 나를 안았다. "아, 윈…… 지금의 너를 보면 모도 안심할 거야."

그녀의 부푼 가슴, 머리카락 냄새에 가슴이 두근거릴 틈도 없이 왕씨야판은 나를 밀쳐내고 편의점 공중전화로 돌진했다.

조바심을 내며 동전을 넣고 번호를 눌렀다. 그리고 손톱 끝을 톡톡 두드리면서 기다렸다. 내가 들은 말은 "엄마"라는 첫마디뿐이었다. 대만어로 떠드는 왕씨야판을 나는 그저 멀거니 바라봤다.

"아버지가 당장 오래." 황급히 수화기를 제자리에 놓고 돌아보며 말했다. "그런 효자의 부탁을 거절하면 남자도 아니래."

"정말?"

"뱀술은 하루 이틀에 되는 게 아니야."

나는 결의를 담아 끄덕였다.

왕씨야판은 뱀술 만드는 법을 열심히 강의했다. '간침법'이라는 것은 말린 뱀을 고량주에 담그는 방법으로 석 달이 지나면 마실 수 있단다. '선침법'이라는 것은 살아 있는 뱀을 죽여 술에 담그는 방법으로 역시 석 달이 지나면 훌륭한 뱀술이 된다고 했다.

"그리고 마지막이 활침법이야."

나는 침을 꿀꺽 삼켰다.

"우선 살아 있는 뱀을 한 마리만 깨끗한 우리에 넣는 거야. 한 달 정도인가, 그동안에는 아무것도 먹이지 않고 물도 주지 않아. 어릴 때 아버지가 그렇게 뱀을 굶기는 걸 보고 불쌍하다며 울었어. 하지만 그러지 않으면 배 속의 똥이 없어지지 않잖아? 술에 담그기 전에 깨끗하게 씻어주면 대체로 두 달이면 마실 수 있어."

"독사를 써?"

"물론이지."

"그럼, 그…… 독니는 어떻게 해?"

"어머! 무섭니?" 왕씨야판이 한쪽 눈을 찡긋했다. "괜찮아. 위험한 일은 전부 아버지가 해줄 테니까. 게다가 독니는 보통 뽑지 않아. 뱀의 머리에는 분명 독선(毒腺)이 있긴 한데 도수가 높은 술에 담그면 중독을 일으키지 않아. 오히려 독니가 있는 게 약효가 더 좋고 게다가 보기에도 무시무시하니까 뱀술이라는 느낌이 오지."

그녀의 집까지는 버스로 갔다. 가게 이름은 '독사대왕'이었다.

손님이 하나도 없는 가게에서 그녀의 어머니는 남자처럼 다리를 꼬고 신문을 읽고 있었다. 춘절에 입는 붉은 솜옷을 입고 있었다. 선반에는 말린 뱀과 뱀술 유리병이 쭉 진열되어 있고 그 안에서 뱀들이 원망스러운 얼굴로 죽어 있었다. 뱀의 원한도 약효의 한 부분일 수 있겠다고 나는 생각했다. 안쪽 벽에는 금박을 한 대형 뱀의 부조가 장식되어 있었고 몽구스 박제도 두 마리 정도 있었다.

"오늘부터 가게를 열었어." 왕씨야판이 말했다. "정월 연휴는 끝이지."

그리고 대만어로 바꿨는데 내게 들리는 말은 여전히 "엄마"뿐이었다. 그녀의 어머니가 신문을 접었다.

"안녕하세요, 아주머니." 내가 고개를 숙였다. "정수기는 어때요?"

그러자 어머니가 마침 당신에게 전화하려고 했다며 마구 떠들기 시작했다. 내 회사의 정수기가 너무 좋아서 이웃에 권했더니 사고 싶다고 말한 사람이 두세 집 있다는 것이다.

"싸게 해줘. 소개한 내 체면도 있으니까."

괜한 소리를 꺼내지 말았어야 했다고 나는 후회했다.

"이쪽이야."

왕씨야판이 불러 가게 뒤쪽으로 돌아갔다.

그곳에는 뱀이 잔뜩 담긴 철제 우리가 쌓여 있었다. 뱀들이 뿜어내는 냄새에 소름이 돋았다. 룽산사의 향냄새가 사방 정토로 피어오른다면 코를 찌르는 뱀들의 냄새는 지옥에서 올라오는 것 같았다. 그것은 생과 사를 나누는 경계선이었고 내게는 소년 시절의 끝을 알리는 것으로, 앞으로는 악의 영역이라고 알리는 이정표였다.

담배를 문 남자가 요리를 준비하고 있었다. 샌들을 신고 젖은 땅에 쭈그리고 앉아 도마 위에서 뱀을 자르고 있었다. 잘린 뱀 토막은 생선처럼 펄펄 뛰었다. T자로 짜인 거치대에 몇 마리가 걸려 있었고, 찢어진 배에서 푸르스름한 내장이 흘러나오며 역시 구불구불 몸을 비틀고 있었다. 뚝뚝 떨어지는 피가 플라스틱 양동이에 담겼다. 머리를 클립으로 집힌 뱀들이 비닐 끈에 매달려 있었다.

"아버지."

왕씨야판이 부르자 남자가 일어나 나를 봤다. 처음에는 화났다 싶었는데 나도 알아들을 수 있을 정도의 대만어로 무뚝뚝하게 말했다. "효자가 왔네." 계속 대만어로 중얼거리면서 철제 우리에 손을 넣고 독사를 잡더니 검은 놈 하나를 꺼냈다. 몇 마리가 성을 내며 입을 쩍 벌려서 그 우리에 들어 있는 게 코브라임을 알았다.

"아버지는 이놈으로 하래." 왕씨야판이 통역해주었다. "아까도 말했지만 앞으로 한 달 동안 이놈을 격리해두는 거야."

"그럼, 한 달 뒤에는 뱀술을 가지고 돌아갈 수 있어?"

"바로 마실 순 없어. 푹 담가둬야 해."

"하지만 집에는 가져갈 수 있지?" 내가 매달렸다. "그러니까…… 모든 걸 다른 사람에게 맡기고 싶지 않아."

왕씨야판은 나를 물끄러미 바라보고 포기한 듯 눈동자를 한 바퀴 돌리고 아버지에게 대만어로 사정을 설명했다.

그녀의 아버지가 고개를 절레절레 흔들었다.

"술에 담가도 뱀은 바로 죽지 않는대." 왕씨야판이 타이르듯 말했다. "그래서 바로 가지고 갈 순 없어. 석 달 정도 사는 녀석도 있어."

"부탁드립니다." 그렇다면 더욱 물러날 수 없다. 나는 정에 호소했다. "저는 직접 만든 술을 아버지에게 선물하고 싶어요. 아버지가 건강을 찾게 해주고 싶어요. 그리고 병뚜껑을 잘 닫아두면 되죠? 제 방에 숨기고 아버지를 놀라게 해드리고 싶어요."

그녀가 그것을 대만어로 통역하자 아버지는 슬퍼하며 고개를 저었다.

"아저씨, 부탁드려요. 이건 제게 아주 중요한 일입니다. 다른 사람에게 맡기면 의미가 없어요."

아버지와 딸은 서로의 얼굴을 바라보더니 마침내 아버지가 부드럽게 무슨 말을 했다.

"어쩔 수 없다네." 왕씨야판이 심각한 표정을 지었다. "하지만 절대 뚜껑을 열어선 안 돼."

좋든 나쁘든 당시의 대만은 이처럼 온정이 넘치는 면이 있었다. 이렇게 나는 뱀의 꼬리를 간신히 확보할 수 있었다.

왕씨야판이 아주 꼼꼼하게 알아봐 준 덕분에 춘절 휴가가 끝나고 그녀가 타이중으로 돌아간 후에도 내 뱀술은 한 걸음씩 완성에 다가갔다.

"그 여자는 바보네." 아강이 낄낄대고 웃었다. "그래서 무슨 뱀인데?"

"1미터쯤 되는 코브라야."

제이가 휘파람을 불었다.

"독니는 제대로 있어?"

"그건 내가 직접 봤으니까 틀림없어. 그녀의 아버지가 의기양양하게 독액을 컵에 짜내 보여줬어."

"독사 농담을 알아?"

"독사가 실수로 자기 혀를 깨물었다는 얘기지?"

"맞아." 아강이 말을 끊고 "저기, 진짜 하는 거야?"

나는 제이를 봤다.

울타리가 치워진 옥상 끝에, 제이는 공중으로 발을 내밀고 앉아 있었다. 비는 그쳤으나 손을 뻗으면 금방이라도 닿을 것 같은 회색 구름이 낮게 흐르고 있었다.

신이루의 북적거림이 바람에 실려 올라왔다. 아강의 새로운 집은 7층짜리 맨션 꼭대기로, 원래는 공용 부분이어야 하는 옥상에 이미 한창 증축을 진행하는 중이었다. 이른바 '지아가이'라는 것으로, 위법임에는 틀림없는데 암암리에 인정되는 최상층에 사는 사람의 특권이었다. 아직 콘크리트 벽밖에 없는 방 옆에는 건축자재가 쌓여 있었다. 철거된 울타리는 사람이 떨어지지 않도록 줄이 쳐 있었는데, 끝이 끊겨 늘어져 있었다.

제이가 일어나는 것과 아강이 벽돌 조각을 주운 것은 거의 동시였다. 아강은 우리에게 검지를 세워 입에 대더니 벽돌 조각을 옥상 문을 향해 던졌다.

"나가라, 거기 있는 거 다 안다."

"뭐 하는 거야?" 철문을 열며 고개를 내민 사람은 다다였다. "뭘 그리 소곤거려?"

"너와는 상관없어." 아강이 소리쳤다. "훔쳐 듣지 말라고 몇 번이나 말해야 알아듣겠냐?"

"훔쳐 듣지 않았어." 다다가 입을 내밀었다. "엄마가 내려와서

212

주스라도 마시래."

"알았어, 바로 갈게. 먼저 내려가."

그런데도 다다는 그 자리에서 우물쭈물했다. 이리저리 바람이 불었는데도 기름을 발라 굳힌 머리는 전혀 흐트러지지 않았다. 랄프 로렌의 빳빳한 셔츠를 입고 있었다.

"먼저 가라고."

"무슨 얘기하는데?"

아강이 또 벽돌을 동생에게 던졌다. 벽돌은 쌩하니 옥상을 날았다. 몸을 움츠린 다다가 치열 교정기를 낀 이를 드러냈다. 그리고 비웃듯 코를 홍 하고 어슬렁어슬렁 계단을 내려갔다. 계단을 내려가는 발소리가 작아지더니 완전히 사라지자 제이가 조용히 입을 열었다.

"지금 아강이 던진 거, 지나가던 사람이 맞으면 죽어."

천천히 허리를 굽혀 주먹 크기 정도의 벽돌 조각을 주웠다. 마치 무게라도 재듯 툭툭 던지고 받기를 반복하더니 천천히 맨션 가장자리에서 휙 내던졌다. 몸을 기울여 신이루로 낙하하는 벽돌을 지켜보는 제이. 그 눈은 공허했고 누가 죽든 살든 상관하지 않는 것 같았다. 영원과도 같은 시간이 흐른 후 벽돌이 인도에 부딪혀 흩어지는 소리가 어렴풋하게 들려왔다.

"하하하, 아저씨가 질겁하네."

나와 아강은 서로의 얼굴을 바라봤다.

"지금 하지 않아도 언젠가 나는 그 녀석을 죽일지 몰라." 그렇게 말하면서 또 부메랑이라도 날리듯 타일 조각을 집어 던졌다.

"하지만 너희들이 그만하겠다면……."

"아무도 그만하겠다는 말은 하지 않았어." 아강이 말을 막았다. "그저 확인했을 뿐이야."

"나는 너희들을 정말 형편없는 일에 끌어들이려는 거야."

"우리가 스스로 결정한 거야. 형제를 위해 한 걸음 내딛는 것은 당연해."

제이가 서성거리면서 던질 것을 찾았다.

"그만 던져!" 아강이 말렸다. "젠장, 무슨 생각이야…… 침을 뱉는 것과는 차원이 달라."

"아아……" 제이는 깜짝 놀란 듯 아강을 바라보고 내게 고개를 돌리며 콘크리트 조각에 내밀고 있던 손을 감췄다. "아아…… 그렇지."

"알았어." 아강이 내뱉듯 말했다. "어차피 할 거면 지금 하자."

"그럼 돈을 내자."

내 말에 아강과 제이가 순순히 응했다. 모은 돈을 내 돈 위에 겹치고 펄럭펄럭 흔들었다.

"이걸로 뱀술을 살 거야, 됐지?"

둘 다 끄덕였다.

"아강, 가게 열쇠를 빌려줘."

"왜?"

"결행일까지 뱀을 숨길 거야. 우리 집에는 가지고 갈 수 없어.

아니면 네가 가지고 갈래? 자, 얼른 열쇠 내놔."

"젠장……."

"아훙 아저씨 얘기를 들었어. 가오슝에 갔대."

아강은 혀를 차면서 열쇠를 내 손바닥에 세게 내려놓았다.

"앞으로 2주만 지나면 드디어 뱀술이 완성돼. 나는 그것을 가지고 와서 소고기국숫집에 숨겨둘게. 바로 술을 버리고 뱀을 꺼낼 생각인데 취기를 빼려면 한동안 보살피는 게 좋을지 몰라. 제이는 뱀을 넣어둘 우리를 준비해줘. 아강은 먹이를 부탁해."

"뭘 먹여?"

"글쎄다, 쥐 아닐까. 네가 생각해."

"이런!" 아강이 한숨을 쉬었다. "만취한 코브라가 제 역할을 해주면 좋겠다."

"괜찮을 거야." 내가 말했다. "성룡 영화에도 〈취권〉과 〈사권〉이 있잖아. 취한 뱀은 최강이야."

18.

"어쨌든 정신감정을 받겠죠. 하지만 내가 보기에, 녀석은 자신이 한 일을 완전히 이해하고 있습니다. 그런데도 우리 경찰은 녀석을 보호해야만 하죠. 정말 힘든 일입니다. 다치지 않게 이 건물로 데려오느라 고생했습니다. 온 미국의 TV 카메라가 모여 있는 데다 분노에 찬 사람들이 경찰서를 포위하고 색맨을 내놓으라고 요란을 떨고 있죠. 호송차가 달랑 10미터 이동하는 데 40분이나 걸렸어요. 다들 차를 두드리거나 창문에 침을 뱉었고 앞 유리에 달걀이 날아왔다니까요."

소파에 살짝 걸터앉은 알렉스 세이어 순사부장은 무릎 사이에 양손 깍지를 꼭 끼고 있었다. 이 손을 풀면 색맨을 죽일 수밖에 없다는 듯. 팔을 걷고 있었는데 왼쪽 손목에 무시무시한 뱀 문신이 보였다. 아마도 군대 있을 때 새긴 것이리라. 뱀과 함께 글자도 새겨져 있었는데 알아볼 수 없었다.

가운데 테이블에 놓아둔 IC 녹음기에서는 녹음 중임을 알리는 빨간 파일럿램프가 깜빡였다.

"여기로 올 때 경찰서 앞 현수막을 보셨죠?" 그는 조금 긴장한 표정으로 말을 이었다. "사형을 부활시키자는 거죠. 하지만 그럴 필요는 없어요. 녀석은…… 색맨은 여기 미시간이 아니라 펜실베이니아에서 재판받길 원해요."

"펜실베이니아…… 그가 처음으로 살인을 저지른 곳이네요."

"예. 톰 싱어 사건이죠. 스케이트장에서 납치된 소년이요. 그런 이상 범죄자가 있어요. 그러니까 자살 대신 사법살인을 당하고 싶어 하는 녀석이요. 그런 녀석은 사형이 없는 주에서 일부러 사형이 있는 주로 가서 범죄를 저지르거나 혹은 사형이 있는 주에서 재판받기를 바랍니다. 아무에게도 피해를 주지 않고 바로 자살하면 훨씬 편했을 텐데."

그의 언동은 경찰관으로서 절제되어 있었으나 공화당을 지지하는 집안임을 쉽게 상상할 수 있었다.

"듀이가 납치되지 않아 정말 다행입니다. 착한 아이죠."

"색맨은 당신을 보고 도망쳤습니다."

"나는 권총을 빼 녀석의 등을 겨눴습니다. 만약 거기서 차에 치이지 않았다면 제가 막았을 겁니다."

"하지만 그때 당신은 그가 색맨인지 몰랐습니다."

여기는 미국이야, 라고 말하는 느낌으로 그가 쓴웃음을 지었다. 현장에 있었던 사람은 나지, 네가 아니라는 식으로. 그리고 그가 질문했다.

"색맨이 저렇게 된 데는 어머니의 죽음이 관련이 있다고 생각합니까?"

"그가 어머니의 사후 헤로인을 복용하게 된 것은 사실입니다."

"하지만 체포된 후의 혈액 검사에서는 음성이었습니다. 즉 마약과 녀석의 범행은 관련이 없죠."

"그렇게 단순한 얘기일까요? 우연히 듀이 코너즈 때만 사용하지 않았을 수도 있습니다."

"그때까지 일곱 명을 죽일 때는 마약에 취해 있었는데 듀이 때만 말짱했다고요?"

"완전히 불가능한 일은 아니죠."

"실례지만 선생은 마약을 거의 모르는 것 같네요."

"구체적으로?"

"구체적으로 마약은 전부이거나 제로인 법이죠. 마약 상습 복용자에게 그 중간은 없어요."

"그렇다면 그의 살인 충동이 마약으로 증폭된 게 아니라고 치고, 당신은 그것이 그의 어머니 죽음과 관련이 있다?"

"2008년이었나…… 멕시코에서 체포되었을 때 녀석은 이미 죽은 어머니에게 전화를 걸고 있었다고 하지 않았나요?"

"무슨 말씀을 하고 싶으십니까?"

"녀석이 어머니와…… 그러니까 그런 관계였다고 생각할 수 없을까요? 내 말이 무슨 말인지 알죠?"

"그는 TBI일 가능성이 있습니다."

말을 끝내기도 전에 후회했다. 욱하는 바람에 이쪽이 든 패를 내놓고 말았다.

알렉스 세이어의 미간에 주름이 잡혔다.

"외상성 뇌 손상, 그러니까 뇌에 장애가 있는 것 같습니다." 내 짧은 생각을 저주하면서도 그대로 이야기를 이어가는 수밖에 없었다. "그 탓에 기억장애를 일으켰을 수도 있습니다."

"무슨 말인지 압니다. 전쟁터에서 돌아온 제대병에게서 보이는 뇌 장애죠. 몇 년 전인가 아프가니스탄에서 미군 병사가 여자아이를 17명이나 사살한 사건이 있었는데, 그 범인도 TBI라고 보도되었던 기억이 있습니다."

"미국 교도소에 있는 재범자의 67에서 80퍼센트가 TBI라는 보고가 있습니다. 어릴 때 뇌를 다쳤거나 권총이나 교통사고, 전쟁 때 음속을 초과하는 폭풍에 머리가 노출된 게 원인이라고 합니다. 시상하부 즉, 욕구나 감정, 공격성을 관장하는 부위가 손상되어 전과는 전혀 다른 반사회적 인격이 나타나기도 합니다. 연쇄살인범의 약 70퍼센트가 TBI라는 연구가 있을 정도입니다."

"그런 숫자는 별 도움이 되질 않아요."

"그렇죠."

"선생은 자유주의자입니까?"

"자유의 정의에 따라 달라지겠죠."

"죽어 마땅한 나쁜 놈을 꿈같은 허언으로 무죄로 만들죠."

"뇌 장애를 무시해라?"

"그걸로 놈을 변호할 생각입니까?"

"모르겠습니다. 그가 정말 사형 존치 주에서의 재판을 바란다면…… 어쨌든 우선 그의 얘기를 제대로 들어봐야죠."

"제 생각인데, 아이를 죽이는 녀석은 아무리 그럴듯한 병명이 있더라도 사형해야 합니다. 아니면 죽을 때까지 사회에서 격리해야 합니다. 세상은 우리 생각만큼 성숙하지 않고 인간은 그렇게 현명하지 않아…… 흥분해서 죄송합니다. 하지만 간단한 말입니다. 자기 아이가 살해되었다면 어떨까요? 범인이 어떻게 되길 바라죠? 제가 아는 건 그것뿐입니다."

그래서 법률이 존재하는 것이다. 거칠기 짝이 없는 복수를 막기 위해. 하지만 그런 말을 해봤자 달라질 건 아무것도 없었다.

"왜 당신이 그런 걸 알죠? 그러니까 색맨이 TBI라는 것을? 미국 사법기관에서는 아직 그런 견해가 나오지 않았는데."

강한 바람이 불어와 창문 유리를 흔들었다.

그 바람은 나를 아주 쉽게 30년 전으로 돌려보냈다. 병실 창문으로 본 타이베이의 하늘과 디트로이트의 하늘이 시공을 넘어 연결된 듯한 착각에 사로잡혔다. 인공호흡기의 규칙적인 소리. 돌아보니 거의 정지되어 있는 심전도 모니터와 침대에 누운 그가 거기에 있는 것 같았다.

"그건……" 나는 체념하고 밝혔다. "그가 뇌에 손상을 입고 혼수상태였던 2년간을 제가 옆에서 지켜봤으니까요."

19.

나를 정수기 판매원이라고 믿어 의심치 않은 왕씨야판의 어머니에게서 전화가 온 것은 3월도 끝나가는, 오랜만에 맑은 날이었던 목요일이었다.

"어떻게 할 거야? 우리 집에서 완성해도 괜찮은데. 당신, 직접 만들고 싶다며?"

"그렇습니다." 기둥 뒤에서 뻗어오는 어머니의 시선을 등으로 느꼈다. "꼭 보고 싶어요."

"당신 뱀은 이미 새 고무호스처럼 깨끗해졌으니까 하려면 빨리하는 게 좋아. 뱀도 계속 굶고 있으면 불쌍하잖아."

"그럼 모레? 학교가 끝나면 가게로 가겠습니다. 토요일이니까 3시쯤 갈 수 있는데."

"토요일 3시라고?"

"예."

"최근 우리 정수기 물이 잘 안 나와. 노인네 오줌 같다니까."

"알겠습니다. 가서 보겠습니다." 전화를 끊고 어머니가 입을 열기 전에 기선을 제압했다. "토요일은 하굣길에 왕씨야판의 집에 갔다 올게."

"그 애, 타이중의 대학에 다니지 않아?"

"청명절이라 돌아온대"라고 거짓말을 했다. "야시장에 같이 가자고 했어."

"전화 건 사람이 왕씨야판의 어머니야?"

"응. 그녀 가족도 같이 갈 거야."

"왜 왕씨야판이 걸지 않았니?"

"글쎄 모르겠네. 타이중에 있으니까."

"디스코장 같은 데 가면 안 된다."

"알았어. 그렇게 늦지 않게 돌아올 거야."

그 말을 듣고 어머니는 행복해하며 거실로 돌아갔다.

이틀 후, 내가 '독사대왕'에 도착했을 때는 이미 58도의 고량주가 찰랑찰랑 들어 있는 유리병이 준비되어 있었다.

아직 문을 열기 전이라 손님은 없었다.

뱀술 제작은 어이없을 정도로 단순한 작업이었다. 시작도 하기 전에 끝나버린 느낌이었다. 왕씨야판의 아버지가 담배를 물고 철제 우리에서 코브라를 잡아 끌어내 꼬리부터 유리병에 넣었다. 뱀 머리까지 완전히 술에 담그고 뚜껑을 돌려 잠그니까 끝이었다. 솔직히 5분도 걸리지 않았다.

술에 잠긴 뱀은 잠시 영문을 모르겠다는 듯 빙글빙글 돌았다. 머리가 유리에 부딪힐 때마다 조금 이상하다는 표정을 지었다. 병에 얼굴을 대고 들여다보는 나를 동그란 눈으로 가만히 바라봤다. 이 액체는 뭐죠? 어이, 왠지 기분이 좋아지네. 적어도 화가 난 것처럼은 보이지 않았다. 뱀의 코에서 작은 거품이 보글보글 올라왔다.

"이걸로 완성된 게 아니야. 잘 들어. 3개월…… 아니, 반년은 뚜껑을 열면 안 된다."

나는 가능한 차분한 척하면서, 그러나 애써 얻은 뱀이 술에 빠져 죽으면 어쩌나 싶어 안달하면서 왕씨야판의 어머니에게 돈을 냈다. 그녀가 착한 사람이라는 걸 알아서 원재료 비용만 받을 것이리라 내심 계산하고 있었다. 그리고 품에 꽉 찰 정도로 커다란 병을 보자기에 싸서 양손으로 안고 조심스럽게 뱀집을 떠났다.

택시를 탄 지 15분 후 샤오난먼에 도착했다.

"왜 그래, 계속 한숨을 쉬고?" 택시를 인도에 대면서 운전사가 말을 걸었다. 식용개구리처럼 아주 뚱뚱한 남자였다. "그렇게 어린데 웬 한숨이야? 무슨 일 있니?"

나는 대답 대신 요금 미터기를 들여다봤다.

"소중하게 안고 있는 그 항아리는 뭐니? 유골 항아리?"

"더 나쁜 거요."

"뭔데?"

"술이에요."

"술!" 운전사가 탄식 비슷한 소리를 내며 웃었다. "그럼 정말 유골 항아리보다 나쁘지."

아강에게 받은 열쇠로 셔터를 열었다. 황량하기 이를 데 없는 소고기국숫집에 석양이 비쳤다.

흔들리는 테이블에 술병을 놓자 위에 쌓여 있던 먼지가 날렸다. 보자기를 풀었다. 뱀은 완전히 축 늘어져 보였다. 콧구멍에서 공기 방울이 나오지 않으니 숨을 쉬는 것 같지 않았다.

나는 좁은 계단을 올라 2층으로 갔다. 옷장도 선풍기도, 쌓아 놓은 이불도, 내가 알고 있는 모습 그대로 거기 있었다. 그대로의 모습으로 먼지를 뒤집어쓰고 천천히 썩어가고 있었다.

전에 왔을 때는 없었던 쓰레기통이 방구석에 놓여 있었다. 페달을 밟아 뚜껑을 여는 종류였다. 이거라면 뱀이 도망치지 못할 것이다. 위 뚜껑에는 공기가 드나들 구멍을 뚫어놓았다. 뭐에 쓰려고 하는지, 쓰레기통 옆에는 빈 마 자루가 있었다. 주위를 이리저리 둘러봤지만 아강은 아직 먹이를 준비하지 않은 듯했다.

계단을 내려가 팔짱을 끼고 술병을 내려다봤다. 한동안 그러고 있다가 뚜껑을 돌렸다. 그러자 뱀이 몸을 살짝 움직여 병에 머리를 콩 박았다. 결국은 한심한 소리를 내며 손을 빼고 말았다. 뚜껑을 연 순간 서프라이즈 상자처럼 코브라가 튀어나오진 않을까.

조금 더 술에서 약해지는 게 나을지 모른다. 손목시계를 보니 이 녀석이 술에 담긴 지 이미 한 시간이 지나 있었다. 술에 담가도 뱀은 바로 죽지 않는다고 왕씨야판은 말했다. 3개월 정도 살아 있는 놈도 있어. 그녀의 말을 믿었어야 했고 야생동물의 생명력을 깔보는 게 아니었다. 그러나 익사시켜버리면 아무 소용이 없었다. 이렇게 고민하는 동안에도 돌이킬 수 없는 일이 벌어질 수 있다.

나는 술병을 콕콕 찌르면서 뱀의 입을 다물게 할 클립이 주머니에 제대로 들어 있는지 여러 번 확인하고 각오를 다진 후 뚜껑에 손을 댔다. 뒤에서 "야!" 하고 누군가를 놀라게 하는 소리가 난 게 그때였고 내 입에서 날카로운 비명이 터지고 말았다.

요란하게 엉덩방아를 찧고 입을 뻐끔거리고 있는 나를 가리키며 아강이 폭소했다.

"제기랄!" 바닥을 치며 벌떡 일어나 녀석을 마구 때렸다. "심장이 멎는 줄 알았어, 이 돼지야!"

빌어먹을 아강은 깔깔대고 웃으면서 도망쳐댔다. 먹이를 가져왔어. 자, 쥐를 잡아 왔다고. 나는 녀석에게 욕을 퍼붓고 쫓아다니며 엉덩이를 차댄 다음 둘이서 술병을 내려다봤다.

"살아 있어?"

"아까 움직였어."

"이제 충분히 취하지 않았을까?"

"그럼 네가 꺼내 봐."

만약 신의 장난이란 게 있다면 바로 그 순간이었다. 나의 무책임한 태도에 아강이 불평하려고 입을 여는 순간 덜컹 테이블이 기울어지더니 술병이 바닥으로 굴러떨어져 깨지고 말았다.

온몸의 털이 곤두서는 소리가 울렸다.

"으악!"

반사적으로 뛰어 물러난 우리는 무슨 일이 일어났는지 이해할 수 없었는데, 무슨 일이 일어났는지 이해하지 못한 것은 우리만이 아니었다. 술에 밀려 흘러나온 뱀은 목을 쳐들고 뭐야? 도대체 무슨 일이 일어났어? 라는 표정으로 어안이 벙벙해 있었다. 왕씨야판이 말했듯 한 시간이나 두 시간쯤 술에 담겨 있는 정도로는 이 녀석들은 아무렇지 않은 것이다! 눈이 마주쳤다. 동그랗고 호기심이 가득한 눈이었다. 그가 건강한 건 기쁜 일이었으나 내 쪽으로 기어오니 맘 놓고 좋아할 수 없는 노릇이었다.

"아아아아아악…… 오, 오지 마, 오지 마!"

순간적으로 발로 차버렸다. 1미터쯤 되는 검은 코브라가 아강 쪽으로 휙 날아갔다.

"젠장!" 놀란 아강이 호통을 치며 아우성쳤다. "종스원, 내가 기억할 거야!"

"도망쳐, 아강!"

하지만 열린 셔터로 도망치려는 것은 아강이 아니라 뱀이었다.

"자, 잡아, 아강! 놓치지 마! 잡아!"

아강이 뱀의 꼬리를 잡았다. 그러자 코브라가 몸을 비틀어 아강을 물려고 했다.

"으아악!"

"위험해, 아강!"

뱀을 내던진 아강은 간발의 차로 독니를 피했으나 속수무책으로 벽에 몰렸다. 코브라는 내 쪽을 슬쩍 돌아보더니 고개를 뻗어 가게 밖을 살피고 우선은 우리를 해치우고 도망치기로 마음먹었다. 아강 쪽으로 스르르 돌진했다.

"윈! 윈!" 물러날 곳이 없는 아강이 소리쳤다. "도와줘, 윈!"

"어, 어떻게······" 나는 머리를 감쌌다. "아, 젠장! 어떻게 해야 하지, 아강?!"

"윈! 윈!"

목을 쳐들고 입을 벌린 코브라. 아주 볼 만한 안경 모양의 아가리였다. 피부도 매끄러웠다. 아강까지의 거리는 1미터도 안 되었다. 좌우로 흔들리는 그 늠름한 모습은 자, 어떻게 요리할까, 라고 말하는 듯 품격조차 느껴졌다. 뱀의 먹잇감이 된 개구리라는 말은 사실이었다. 아강은 입을 크게 벌리고 있었는데, 그 눈은 마치 최면에라도 걸린 듯 뱀에 못 박혀 있었다.

나 역시 발에 뿌리가 생긴 듯 전혀 움직일 수 없었다. 작은 소리 하나도 치명상이 된다. 뱀은 용수철처럼 달려들어 바로 아강을 물어 죽일 것이다. 아니, 그건 아직 괜찮다. 어쩌면 녀석은 칼끝을 돌려 아무 근거 없이 나부터 물어뜯을지 모른다. 파충류가 무슨 생각을 하는지, 도대체 누가 알 수 있단 말인가?!

그러니까 이 지경에 이른 이상 내가 할 일은 아무것도 없었다.

녀석의 흔들림이 커졌다. 날카로운 독니를 드러내고 또 뒤로 몸을 젖히더니 우리를 비웃듯 머리를 빙빙 돌렸다. 나는 녀석이 무하마드 알리처럼 보였다. 붉은 혀를 날름거리면서 대놓고 우리를 도발했다. 어때, 꼬마 녀석들. 이 몸이 무서워? 이리 와, 누가 진짜 챔피언인지 알려주지.

그런데 나비처럼 날아 벌처럼 아강을 쏘기 전에 뱀 녀석이 느닷없이 푹 쓰러지더니 그대로 길게 뻗어버렸다.

나와 아강은 서로의 얼굴을 멀거니 바라봤다.

"지금이야!" 나는 뱀이 깨지 않도록 조그맣고 날카롭게 외쳤다. "빨리 이리로 와, 아강."

굴러서 사선을 넘어온 아강을 나는 진심으로 껴안았다. 아강의 몸은 땀으로 완전히 젖어 있었다.

"원, 죽었어?"

그런 바보 같은 질문에 대답하고 있을 여유는 없었다. 흠칫 움직인 꼬리를 시야 끝으로 잡아낸 나는 아강을 밀치고 간신히 뱀의 머리를 잡는 데 성공했다. 들어 올리니 녀석이 힘없이 몸을 비틀었다.

"절대 놓치지 마, 원." 아강이 뱀에 얼굴을 댔다. "이 멍청이. 뱀 주제에 잘난 척하기는…… 이 몸을 죽일 셈이었어, 응? 와봐, 해보라고. 코브라라고 유세는. 잘 들어. 쓸모가 없어지면 껍질을 벗겨서 먹어버릴 테니까."

"으악, 징그러워. 역시 취했어. 이 녀석을 어떻게 하지?"

"잘 잡고 있어. 어디 넣을 데 없을까."

"제이가 위층에 뚜껑 달린 쓰레기통을 뒀어."

아강이 그걸 가져왔다.

"그 안에 넣기 전에 입을 클립으로 봉할까, 아강?"

"그러면 먹이를 못 먹지."

"하지만 그렇게 하지 않으면 꺼낼 때 물릴지 몰라."

"쓰레기통 입구에 마 자루를 씌우고 뒤집어서 자루로 옮기면 돼. 제이가 왜 마 자루를 준비했을 것 같아?"

"아, 그렇구나."

그제야 왜 마 자루가 있었는지 이해했다.

나는 조심스레 뱀을 꼬리부터 쓰레기통에 넣었다. 손을 탁 놓자 길고 검은 몸이 쓰레기통 바닥에서 옹색한 듯 몸을 떨었다. 틈을 타 공격해 오지 않을까 싶어 경계했는데 58도의 고량주에 푹 잠겼던 뱀은 몽롱한 상태였다.

"거기 있는 가방 좀 가져와, 윈."

시키는 대로 하자 아강은 배낭 속에서 플라스틱 곤충 우리를 꺼냈다. 안에는 생쥐 두 마리 들어 있었다.

"시궁쥐가 아니네."

"햄스터야."

"이거 어디서 났어?"

"학교에서 기르는 녀석이 있어. 마침 새끼를 낳아서 받아왔어."

"기르는 애는 여자야?"

"응."

"아마도 잘 기를 주인을 찾았을 텐데."

아강이 혀를 찼다.

생쥐들은 뱀의 몸 위에서 코를 찡긋거리며 비틀비틀 걸었다. 한편 뱀은 숙취 때문인지 그다지 식욕이 없어 보였다.

내가 쓰레기통 뚜껑을 닫자 아강이 그 위에 낡은 신문 다발을 툭 놓아 무거운 돌 대신 이용했다.

"나중에 2층에 숨기자."

더는 심해질 게 없는 소고기국숫집은 깨진 술병과 뱀이 난리를 피운 탓에 묵시록에나 나올 법한 대참사가 벌어졌다. 이제 이를 치워야만 했다. 그 생각만으로도 지긋지긋한 마음을 넘어 웃음이 나왔다. 간신히 웃음을 참고 있는 나를 보고 안달이 난 아강이 중얼중얼 원망의 말을 내뱉더니 결국은 어깨를 흔들어대며 같이 웃었다.

"저 뱀 말이야." 웃으면서 아강이 말했다. "지금 불을 붙이면 탈지도 몰라."

내가 배를 잡고 웃자 아강은 너무 웃어 사레가 들었다. 그게 너무 웃겨 더 웃었다.

우리 인생에서 웃을 일은 하나도 없었다. 나와 아강은 서로에게 기대어 숨이 끊어질 것처럼 웃어댔다. 그렇게 웃은 건, 그전에도 앞으로도 없었다. 그때뿐이었다.

20.

어두컴컴한 복도에 두 사람의 발소리가 공허하게 울렸다.

앞에서 걸어오는 흑인 제복 경관이 엄지로 뒤를 가리키자 데이브 할런 경부보가 살짝 고개를 끄덕였다. 그걸로 가야 할 방까지는 그리 멀지 않았고 색맨이 이미 그곳에서 기다리고 있음을 알 수 있었다. 어딘지 무하마드 알리와 닮은 그 제복 경관은 나와 눈을 마주치지 않고 지나쳤다.

돌아보며 웃음까지 흘리고 있는 나를 보고 할런 경부보가 의아한 표정을 지었다.

"죄송합니다." 나는 헛기침을 하고 얼굴에서 웃음을 지웠다. "그냥 옛날 생각이 나서 웃었습니다."

"좀 더 긴장해주세요. 상대는 연쇄살인범입니다."

"죄송합니다."

"교활한 놈입니다. 방심하지 마십시오. 당신을 속이려 할지 모릅니다."

"왜요? 사형을 바라는 사람이 이럴 때 거짓말할 필요는 없죠."

"변호사 선생의 말 같지 않네요." 그렇게 말하고 그는 슬쩍 웃었다. "그런 놈은 사형이 확정되어도 자신을 과시하려고 합니다."

근거는 없으나 내게는 할런 경부보가 걱정할 만한 일은 없으리라는 확신 같은 게 있었다. 가령 그의 걱정이 적중하더라도 그게 뭐 어떻다는 말인가. 죽어야만 하는 사람이 죽은 뒤 죽은 자의 전설이 어떻게 이야기되듯 그건 별다른 문제가 되지 않는다. 내 걱정은 다른 데 있었다. 손목시계로 시선을 떨구니 오후 5시를 넘어서고 있었다.

무하마드 알리 같은 녀석이야.

"도착했습니다."

그 하얀 문은 듬직한 두 경찰관이 지키고 있었다.

"준비되셨습니까?"

내가 고개를 끄덕이자 할런 경부보는 경찰관에게 명령해 문을 열게 했다.

면회실은 생각보다 넓고 밝았다. 벽 아래쪽은 황록색이었고 위와 천장은 하얀색이었다. 긴 책상이 똑바로 놓여 있었고 의자는 오렌지색이었다. 문 안쪽에도 경찰관이 지키고 있다가 우리에게 눈인사했다.

덩그러니 커다란 방 한가운데, 그는 휠체어에 우두커니 앉아 있었다. 살짝 비스듬히 바라보고 있는 이유는 골절된 오른 다리를 뻗고 있기 때문이었다.

그 조용한 시선이 날아와 나는 한동안 움직이질 못했다.

기억 속의 모습과 그다지 다른 것 같지 않았다. 푹 팬 뺨은 2년간의 혼수상태에서 눈을 떴을 때 그대로였다. 쑥 들어간 눈에 담긴 빛은 애매해 오랜 투약과 재활의 한계를 느끼게 했다. 긴 책상 위에서 느슨하게 깍지를 끼고 있는 양손도 열네 살 때의 가녀린 인상을 그대로 담고 있었다. 나를 위해 사나운 코브라와 싸우고 나를 위해 잘못을 바로잡으려고 했던 손이 미국에서 피로 물들다니…… 조금도 믿을 수 없었다.

거짓말이 아니야, 제이. 무하마드 알리 같은 녀석이야.

벌써 30년도 전 일인데 나는 지금도 그 둘의 목소리를 떠올릴 수 있었다.

그것은 드디어 계획을 실행에 옮기려던 며칠 전 일로, 우리 셋은 세계를 가르는 중화루의 철로 옆에서 만났다. 모든 게 끝날 때까지는 만나지 않기로 했는데 그런 약속을 완전히 날려버릴 정도로 전화를 걸어온 그들은 흥분해 있었다. 수화기를 서로 빼앗으면서 일단 나오라고 졸라댔다.

아직 4월인데도 햇살이 강해, 뚫어진 펜스에 시든 진달래가 얽혀 있었다. 파란 쯔치앙하오가 덜커덕덜커덕 달려와 뙤약볕 아래로 녹아들었다. 그들은 취한 듯 들떠 소란을 피웠는데 실제로 고량주를 조금 마셨을 수도 있겠다.

"만약 내가 없었으면 아강은 잠시도 못 버텼을 거야."

"생명의 은인이라는 말이야? 그 뱀이 스스로 기절한 거 아니었나? 그렇지 않았으면 너 같은 게 잡았겠어? 가져다 붙이지 마라."

"내가 녀석을 붙잡은 건 사실이잖아. 너는 넋을 놓고만 있었잖아."

"그래서 나를 바보 취급할 셈이야? 나는 하나도 부끄럽지 않아. 죽을 고비를 넘긴 사람은 바로 나라고. 너는 물가에서 물놀이나 한 거지."

"그래서." 내가 끼어들었다. "뱀은 괜찮아?"

"내가 알 게 뭐야." 아강이 대답했다. "그냥 뒈지면 좋겠어."

"거짓말이 아니야, 제이." 그가 말했다. "무하마드 알리 같은 녀석이야. 이걸로 그 돼지도 한 방에 끝날 거야."

그들은 오랜 전우처럼 서로를 놀리며 당연하다는 듯 나까지 끌어들여 웃었다. 그래서 나는 지금도 내가 그 자리에 있었던 느낌이다. 바닥에 떨어져 깨진 술병은 아주 한순간 동안만 병의 형태를 유지했다. 병이 깨졌다는 사실을 안에 든 술이 아직 깨닫지 못한 듯. 그것은 예리한 칼이 몸을 베고 지나갈 때 바로 피가 나지 않는 것과 같다. 잠깐의 틈을 두고 병이 폭발한다. 코를 찌르는 고량주가 튄다. 내가 전혀 보지 못한 광경을 나는 이렇게 당연하다는 듯 볼 수 있었다. 누군가와 같이 있는 게 당연하게 여겨졌던, 마지막 날이었다.

우리는 뜨거운 바람을 일으키며 천천히 사라지는 열차를 바라봤다. 그리고 다시 계획을 확인하고 헤어졌다. 나는 곧 죽을 남자가 기다리는 산수이 시장으로, 그는 우울증을 앓고 있는 슬픈 어머니가 있는 옌핑난루로, 아강은 버스에 흔들리며 아무래도 익숙해지지 않는 신이루로.

"제이슨." 할런 경부보의 목소리가 바로 옆에서 울렸다. "죄송합니다. 제이슨이라고 불러도 되죠?"

"예? 예…… 물론입니다."

"제이슨, 괜찮습니까? 어디 안 좋은 데라도……."

"괜찮습니다. 잠시…… 아무래도 오랜 여행 때문에 피로한 것 같습니다."

"정말 괜찮으세요?"

"예."

"당신 발소리를 들었어." 휠체어에서 나를 부르는 목소리는 조용했고 나이에 맞는 깊이를 가지고 있었다. "편안하게 있어. 이런 몸으로는 사람을 죽이지 못해."

"우리 쪽에도 중국어가 가능한 스태프가 있어요." 할런 경부보가 귀엣말을 하고 턱으로 천장을 가리켰다. 거기에는 빨간 파일럿램프가 깜빡이는 감시카메라가 있었다. "만약 이 남자가 진짜 TBI라면 우리는 조서를 다시 작성해야 하니까요."

나는 할런 경부보를 노려보고 싶은 충동을 간신히 참았다. 내가 흘린 말이긴 해도 색맨이 TBI일지 모른다는 건 아마도 알 렉스 세이어 순사부장이 그에게 알렸을 것이다.

"하지만 우리는 그런 일은 하고 싶지 않아요." 할런 경부보는 목소리를 더 낮췄다. "녀석이 아이들을 살해한 건 사실이고 사 형을 바라는 것도 사실이니까요."

"변호사로서 지금 말은 듣지 못한 것으로 하겠습니다." 나는 문을 지키는 경찰관들에게서 시선을 피했다. "그들을 내보내주 세요."

"아니, 그건……."

"그의 말처럼 저 다리로 제게 위해를 가할 걱정은 없을 것 같 네요. 둘만 있게 해주세요. 부탁합니다."

나는 대답을 기다리지 않고 휠체어 쪽으로 걸어갔다.

미소를 머금은 얼굴이 나를 맞았다. 그 미소가 마음에 스며 들지 않도록 나는 서류가방에서 서류를 꺼내는 데 집중하면서 의자에 앉았다.

"국선변호인은 딱 두 번 만나러 오더니 직무를 방기했어." 그 가 말했다. "자, 당신이 내 새 변호사구나."

"당신의 변호를 맡은 제이슨 선입니다." 그리고 중국어로 바 꿨다. "건강은 어떠신가, 종스원 선생?"

"중국인?"

"대만입니다."

"나도 그래."

"예, 압니다."

"오랜만에 그 이름으로 불렸네."

"모리스 단이라고 부르는 게 편하면 그렇게 하겠습니다." 내게는 윈이 연기하는 것처럼 여겨지지 않았다. "영어로 바꿀까요, 종 선생?"

"아니, 그대로가 좋아." 면회실을 나가는 경찰관들을 눈으로 배웅하면서 그는 말을 이었다. "종스원이라…… 어쩐지 신선하게 들리네. 이 나라에서는 내내 모리스 단으로 살았으니까."

퇴각하는 할런 경부보가 못을 박듯 천장의 감시카메라를 가리키고 조용히 문을 닫았다.

나는 리갈패드를 펼치고 만년필 뚜껑을 열었다. 그때 손이 떨린다는 것을 깨달았다. 타는 듯이 목이 말랐고 불쾌한 땀이 겨드랑이 밑을 흘렀다.

"조금 덥네요." 넥타이를 풀었다. "방 온도를 조금 낮춰도 될까요?"

"마음대로."

그 목소리의 상태로, 나는 자신의 불안에 리본을 달아 그에게 내민 꼴이 된 심정이었다. 동요를 들키지 않으려고 자리에서 일어나 감시카메라 쪽으로 도망쳤다. 윈의 눈빛보다 카메라 렌즈가 더 따뜻하게 느껴졌다. 방 온도에 불만을 드러내는 척하며 간신히 호흡을 가다듬었다. 머릿속으로 쌓아 올렸던 모든 것이 마치 사기를 당한 듯 말끔하게 사라졌다. 원이 나를 기억하지 못한다면 나도 그를 단순한 피의자로 다루자. 그렇게 자신을 다독이고 직업적 허세를 부리는 것 외에는 내가 할 수 있는 일이 없었다.

"실례했습니다." 최대한 느긋한 태도로 자리에 돌아와 다시 이야기를 시작했다. "그럼 종 선생, 당신은 왜 본인이 구속되었는지 알고 있습니까?"

그가 눈을 내리깐 것을, 나는 내 질문에 대한 대답이라고 받아들였다.

"당신은 일곱 명의 소년을 살해했습니다. 맞습니까?"

"아…… 아니, 아마도."

"아마도?"

"어쩌면 좀 더 적을지도 모르고 거꾸로 더 많을지도 몰라서."

"자신이 살해한 사람의 수를 기억하지 못하는군요?"

그는 대답을 피했다.

"그럼 질문을 바꾸죠. 미국에 건너오기 전은 기억합니까?"

"미국으로 건너오기 전?"

"당신의 머리 부상이나……."

"그 말은, 당신은 내가 혼수상태였다는 걸 안다는 소리?"

"대만에 조사시켰습니다."

"이래 봬도 많이 나았어. 처음에는 이름도 몰랐다고."

대만의 기억이 비웃음처럼 밀려들어 왔다. 혼수상태에서 눈을 뜬 원의 행동은 눈에 띄게 거칠어졌다. 아니, 흉포하다고 해야 적절할지 모르겠다. 부모에게 폭력을 휘둘러, 어머니의 코를 부러뜨렸다. 한 번 난동을 부리기 시작하면 손 쓸 수가 없었고 얌전할 때도 마치 시한폭탄이 째깍째깍 움직이는 것 같아 마음을 놓을 수 없었다. 그런 긴장 속에서 10년 가까이 견딘 부모가, 외아들을 홀로 미국에 보냈다고 해서 누가 그들을 탓할 수 있겠는가. 더는 이 아이에게 혼란을 주지 마. 공항까지 달려간 나와 아강에게 원의 어머니는 증오에 찬 눈빛을 보냈다. 원은 이제 원래대로 돌아올 수 없어. 너희들이 원을 죽인 거야.

"혼수상태에서 눈을 떴을 때는 어땠나요?" 사무적으로 서류를 펼치면서 감정적이 되지 않으려고 안간힘을 썼다. "기억하세요?"

그는 입을 다물고 있었다.

오랜 잠에서 눈을 뜨고 드디어 입을 열게 되었을 때 원이 처음으로 한 말은 누에의 이야기였다. 꿈속에서 그는 누에가 되어 마두랑에게 길러졌다. 날마다 뽕잎을 먹고 어느 날 드디어 새하얀 고치가 되었다. 그 고치에 덮여 2년간 잠들어 있었다. 원 스스로 그렇게 말했다. 그리고 나와 아강에게 물었다. 그런데 너희들은 누구야?

이번에 미국으로 건너올 때 정신과 의사인 친구에게 이 이야기를 해봤다. 친구는 변신 욕구, 파멸 욕구, 태내 회귀 욕구 같은 말로 설명하려고 했는데, 가장 정확한 것은 직접 진단해봐야 알 수 있다는 게 결론이었다. 하지만 망상은 확실히 있네, 라고 친구는 덧붙였다. 그는 일본 만화를 좋아하고 직접 그리기도 했다고 했지? 물론 그것만으로 정신질환이 있다고는 할 수 없고 누구나 망상은 하지. 하지만 그가 TBI라면 망상과 현실이 잘 구분되지 않을 가능성은 있어. "공상은 희생자를 필요로 하는 법이다." 정신과 의사 멜빈 라인하르트의 말인데, 대부분의 엽기적인 범죄는 장기간 품고 있던 공상에서 시작되지.

몸 앞에 느슨하게 깍지를 낀 채 원은 조용히 나를 바라봤다. 그 다정한 모습이 옛날 그대로여서 나는 슬퍼졌다. 소년들을 폭행하고 살해했을 때의 그를 상상하고 싶지 않았다.

정신을 차리고 절차상 필요한 것들을 확인했다. 성명, 나이, 출신지, 미국에 온 해 그리고 살해된 소년들의 이름, 살해 일시, 살해 장소, 살해 방법 등을 물었다. 원은 이따금 질문을 놓치긴 했으나 기본적으로 경찰 조서와 모순이 없는 답을 했다.

"왜 내 변호를?"

나는 펜을 멈췄다.

"당신 기사를 봤어." 원이 말했다. "제이슨 선의 변호 비용은 터무니없을 정도로 높으나 기적을 일으킬 가능성이 있는 얼마 안 되는 변호사 중 하나…… 무슨 잡지였더라…… 아, 고등학교 친구 둘을 사살한 소녀의 무죄 판결을 받아냈다고."

"……."

"누가 그런 선 변호사를 내게 붙였지? 그것도 비밀 엄수 의무인가?"

나는 스스로 단단히 단속하고 고개를 들었다.

"우리에게는 분명 비밀 엄수 의무가 있습니다."

"그런데도 선 변호사는 말할 생각인가?"

"예."

"왜?"

"의뢰인과도, 그리고 당신과도 오랜 교류가 있으니까요."

그의 눈을 들여다봤다. 이 한마디로 뭔가 변화가 있으리라 기대했을지 모른다. 마법의 주문처럼 내가 아는 원을 불러낼 수 있다고. 그러나 그의 표정은 변함이 없었다. 적어도 내가 기대했던 것과는 달랐다.

"우리는 미국인이 아닙니다." 나는 이제 고집스럽게 무표정으로 일관했다. "이 건에 관해서는 제가 계약서보다 제 마음을 우선시한다고 해서 의뢰인이 불평하진 않을 겁니다."

"당신 마음?"

"사건의 전모를 아는 겁니다."

"그건 이미 경찰에게 전부 말했어."

"그렇지 않습니다."

그가 고개를 살짝 기울였다.

이토록 명쾌하게 문답이 오갈 수 있었으니 미국 경찰이 색맨의 책임 능력에 의문을 가지지 않은 것도 무리는 아니었다. 원은 생각에 잠긴 표정을 지었으나 곧 포기했다는 듯 고개를 흔들었다.

"안 되겠어. 당신이 무슨 말을 하는지 모르겠어."

"당신은 중학교 때 어떤 일을 계획했습니다." 테이블 밑에서 주먹을 쥐었다. "그 탓에 당신은 2년이나 혼수상태에 빠지는 지경에 이르렀습니다."

"당신이 말하려는 건……" 윈은 잠시 생각에 잠기더니 말했다. "우리가 한 친구의 아버지를 죽이려고 했다는 건가?"

"예."

"하지만 그건 그의 친아버지가 아니었어. 나쁜 놈이라 늘 그를 때렸어."

"그 친구의 이름은?"

"선지에썬."

조금 기다려봤는데 그의 안에서 지금의 나와 30년 전의 내가 이어지는 일은 역시 없었다.

"안 적어?"

"예?"

"그 친구의 이름을 기록하지 않냐고?"

"아……" 나는 자신의 이름을 리갈패드에 적었다. "그는 어떤 아이였습니까?"

"선지에썬? 좋은 녀석이었어. 나는 그를 동경했지. 나는 지루한 우등생이라 그 같은 불량학생이랑 친구가 되어 자랑스러웠어. 그런 기분 알아?"

"그래서 그의 아버지를 죽여주려고?"

"내가 그에게 어울리는 사람이라는 걸 증명하고 싶었는지 모르지."

"그래서?"

"우리는 끝내 계획을 실행하지 못했어."

"왜 실행하지 못했습니까?"

그는 대답하지 못했다.

나는 알고 있다. 그날, 1985년 5월 첫 주 목요일. 나는 교문 뒤에서 아강이 오기만을 기다렸다. 전날 밤, 나는 아강에게 전화를 걸어 "내일이야"라고 짧게 전했다.

"알았어." 아강의 목소리는 살짝 겁에 질려 있었다. "점심시간에 교문에서 기다려."

절차는 정리되어 있었다.

나와 아강은 학교를 빠져나와 시먼딩의 적당한 영화관에 들어갔다가 또 몰래 빠져나온다. 망한 소고기국숫집에서 그 뱀을 꺼내 산수이 시장 안에 있는 우리 집에 몰래 들어간다. 그때쯤이면 어머니는 광저우지에의 외지인 집에서 하녀로 일하고 있을 테니까 나는 집 열쇠를 챙겼다. 내 새아버지, 그러니까 우리가 손을 쓰려고 하는 남자는 매주 수요일에 밤새 마작을 하는 습관이 있었다. 그래서 다음 날 목요일은 늘 저녁까지 죽은 듯 잤다. 우리는 죽은 듯 자는 남자를 잠든 채 죽이려는 것이었다.

그런데 아강은 오지 않았다.

점심시간이 지나도 모습을 드러내지 않았다. 나는 학교 공중전화로 몇 번이나 그의 집에 전화를 걸었다. 만약 아강이 겁을 집어먹었다면 그것도 어쩔 수 없는 일이다. 오히려 아강이나 원 중 하나가 계획을 중지하자고 말했으면 좋겠다고 바라는 마음도 있었다. 겁에 질린 것은 바로 나 자신이었다.

아무도 전화를 받지 않았다. 아강의 호화로운 집 거실에서 공허하게 울리는 빅토리아풍의 하얀 전화가 눈에 선했다. 오후 수업의 시작을 알리는 예비종에 아이들이 발길을 돌려 교실로 돌아갔다. 그래도 나는 교문 뒤에서 한없이 기다렸다.

교문 옆에 심어진 붉은 백일홍에 달콤한 햇살이 떨어지고 있었다. 덥지도 않은데 땀이 하염없이 흘렀다. 만약 원을 죽인 게 우리였다면…… 그 백일홍의 잎에는 이미 죽음이 꿀처럼 숨어 있었다. 조바심을 견디다 못한 나는 교실로 돌아오는 선생의 호통을 뿌리치고 학교를 뛰쳐나왔다.

"선지에썬! 돌아와, 선지에썬!"

어차피 나는 불량으로 찍힌 상태였기 때문에 선생의 교무수첩에 죄명이 하나 더 느는 게 고작이었다. 달리기 시작하자마자 우선 원에게 상담하는 게 나으리라는 생각이 머리를 스쳤다. 그러나 점점 더 늘어만 가던 마음의 소란이 내 등을 밀었다. 게다가 모든 것이 끝나기 전까지는 원과 연락하지 않기로 했다.

남산국중에서 아홍훙샤오뉴로우몐까지는 전력 질주로 4,

244

5분 거리다. 빵집 모퉁이를 돌아, 가게 앞의 용수나무만을 바라보며 달렸다. 반쯤 올라간 셔터가 보였을 때 뭔가 잘못되었다는 확신이 엄습했다. 뭐가 어떻게 잘못됐는지는 말할 수 없으나 완전히 실패했음을 깨달았다. 가게에서 흘러넘치는 공기는 무겁고 어두웠다.

"아강! 거기 있어, 아강?!"

"제이! 제이!" 머리 위에서 울부짖은 소리가 내려왔다. "도와줘…… 도와줘, 제이!"

흩어진 유리 파편을 발로 차면서 좁은 계단을 뛰어올랐다.

입까지 나왔던 아강의 이름을 나는 짧은 숨과 함께 삼켰다. 손이 코와 입을 막았다. 그래도 말로 형용할 수 없는 악취가 몸에 기어들어 와, 모든 생각을 녹여버렸다. 돌아본 아강의 얼굴은 눈물과 콧물 범벅이었다. 다다미 위에 널브러져 있는 사람의 몸을 껴안고 있었는데, 그 사람은 다름 아닌 아홍 아저씨였다.

"아버지가, 아버지가……" 몸부림치는 아강의 입에서 말이 흘러나왔다. "내가 왔더니…… 여기에 쓰러져 있었어."

뭐가 뭔지 알 수 없었으나 알 수 있는 것도 있었다. 죽은 사람을 본 건 그때가 처음이었으나 온몸이 흙빛인 아홍 아저씨는 이미 저세상 사람임이 분명했다.

창문이 닫힌 방은 아주 무더웠고, 다다미 위에는 아홍 아저씨의 몸에서 흘러나온 정체 모를 액체가 퍼져 있었다. 살짝 붉은 투명한 액체로 군데군데 거무스름했다. 내가 갖다 놓은 쓰레기통이 방구석에서 뒤집혀 있었다. 뱀을 넣어두기 위한 쓰레기통. 아홍 아저씨의 시신을 살피니 목덜미 부근이 거무스름하게 변색해 있었다. 그곳을 물린 게 너무나 분명했다.

아강은 아버지를 붙들고 통곡했다. 그 목소리가 내 사고에 숭숭 구멍을 냈다. 아홍 아저씨는 틀림없이 타이베이를 떠났다고 했다. 그래서 우리는 뱀의 은신처를 소고기국숫집으로 정한 것이다. 나는 우왕좌왕하다가 계단을 뛰어 내려갔다. 다리에 힘이 풀렸는지 발을 헛디뎌 요란하게 굴러떨어졌다. 그 탓에 왼쪽 손목을 삐었는데 그래도 가게를 뛰쳐나가 공중전화에 매달릴 때까지 제정신이 아니었다.

놓친 수화기를 아프지 않은 쪽 손으로 잡아 턱과 어깨에 낀 채 버튼을 두드리듯 눌러 구급차를 불렀다.

가게로 돌아오자 아강은 여전히 울고 있었다. 왼손의 통증이 나를 간신히 현실에 붙잡아두고 있었다.

"아강! 아강!" 나는 시신 너머로 녀석의 어깨를 흔들었다. "정신 차려, 아강!"

"제이…… 제이, 왜…… 아, 왜 이런 일이…….."

"잘 들어, 아강! 너, 아홍 아저씨가 타이베이에 돌아온 걸 알았어?"

아강은 무슨 말을 물어보는지 모르는 것 같았다.

"중요한 얘기야, 아강. 아홍 아저씨가 타이베이에 있다는 걸 알았어?"

"알 리가 있었겠냐?! 왜 그런 걸 물어?"

"그 뱀은 어떻게 됐어?"

"이미 없었어."

"네가 여기 왔을 때는 이미 아훙 아저씨는 쓰러져 있었고 뱀은 아무 데도 없었다, 맞아?"

"아, 그랬지."

"잘 들어. 곧 구급차가 와. 우리에게 질문이 쏟아질 텐데 우리는 아무것도 모르는 거야."

"아, 그게……."

"나와 학교를 도망쳐 놀기로 약속했잖아. 그건 말해도 돼. 약속에 오기 전에 가게에 들렀더니 아버지가 쓰러져 있었다. 이유는 모르겠다. 경찰이 물으면 그렇게 대답해."

"하지만 아버지가 우리 뱀에 물렸어!"

아훙 아저씨의 공허한 눈이 우리를 올려다보고 있었다. 더위에 수분을 잃은 안구는 바람 빠진 공처럼 수축해 있었다. 오한이 등줄기를 내달려 휙 고개를 돌렸다. 만약 우리가 귀신을 보는 눈이 있다면 뒤에 서 있는 아훙 아저씨의 망령을 봤을지 모른다. 하지만 그런 건 없었다. 손 쓸 수 없을 정도로 엉망이 된 현실이 있었을 뿐이다. 나는 아강에게 다시 몸을 돌렸다.

"그럼, 원과 셋이 사이좋게 교도소에 갈까?"

아강이 울어서 퉁퉁 부어오른 눈으로 노려봤다.

"이건 사고야. 우리는 아훙 아저씨를 죽이려고 하지 않았어,

안 그래? 이렇게 생각하자. 누군가가 권총으로 죽였다면 나쁜 사람은 방아쇠를 당긴 놈이야. 우리가 권총을 준비하긴 했지만, 누구에게도 총을 겨누지 않았어."

"웃기지 마! 아버지는 말이야⋯⋯."

"다다와 어머니를 생각해!" 다가오는 사이렌 소리를 들으면서 나는 재빨리 말했다. "잘 들어, 아강. 이건 사고야."

이 일로 광저우지에에 큰 소동이 벌어졌다. 사람의 입에 자물쇠를 채울 수는 없다. 가오슝에 있어야 하는 아훙 아저씨가 왜 타이베이에 있고, 게다가 자기 집에서 뱀에 물려 죽어야만 했나. 남녀노소 누구나 모이면 이 화제로 시끌벅적했다.

아훙 아저씨의 목숨을 빼앗은 그 코브라는 끝내 발견하지 못하고 끝났다. 몇 개월 전에 완화에서 도망친 뱀 중 한 마리일 거라는 단순한 결론으로 끝났다. 물론 아무도 나와 아강을 혼내지 않았다. 이 부분은 원의 예상대로였다. 학교를 도망친 것조차 너무 큰일 앞에서는 아주 사소한 일이었다.

경찰은 가오슝에 있다는 아훙 아저씨의 친구를 찾아내려고 했으나 헛수고였다. 다만 아훙 아저씨가 가오슝에 간 건 사실이었다. 가오슝에서 타이베이까지의 쥐광하오 기차표가 셔츠 주머니에 들어 있었기 때문이다. 그것은 우리가 아훙 아저씨를 발견하기 이틀 전의 것이었다. 경찰은 아훙 아저씨의 짐을 조사하고 전처에게 돌려줬다. 뒤죽박죽 들어 있는 일용품 속에 깨끗한 포장지로 싼 손목시계 두 개가 있었다고 했다.

중학교 때 아강의 얼굴 사진을 테이블에 내놓았다.

윈은 이쪽을 슬쩍 보고 예상했던 말을 했다. "이 아이는?"

"린리강을 기억합니까?"

"아강? 나와 아강은 형제나 마찬가지야."

"다시 한 번 사진을 잘 보세요."

그는 그 말을 따랐다가 도통 모르겠다는 표정을 지었다.

"그 후로…… 그렇게 말해봤자 당신이 얼마나 기억하는지는 모르겠으나" 나는 사진을 파일에 넣었다. "당신이 미국으로 가버린 후 처음에는 노점에서 소고기국수를 팔았습니다. 그게 입소문이 나서……."

윈이 고개를 숙이고 한 손으로 관자놀이를 잡았다.

"괜찮으세요?"

"괜찮아." 그는 힘없이 미소를 지어 보였다. "가끔…… 그래도 금방 괜찮아지니까."

"머리가 아픕니까? 누굴 부를까요……."

그가 테이블을 내려쳐 내 말을 끊었다. 등줄기가 얼어붙은 것은 갑자기 울려 퍼진 테이블 치는 소리 때문만이 아니었다.

"괜찮아. 아무 문제 없어…… 나는 종스원…… 괜찮아, 별일 아니라고." 가냘픈 중얼거림이 그의 입에서 새어 나왔다. "나는 종스원, 형은 종모런…… 괜찮아, 별거 아냐. 어머니는 나를 사랑해…… 누구보다, 누구보다 날 사랑해…… 나는 사고를 당해 오랫동안 정신을 잃고 있었지만, 이제 좋아졌어…… 어머니가 그렇게 말했어…… 이제 좋아졌어…… 그러니까 아무 문제도 없어."

그것은 마치 자기 안의 또 다른 자신에게 말하는 것만 같았다. 손톱을 오도독 씹기 시작하는 모습을 보고서야 그의 양손 손톱이 너덜너덜하다는 것을 깨달았다. 이런 손톱을 전에도 본 적이 있었다. 어머니의 학대를 받은 여자아이가 수없이 손톱을 뽑힌 탓에 손톱이 딱딱해져 지금의 원처럼 너덜너덜했다.

"종 선생…… 원! 괜찮아, 원?"

거칠게 호흡하는 그의 얼굴에 식은땀이 흘렀다. 그리고 뭔가가 안에서 가슴을 치듯 몸을 내밀더니 구토했다.

나는 순간적으로 몸을 빼 날아오는 토사물을 피했다. 의자를 차고 일어나면서 이 면회를 여기서 끝내야 한다고 판단했다. 감시카메라를 돌아보며 할런 경부보에게 신호를 보내려고 했을 때였다.

그의 검은자가 휙 안구 안쪽으로 사라졌다.

정신을 차렸을 때는 그가 달려들어 무시무시한 힘으로 바닥에 나를 눕혔다. 의자가 쓰러지고 긴 책상의 다리가 미끄러져 바닥을 긁었다.

"그, 그만해……."

팔을 뻗어 그의 얼굴을 밀었다. 죄어드는 신음이 목구멍에서 나왔으나 그것도 흰자위만 내놓은 원에게 목이 졸린 순간까지였다. 헉 하고 낸 신음이 아주 멀리 들렸다. 내게 달려들어 목을 조르면서 원은 중얼중얼 뭐라고 계속했다. 네가 헤이쌰오야, 네가 헤이쌰오야, 그렇게 말하는 것처럼 들렸는데 문제의 헤이쌰오가 뭔지 알 수 없었다. 내가 알 수 있었던 것은 내가 친구보다 토사물을 피하는 데 더 신경 쓴 인간이라는 점이다.

경찰관들이 면회실로 달려와 난동을 부리는 원과 나를 떼어 놓았다. 둘이 붙어 원을 제압하고 한 사람이 재빨리 그의 목덜미에 주사기를 꽂았다. 곧바로 그의 몸에서 쑥 힘이 빠졌다.

"제이슨, 괜찮아요?!"

나는 몸을 웅크리고 격렬하게 기침하면서 할런 경부보에게 손을 흔들었다.

면회실에서 끌려 나가는 원이 어깨 너머로 돌아봤다. 반쯤 벌어져 흐리멍덩한 눈동자에 소름이 돋았다. 살인자임을 확인시키는 눈. 동시에 거기에는 혼란과 공포가 깃들어 있었다.

나는 간신히 의자에 몸을 던지고 기침이 잦아들 때까지 기다렸다. 할런 경부보가 종이컵에 물을 담아 주었다.

"자, 마셔요."

나는 그렇게 했다.

급히 마셨는지 다시 한 번 기침과 싸워야만 했다. 한참 후 기침과 호흡이 안정을 되찾자 몸에 허무함이 퍼져갔다. 테이블에 퍼진 토사물이 자신에게 찍힌 낙인처럼 보였다. 떠오른 건 뚱보의 파이어버드에 음식물쓰레기를 쏟을 때였다. 아강이 그 남자에게 놀림을 당해 나는 화가 많이 났다. 친구의 빚을 갚아주기 위해서라면 음식물쓰레기를 뒤집어쓰는 것도, 새아버지에게 냄새난다며 얻어맞는 것도 충분한 가치가 있었다. 어떤 변명도 불가능하다. 나는 변호사로서도 친구로서도 실격이었다.

"오늘은 이만 돌아가는 게 좋겠어요."

나는 고개를 끄덕이고 남은 물을 마저 마셨다. 아무것도 생각할 수 없었다. 아강의 의뢰를 덜컥 받아들인 자신의 한심함을 저주하는 수밖에 없었다.

21.

그 녀석이 연락해 온 것은 2015년 11월 중순이었다.

그보다 조금 전에 나도 색맨의 체포 소식을 미국 뉴스로 알고 있었다. 뭐니 뭐니 해도 미국 전역을 떨게 했던 사건이라 누구나 주목하고 있었다. 하지만 색맨이 대만인이고 게다가 윈이라는 사실은 아강에게 듣기 전까지는 전혀 생각하지 못했다.

아닌 밤중에 홍두깨였고 청천벽력이었으나 대만의 보도는 이미 과열 상태였다. 연일 지식인이나 연예인들이 열띤 토론을 벌였고, 과거 대만에서 벌어졌던 스이지(隨機) 살인, 그러니까 무차별 살인사건이 인용되면서 민중의 분노에 기름을 부었다. 예전에 우리가 다니던 중학교에까지 카메라가 들이닥쳤고, 어디서 유출됐는지 인터넷에는 윈의 사진이 범람했다. 대만과 미국의 국제관계에 균열이 생길 것으로 우려한 사람들이 주식을 내다 팔아서 대만 기업의 주가가 폭락했을 정도였다.

마침 12월 첫째 토요일에 대만에서 의뢰인과 만날 약속이 있어, 나와 아강은 다음 날인 일요일에 둔화베이루에 있는 만다린 오리엔탈 타이베이 호텔의 세련된 카페 라운지에서 무려 10년 만에 재회했다.

옛날부터 뚱뚱했지만 아강은 정말 엄청나게 뚱뚱해져 있었다. 하얀 양복에 몸을 감싸고 왼손 약지에 커다란 금반지를 끼고 있었다. 10년 전에 만났을 때보다 착실하게 옅어진 머리숱을 기름을 발라 뒤로 붙였다. 비즈니스로 성공한 대만인이 가지는, 어떤 독특한 분위기를 갑옷처럼 두르고 있었다. 왼쪽 눈꼬리에는 오래전 원에게 벽돌로 맞은 흉터가 남아 있었다.

우리는 오랜만에 만나 서로의 근황을 이야기했다. 나는 2년 전에 형사사건 전문 변호사를 그만두고 국제변호사 자격증을 따 대만과 미국을 오가고 있다고 말했다. 지금은 주로 대만 기업의 법률 자문을 맡고 있다고. 아강의 '대형제소고기국수'는 대만에만 62개 점포, 상하이와 베이징, 다롄에도 분점이 있고 도쿄 진출을 준비하고 있었다.

"괜찮은 생활을 보내고 있지." 여봐란듯이 아강은 관록 넘치는 배를 툭툭 쳤다. "옛날에는 가난했는데 지금은 생선도 고기도 실컷 먹어."

"술도 먹겠지."

"저기, 제이. 알려줘. 어떻게 하면 그렇게 젊냐? 머리숱도 그대로고 몸도 옛날과 똑같잖아! 돈을 들여? 내겐 거짓말하지 마."

"가난해서 늘 시간에 쫓기니까. 그리고 자주 달려."

"그게 다야? 하지만 그 피부는 선텐이지?"

"우리 사무소가 캘리포니아에 있으니까."

"쳇! 캘리포니아 햇볕이라고? 노안은?"

"뭐, 괜찮은 편이야."

"나는 작년에 노년성 황반변성 수술을 받았어. 어느 날 갑자기 왼쪽 눈 한가운데가 시커멓더라고. 알아? 15년 전에는 고치지 못했던 병이야. 실명 확정이지. 그런데 지금은 15분 정도의 수술로 낫더라. 고작 15년 만에 세상이 완전히 변했어. 웃긴 건 그 수술을 받으면 근시도 낫는대. 그래서 지금 나는 왼쪽만 시력이 1.5야."

"윈에게 옛날 실컷 두들겨 맞아서 그런 게 생겼을지도 모르지."

아강이 놀란 표정을 지었다.

"그 왼쪽 눈 흉터 말이야. 그때 윈에게 벽돌로 맞았다고 했잖아?"

"아…… 그런 일이 있었나. 맞아, 그럴 수도 있겠다."

"그래서 무슨 일인데? 굳이 국제전화까지 걸었잖아. 너무 잘 나가서 곤란하다는 얘기는 아닐 거 아냐?"

아강은 두꺼운 손가락을 얼굴 앞에서 깍지 끼고 조심스럽게 색맨 사건을 꺼냈다. 누군가에게 조사시켰는지, 변호사인 내가 혀를 내두를 정도로 아강은 각 사건의 경과를 꿰고 있었다.

"자, 잠깐만!" 마구 떠들어대는 아강을 내가 제지했다. 여우에 홀린 것 같은 기분이었다. "너는 지금 색맨이 윈이라고 말하는 거야? 우리가 알고 있는 그 원?"

"응."

"하지만 미국 뉴스에서는 색맨의 본명이 모리스 단이라던데."

"단은 원의 어머니의 옛 성이잖아."

"아니, 설마……."

"원을 미국에 보낸 후 그 부부는 이혼했어. 성가신 일을 처리한 거지. 아버지는 서른 살이나 어린 중국 여성과 재혼했어. 대륙 신부라는 거 있잖아. 아들이 하도 큰 사고를 친 통에 지금은 대만에 없어. 돈이 많았으니까 도망쳤겠지."

"조사했어?"

"방송국이 했지. 뉴스로 나왔어. 뭐, 나라도 도망쳤을 거야. 이런 데 있다가는 매스컴의 먹잇감이지. 생판 모르는 사람이 의분에 달려드는 일도 있어. 알지? 이런 데가 대만이야."

"그러니까 원은 지금 어머니의 성을 쓰고 있다고…… 그래서 어머니는 어떤데?"

"몇 년 전에 돌아가셨어."

"그것도 TV야?"

"응."

"그럼 모리스는?"

"중국인이 영어 이름을 짓는 데 이유 같은 게 있냐?" 그렇게 말하고 초조한 듯 손을 휘둘렀다. "성룡의 어디가 재키냐? 유덕화의 어디가 앤디냐고?"

"나는 원을 얘기하는 거야."

아강은 "굳이 말하자면"이라고 전제하고 "원의 형 이름을 알아?"

"그 죽은 형? 아마…… 아!"

"그냥 추측인데 뉴스를 보면 사진도 나오잖아."

"마침 다른 사건으로 바빴어." 내가 고개를 저었다. "뉴스도 대강밖에 몰라."

"인터넷 검색하면 어릴 때 사진까지 나와."

아강은 스마트폰을 들고 뉴스 사이트를 연결해 보여줬다.

모리스 단…… 종모런…… 모리스…… 모런…… 여러 차례 소리 내어 읊조려봤지만 원이 죽은 형의 이름을 자신의 영어 이름에 사용했다는 확신은 별로 들지 않았다. 그런데도 가슴이 싱숭생숭했다. 모리스 단이라는 서먹한 이름에서는 원과 관련된 어떤 온도도 느껴지지 않았다. 전혀 모르는 사람 같았다. 종스원이 사람을 죽이다니. 도무지 생각할 수 없었으나 모리스 단이라면 전혀 있을 수 없는 일도 아닐 것이다. 그때 죽은 것은 원이 아니라 원의 이름이었을지 모른다. 이름의 죽음은 육체의 죽음과 마찬가지로 슬픈 일이었다.

"제이." 스마트폰을 유리 테이블에 툭 내려놓고 아강은 몸을 내밀었다. "네게 원의 변호를 맡기고 싶어. 그 때문에 연락했어. 돈은 걱정하지 마. 그 녀석의 힘이 되어줘."

느닷없이 원이 색맨이라는 소리를 들었으나 도무지 머리가 현실을 쫓지 못했다. 윈이 소년만 일곱 명을 죽인 연쇄살인마라고? 도대체 무슨 농담을 그렇게 해!

"잠깐만…… 나는 이미 형사사건을 맡지 않아. 게다가 일곱 명이나 죽었으면 누가 변호해도 마찬가지야. 내가 해도……."

"마찬가지는 아니야."

"아강……."

"내 말 잘 들어, 제이. 네가 윈을 변호하는 거야. 그러니까 마찬가지일 수 없지."

"아무리 가벼워도 종신형이야."

"그걸로 충분해."

"하지만 나는……."

"변호사 경력에 흠집이 날까 두려워?"

"아니……."

"그 녀석을 외톨이로 두고 싶지 않아."

나는 입을 다물었다.

"그 녀석이 저렇게 된 건 우리 탓이야." 아강이 고통스럽게 내뱉었다. "아버지가 그 뱀에 물려 죽은 이틀 후 윈이 우리 집에 왔어. 나는 경찰에 사정을 말하려고 했어. 그런 일을 혼자 품고 살 순 없었지. 윈은 나를 설득하려 했어. 나는 윈과 너에게 꼬드김을 당했던 스스로에게 화가 나 있었어."

가벼운 현기증이 일었다. 시공이 물엿처럼 일그러져 우리가 저마다 걸어온 30년의 세월이 연기처럼 사라졌다. 내 손목에 감긴 오메가 시계의 바늘이 멈춘 대신, 1985년에 멈춘 채 내버려 뒀던 시간이 다시금 움직이기 시작했다. 째깍, 째깍, 째깍 소리를 내면서.

"이 말을 아무에게도 하지 못했어. 아무에게도…… 네게도 말할 수 없었어." 아강이 크게 숨을 들이켰다. "4개월 전에 다다가 죽었어."

"뭐라고?" 위가 쪼그라들었다. "아니 왜?"

"대형제소고기국수 체인의 중국 총괄을 다다에게 맡겼어. 올해 우리는 텐진에 세 개 점포를 열 예정이었지. 내년 총통 선거에서는 아마도 민진당이 승리할 거야. 만약 차이잉원이 총통이 되면 대만과 중국 관계는 냉각되겠지. 그래서 지금 중국에 현지 법인을 만들어두고 싶었어. 되도록 8월에 말이야. 다다는 상하이에서 텐진으로 날아갔어. 점포를 궤도에 올릴 때까지 한동안 텐진에 살 계획이었어."

"8월의 텐진…… 혹시 그 폭발에 휘말린 거야?"

"폭발은 8월 12일 밤에 일어났어. 나는 다음 날 베이징으로 날아갔지. 하지만 텐진에는 들어가지 못했어. 폭발한 창고에는 3,000톤의 화약 약품이 보관되었다고 하더라. 정부가 발표한 사망자 수는 100명이 조금 넘는 정도인데 젠장, 정말 그 정도겠냐? 현장 영상을 봤어? 내가 보기에 그보다 열 배 정도는 더 죽었어. 다다는 현장에서 그리 멀지 않은 곳에 맨션을 빌렸어."

2015년 8월 12일, 텐진 항에 있는 위험물 보관 창고에서 대

폭발이 일어났다. 원인은 지금까지 특정되지 않았는데 시진핑 총서기의 암살을 노린 음모설이 아주 그럴싸하게 유포되었다. 나는 미국 자택에서 이 뉴스를 접했다. 거대한 분화구로 변해버린 폭발 진원지의 영상은 지금도 눈에 선하다. 사이안화나트륨이 유출되었다. 체내에 들어오면 날이 잘 든 낫처럼 사람의 목숨을 베어버릴 수 있는 독약이다.

"뭐라고 해야 할지……."

"뭐, 사람 목숨이란 게 그렇지."

"시신은 어떻게?"

아강은 고개를 저었다. 그것이 내 질문에 대한 답인지, 아니면 대답하고 싶지 않다는 건지 알 수 없었다. 한바탕 시진핑의 험담을 늘어놓은 후 그는 말투를 바꿨다.

"다다가 죽자마자 이번에는 윈이 체포되었어. 이게 우연일까? 나는 어떤 사인인 것 같아."

"사인? 어떤 사인?"

"룽산사에 가서 물었지. 기억해? 윈과 셋이 점괘 패를 던졌잖아? 그래서 네 새아버지를 죽이기로 했어."

"어렸을 때 일이야."

"윈이 너를 때려눕혔을 때도 그걸로 결정했어."

나는 비웃었다.

"관우 공에게 윈을 어떻게 하면 좋을지 물었어."

"이봐, 아강. 그런 거……."

"미신이지."

"……."

"패가 앞뒤로 나뉘었다? 그게 뭐? 하지만 어쩔 수 없어. 나는 그런 걸 믿으니까. 너도 그렇지? 아니면 미국에 살아서 변했나?"

"하나만 물어볼게." 내가 자세를 고쳤다. "만약 성스러운 패가 나오지 않았다면 어쩔 셈이었어? 내게 연락하지 않을 거였어?"

한참 신중하게 생각한 다음 아강이 중얼거렸다. "아마, 안 했겠지."

"그럼 그 정도인 거잖아?" 나는 가슴을 쓸어내렸다. "지금 와서 우리가 원에게 해줄 수 있는 일은 아무것도 없어."

"그건 아니지." 아강의 눈이 날카롭게 빛났다. "그때 만약 관우 공이 반대했다면 우리는 그런 무서운 생각을 실행하지 않았겠지. 하지만 너를 도와주고 싶다는 마음은 나도 원도 결코 '그 정도'는 아니었어. 그래서 점괘의 결정에 따를 수 있었겠지만."

더는 할 말이 없었다.

"원의 힘이 되어줘, 제이. 다다도 그걸 바랄 것 같아."

"하지만 아강……."

"저기, 이제 슬슬 마무리를 지어야지."

"……."

"우리는 사람을 죽이려고 했어." 아강은 똑바로 나를 봤다. "그 대가가 지금의 이 상황이야. 원이 망가졌고 우리는 그 시간에 얽매여 있지. 너만 다르다고 하지 마. 이제는 결판을 내고 싶어. 제이, 내 말 알겠지?"

내가 모르는 사실을 더듬더듬 밝히는 아강의 얼굴은 계속 아래를 향하고 있었고 너무나 창백해 나까지 울고 싶어질 정도로 어려 보였다. 아, 이런 얼굴이었어. 중학교 1학년 때, 나는 윈을 후려갈겼다. 그때도 아강은 이런 얼굴로 내게 도움을 요청했다.

데이브 할런 경부보가 호텔까지 친절하게 자기 차로 데려다 주었다.

"이런 일은 처음입니다." 핸들을 돌리면서 그가 말해주었다. "확실히 혈액 검사에서 테스토스테론 수치가 매우 높게 나왔습니다."

쉽게 말하면 폭력적이라는 소리다. 놀랄 일도 아니다. 상대는 일곱 명이나 죽인 살인마가 아닌가.

"하지만 오늘까지 계속 얌전했어요. 어떤 문제도 일으키지 않았죠."

어둠이 내려앉은 디트로이트 거리가 앞 유리창에 펼쳐졌다. 즐비한 고층 건물의 불빛, 시시각각 변화하면서 반짝이는 네온, 신호를 건너는 잘 차려입은 사람들. 그것은 낮에 봤던 폐허 같은 풍경과는 다른 세계였다.

"생각해보니 제이슨, 녀석은 당신을 기억하고 있어요."

"왜 그렇게 생각하세요?"

"녀석의 정신이 나갔다는 뜻이죠." 그는 조용히 말을 이었다. "감시카메라로 봤는데 거짓말하는 얼굴은 아니었어요."

"진정한 거짓말쟁이는 제일 먼저 자신이 자기 거짓말에 속으니까요."

"나는 당신의 어떤 점이 색맨을 자극했다고 생각합니다."

"요컨대?"

"색맨 자신은 깨닫지 못했을 수 있으나 녀석의 내면에서 뭔가가 당신에게 반응한 것 같아요."

그렇다면 아강의 사진 말고는 생각할 여지가 없는데, 그런 거야 어찌 되든 상관없었다. 지금은 그저 앨리스 해서웨이의 목소리가 듣고 싶었다. 가능하다면 지금 당장 LA로 날아가 앨리스를 이 품에 안고 싶었다.

내 마음을 알아차렸는지, 할런 경부보는 이야기를 중단하고 운전에 전념했다. 서드 애비뉴에 있는 MGM 그랜드 디트로이트에 도착하자 거의 무례라고도 할 수 있는 태도로 차에서 내리려는 내게 그가 말했다.

"녀석이 며칠 동안 그린 그림입니다." 그렇게 말하고 커다란 마닐라 봉투를 내밀었다. "우리 통역관에게도 보여줬는데 당신에게도 드리죠."

체크인하고 방으로 들어온 나는 봉투를 서류가방과 같이 소파에 내던지고 앨리스에게 전화를 걸었다. 내 절박한 마음을 응대한 것은 자동응답의 기계 음성뿐이었다.

오랫동안 뜨거운 물로 샤워한 다음 미니 바의 스카치를 텀블러에 부어 단숨에 마셔버렸다. 한 병을 더 따 그것을 천천히 마시면서 마닐라 봉투를 열었다.

연필로 그린 그림이 몇 장 나왔다. 매우 정성껏 그린 인물화로, 고대 장수 같은 옷차림의 남자와 선녀 같은 옷을 입은 여성이 검은 선으로 그려져 있었다. 만약 살인마가 그린 세계가 그의 정신을 반영한 것이라면 이 그림들은 뭘 의미할까. 마음을 들뜨게 하는 그림은 물론 아니었다. 그러나 사악하다고 부르기에는 뭔가가 결정적으로 부족해 보였다. 그림 아래 쓰여 있는 후이엔, 리우따오, 찬랑랑, 헤이샤오, 쭈이서 등은 장수나 선녀, 닌자의 이름일 것이다.

리우따오는 얼음처럼 차가운 눈을 한, 머리가 긴 남자였다. 등에 두 자루의 검을 차고 있었다. 뭔가 기억의 밑바닥에서 꿈틀대는 것 같았는데 너무 애매해서 손을 뻗으면 향의 연기처럼 손가락 사이로 빠져나갔다.

찬랑랑은 혼수상태에서 눈을 떴을 때 윈이 말했던 누에와 관련이 있을까?

내 눈은 헤이샤오에 못 박혔다. 하얀 탱크톱을 입은 까까머리의 헤이샤오는 한 손에 길고 검은 피리를, 다른 한 손에는 마작 패를 들고 있었다. 피리에서 떨어지는 것은 피 같았다. 피 웅덩이 속에 작은 아이 하나가 쓰러져 있었다. 양쪽 눈이 'ㄨ'자로 그려져 있는 걸 보니 그 아이는 죽은 모양이다.

헤이쌰오는 내 새아버지였고 죽은 것은 나였다.

원의 목소리가 되살아났다. 내 목을 조르면서 중얼거렸던 '헤이쌰오'는 바로 이 그림의 인물이었다. 그것이 마중물이 되었다. 일사병으로 쓰러진 할아버지 대신 원이 포대극을 했을 때 콜드 스타의 적이 리우따오 아니었나. 찬랑랑이 입에서 토해내는 은빛 실에는 눈에 보이지 않는 작은 누에가 붙어 있어서 흡입하면 누에가 몸속을 실로 채워 결국은 적을 질식해 죽게 만든다고 했다.

그리고 쭈이서.

침대 위에 던져놓은 스마트폰이 울려, 나는 상대를 확인하고 통화하려고 화면을 밀었다.

"안녕, 제이." 앨리스 해서웨이가 주위의 소음에 지지 않으려고 목소리를 높였다. "아까 전화했지? 미처 몰랐어."

"앨리스, 뭐 해?"

"사무실 사람들과 블루 호시즈에서 마시고 있어. 지금 로드리게스 형님이 도널드 트럼프를 욕하고 있지. 로드리게스 형님, 알지?"

로드리게스 형님이 누군지는 짐작이 가지 않았으나 그 로드리게스 형님이 "이상한 머리 스타일을 한 인종차별주의자!"라며 아우성치는 소리가 들렸다.

"디트로이트는 어때?"

"얼어버릴 것처럼 추워. 이런 동네, 정말 싫어."

"제이, 왜 그래? 무슨 일 있어?"

"아냐." 나는 손에 든 쮜서 그림을 내려다봤다. 그것은 몸 하나에 머리가 세 개 달린 커다란 뱀이었다. 머리에는 인간의 얼굴이 달려 있다. "호텔에 돌아와서 전화해본 거야. 그게 다야."

"일이 잘 안 풀려?"

"목이 졸렸지."

"정말? 괜찮아?"

"응."

"상대는 색맨이야. 아무리 어릴 적 친구라고 해도 방심하면 안 되지 않을까?"

"그렇지."

"잠깐만." 조금 있다가 앨리스의 주위가 조용해졌다. "가게를 나왔어. 자, 말해봐."

"그냥 네 목소리가 듣고 싶었어."

"나한테는 안 통해. 너는 영 감추는 게 서투르다고 몇 번이나 말했나? 전화로도 금방 안다고."

웃고 말았다.

"'네 탓이야. 너 때문에 이렇게 됐어'라는 말을 들었겠지? 사이코패스가 하는 말은 일일이 신경 쓰지 마."

"그런 말을 듣기도 전에 습격을 당했지."

"그 녀석이 색맨이 된 건 네 탓이 아니야."

"하지만 그는 나를 위해……."

"제이슨 선."

"……."

"육체적인 의미에서도, 정신적인 의미에서도, 그리고 비유적인 의미에서도 너는 아무도 죽이지 않았어. 알겠어?"

"하지만……."

"나 진심으로 하는 소리야."

"알았어."

"제이, 잘 들어. 색맨이 아이들을 죽이면서 쾌락을 얻었는지, 아니면 다른 이유가 있었는지 그건 아마 색맨 자신도 잘 설명할 수 없을지 몰라. 그가 TBI라면 더욱 그렇지. 연쇄살인마의 살인 충동이라는 거, 나중에 전문가들이 가져다 붙인 말이야. 이런 데 정답은 없어. 정답 대신 누군가의 생각이 있을 뿐이지."

"그렇지."

"인간은 언제나 그 누군가의 생각으로 만들어지지."

"자크 라캉."

"맞아. 위대한 철학자 라캉 선생의 생각이지. 내가 하고 싶은 말은 제이슨 선이라는 인간을 만든 사람은 바로 나, 앨리엇 해서웨이라는 거야. 거기에 색맨이 들어올 여지는 없다고."

내가 한 박자 쉬고 말했다.

"앨리스, 나 좀 진정됐어."

"그거 잘됐네."

"아마도 나는 많은 걸 잊고 있었나 봐. 많은 걸 기억해야 하는 건 나일지 몰라."

"30년 전의 일은 기억하지 못하는 게 정상이야." 전화를 끊기 전에 앨리스 해서웨이는 밝게 말했다. "아까운 주말인데 너도 거리로 나가 즐겨."

갑자기 조용해진 방에서 나는 원의 그림을 내려다보며 위스키를 머금었다. 창밖에 펼쳐진 디트로이트의 야경으로 시선을 옮기자 긴 하루의 끝을 하얀 눈이 장식하고 있었다.

22.

다음 날, 윈은 하얀 구속복을 입고 있었다. 또 주사를 맞았는지, 눈이 촉촉했고 초점이 맞지 않았다.

"어제 일을 기억하세요?" 나는 영어를 썼다. 어제보다 거리를 두고 싶었다. "그러니까 제 목을 조른 일 말입니다."

"내가? 당신 목을?" 그는 이완된 얼굴로 웃고 구속복 안에서 몸을 움직였다. "다리가 부러지고 게다가 두 팔을 쓸 수 없는데?"

천장 스피커가 살아나 데이브 할런으로 여겨지는 소리가 내 안부를 걱정해주었다. 위험하다고 판단되면 바로 달려가겠습니다, 제이슨. 나는 감시카메라에 고개를 끄덕이고 본론으로 들어갔다.

"오늘 묻고 싶은 것은 소년들을 살해했을 때의 당신 심경입니다."

내 페이스대로 일하려는 마음에 단도직입적으로 들어갔으나 반응은 둔했다. 구속복의 가슴이 규칙적으로 오르내렸다. 땀을 흘리거나 눈을 더 깜빡이거나 다리를 떠는 것 같은 긴장의 특징은 보이지 않았다.

"당신이 그렸다는 그림을 봤습니다." 폴더에서 그림들을 꺼내 테이블에 펼쳤다. "후이엔, 리우따오, 찬랑랑, 헤이쌰오, 쭈이서 다 당신이 그렸죠?"

"내 적이야."

"적······이요?"

"내 형을 죽인 놈들이야."

"당신 형은······" 서류가방에서 해당 자료를 꺼냈다. "1984년 2월 13일 심야, 타이베이 시 런아이루에서 오토바이를 타고 가다가 원한을 산 남자에게 맞아 가로수에 충돌해 사망했습니다."

"적은 여섯 명이지."

망상이다. 원의 형을 살해한 사람은 황웨이라는 남자 하나였으니까. 아강이 건네준 자료에 따르면 황웨이는 1991년에 교도소를 나온 후 나이트클럽 종업원, 토목공사 인부, 빚 받으러 다니는 사람 등 여러 일을 전전하다가, 1997년 6월에 불에 타 죽었을 때는 입체주차장의 관리인을 하고 있었다. 그날 새벽, 그가 사는 아파트에서 불이 났다. 황웨이는 잠옷 차림으로 일단 밖으로 도망쳤는데 한 여성이 울며불며 그에게 매달렸다. 아이가! 아이들이! 여성은 반미치광이 상태였다. 그는 여성에게 몸을 돌려 주저 없이 불타는 건물로 들어갔다. 단숨에 4층까지 뛰어올라 연기로 얼굴을 까맣게 그을린 채 한 사람을 구한 후 도착한 소방대의 제지도 뿌리치고 다시 맹렬한 불길과 검은 연기 속으로 뛰어들었다. 나는 질문을 계속했다.

"그게 당신이 죽인 소년들과 관계가 있습니까?"

"그런데 마지막 한 명을 계속 찾지 못했어."

"찾지 못했다? 과거형으로 말하는 걸 보니 지금은 찾았다는 말입니까?"

"색맨."

"그건 당신입니다. 당신 자신이 당신의 여섯 번째 적입니까? 그러니까 당신 안에 다른 인격이 있고 그것이 당신의 여섯 번째 적이라는 뜻입니까?"

"당신은 어떻게 생각하지?"

"내 의견은 중요하지 않습니다."

"그래도 어떻게 생각해?"

"그럴 수도 있다고 생각합니다." 네가 TBI라고 생각한다면, 라는 말을 삼켰다. "나를 공격했을 때 당신은 '헤이쌰오'라고 말했습니다."

"내가?"

"나를 헤이쌰오라고 생각했나요? 만약 그렇다면 당신은 스스로 콜드 스타라고 생각합니까? 적어도 당신 안에는 콜드 스타의 인격도 있다는 말이죠."

"의미 없는 헛소리야."

"연쇄살인마는 의미 없는 헛소리 같은 건 하지 않습니다."

그는 누에고치처럼 꽁꽁 묶인 몸을 흔들며 웃었다.

"웃깁니까?"

"이유가 있어서 사람을 죽이는 것과 이유 없이 사람을 죽이는 것, 무슨 차이가 있지?"

"보통은 이유 없이 사람을 죽이지 않습니다. 보통 사람은 이해하지 못하겠지만 살인자에게는 그들 나름의 이유가 있죠."

"예를 들면?"

"그냥 사람을 죽이고 싶었다, 거나."

"그럼 그런 것으로 하지."

"그럴 리가 없죠."

"왜?"

"당신은 이유도 없이 살인을 저지를 사람이 아니니까요."

"어제 만났을 뿐인데 마치 나를 다 안다는 듯 말하네."

작은 가시가 콕 가슴을 찔렀다.

"내게 이유가 있으면 살해당한 아이들이 이해해줄까?"

"그건……."

"잠깐 이리 와줄래?"

"왜?"

"당신에게만 하고 싶은 말이 있어." 슬쩍 천장의 감시카메라로 시선을 던졌다. "그러니까 잠깐 귀 좀 빌려줘."

"그냥 말씀하세요. 어차피 나중에 경찰에 말해야 하니까."

"무섭나? 혹시 내가 당신의 목이라도 물어뜯을 거 같아서?"

맞췄다.

"중요한 얘기야."

나는 주저하면서 자리에서 일어나 감시카메라를 돌아보고 천천히 그쪽으로 돌아갔다.

"좀 더 가까이."

"이미 충분히 가까운 것 같은데요."

"귀를 내 입에 대."

잠시 망설인 다음 나는 그의 요구대로 했다. 감시카메라 너머에서 경찰관들이 몸을 내밀고 있으리라. 그런 그림이 떠올랐다.

"자, 이러면 됩니까…….."

원의 얼굴이 쓱 움직였다.

예상했던 일이 전혀 예기치 못한 형태로 일어났다. 반응도 대처도 불가능했다. 머릿속에서 '경동맥'이라는 문자가 떠올랐으나 원이 내 목을 물어뜯는 일은 없었다.

내가 몸을 뒤로 젖힌 이유는 그의 입술이 내 입술에 닿았기 때문이었다.

"아, 무슨……."

손으로 입을 막은 나를, 그는 휠체어 위에서 웃으면서 올려다봤다. 그 눈에는 투약의 영향 따위는 조금도 없었다. 진정제를 맞았을 것이라는 내 예측은 나만의 바람이었을지 모른다. 나는 공포에 사로잡혀 희망으로 눈가림한 것이었다.

"살인이라는 것도 이런 거야. 당신들 생각처럼 복잡한 이유 같은 건 하나도 없어."

"왜…… 왜 이런 일을?"

말이 제대로 나오지 않아 머리에 피가 솟았다. 어쩌면 반대였을지 모른다. 머리에 피가 솟아 말이 나오지 않았다. 복수야? 그렇게 말하려다 말을 삼켰다. 그럴 리가 없다. 그렇다면…….

"무슨 생각이 났어, 윈?"

"당신은 영어보다 중국어를 할 때 감정이 나오네." 그는 내게 시선을 쏟고 있었다. "이유 같은 건 없어. 당신을 안심시킬 것 같은 이유는."

"……."

"윈이라, 오랜만에 그렇게 불렸네. 정말 자세히 조사했어."

"잘 들어, 윈. 나는……."

"하지만 그렇게 부르지 말아주게." 그가 말했다. "제발 부탁이니까."

앨리스라면, 그런 생각을 했다. 그라면 윈을 이해할지 몰랐다. 앨리스라면 윈을 이해하거나, 이해할 수 없다는 사실을 이해하고 바로 다음 단계로 나아갔겠지.

"당신은 TBI일지 모릅니다." 지독한 피로감에 사로잡힌 나는 편한 길을 선택했다. 즉, 앨리스 해서웨이로 상징되는 미국적인 방식으로 돌아갔다. "그러니까 뇌에 손상을 입은 탓에 흉포해졌다, 그렇게 당신을 변호할 수 있습니다."

윈은 어디라고 할 수 없는 어딘가로 시선을 돌렸다.

"그날을 기억합니까? 그러니까 당신이 머리를 다친 날을."

"사실은 이미 다 알고 있겠지?"

"알고 있습니다."

그의 눈이 쓱 돌아왔다.

"하지만 당신 입으로 듣고 싶습니다."

"왜?"

"그게 제 일이니까요. 가능한 많은 증언을 모으지 않으면 객관적인 사실을 알 수 없습니다."

"객관적인 사실은 내가 일곱 명의 아이를 죽였다는 것뿐이야."

"그것은 당신에게 있어서의 객관적인 사실이지요."

"미국에 있어서지."

"그렇죠. 하지만 객관적인 사실이 모든 일의 본질은 아닙니다. 당신을 사형대로 보내야 하는 게 피할 수 없는 객관적인 사실이라고 해도 그 탓에 이 일련의 사건의 본질까지 묻혀선 안 되죠."

"본질이 사실보다 중요하단 말인가?"

"사실은 변하지 않으나 사실 뒤에 숨어 있는 본질은 다양하게 변하죠. 그것이 피해자의 유족을 위로해줄지 모릅니다."

"아니면 또 다른 상처가 생기겠지."

"맞습니다."

"내가 머리를 다친 경위를 알고 있다고?"

"예."

"미안하지만 애매할 뿐이야."

"기억나는 범위만이라도 괜찮습니다."

원은 한동안 생각에 잠겨 있었는데 아무래도 오늘은 내게 설득되어도 괜찮다고 정한 듯했다.

"친구인 제이에게 전화가 걸려왔어." 그가 조용히, 하지만 또렷한 말투로 이야기를 시작했다. "나는 내 방에서 아무 일도 하지 못하는 상태였지."

나는 IC 녹음기의 녹음 버튼을 눌렀다.

"숙제 같은 걸 할 수 있을 턱이 없었어. 그날은 드디어 그 계획을 실행하기로 했으니까."

그것은 나와 아강이 아홍 아저씨의 시신을 발견한 날의 일이었다.

23.

정적을 쫓으려고 음악을 틀었던 것 같은데 정신을 차리니 다시 정적에 싸여 있었다.

나는 침대에 누워 수없이 계획을 반추했다. 빈틈은 없었다. 오늘로 제이는 그 흉악한 새아버지에게서 해방된다. 나와 아강은 도원의 맹세를 지키는 것이다.

그런데 왠지 아주 중요한 것을 빼먹은 것만 같아 제정신이 아니었다. 방아쇠를 제대로 당겼는데 아무리 기다려도 총성이 울리지 않으니 그것은 어딘가가 결정적으로 잘못되었다는 소리였다. 그렇게 생각하며 도통 울리지 않는 전화에 애가 타 있었다.

하굣길에 제이의 반 여학생을 붙잡고 물어봤다. 선지에선? 그리고 보니 오후 수업을 빼먹은 것 같은데. 왜, 너희들 무슨 짓했어? 너희들? 나도 모르게 되묻자 여자들은 어깨를 으쓱했다. 걔, 남학생들에게 린리강과 놀러 간다고 했으니까. 그 돼지, 너랑도 친하지 않아?

그러니까 제이는 예정대로 움직였다. 이제는 아강이 겁을 집어먹고 계획을 없던 것으로 만들지만 않았기를 기도하는 수밖에 없었다.

일본 만화잡지를 획획 넘긴다. 일본어는커녕 그림조차 머리 위로 미끄러져 사라졌다.

어쩌면 나와 제이, 아강의 관계는 내가 생각한 것보다 주위에 널리 알려진 게 아닐까. 그렇다면 뱀과 우리를 잇는 선도 어렵지 않은 게 아닐까. 경찰이 집에 와 뱀술을 보여달라고 하면 뭐라고 해야 할까? 사실은 집으로 가지고 오다가 떨어뜨려 깨졌어요, 뱀은 죽어서 그 자리에 버렸어요. 정말이에요, 믿어주세요!

새아버지가 죽었다면 제이의 집은 지금쯤 소동이 났을 것이다. 아강과도 한동안 연락하지 않기로 했다. 그러니까, 하고 나는 스스로 다독였다. 연락이 없는 게 최고의 연락이야. 괜찮아, 다 잘된 거야.

그런 탓에 밤 10시가 넘어 전화가 울렸을 때는 입으로 심장이 나오는 줄 알았다. 침대에서 벌떡 일어나 숨을 죽이고 전화를 받은 어머니의 목소리에 귀를 기울였다.

"여보세요, 누구세요?"

"……."

"선지에선…… 몇 번이나 말해야 알겠니? 게다가 지금 몇 시인지 아니? 윈은 너 같은······."

방을 뛰어나와 수화기를 낚아채자 어머니가 짧은 비명을 질렀다.

"윈! 너······."

"제이야?" 손으로 어머니를 제지하면서 수화기에 매달렸다. "왜? 무슨 일 있어?"

"큰일 났어." 말 그 자체보다 그의 목소리가 더 심각했다. "당장 나올 수 있어?"

"지금 어디야?"

"소고기국숫집 옆에 있는 빵집."

"모퉁이에 있는 화이에당이야?" 어머니의 시선을 뿌리치면서 서둘러 말했다. "3분 안에 갈게."

"지금 몇 신 줄 아니?" 그대로 집을 나가려는 내 뒤를 어머니가 소리치며 따라왔다. "그런 아이와 어울리면 안 된다고 했지? 윈, 돌아와라! 듣고 있어, 종스윈!"

스니커즈에 발을 집어넣고 달리기 시작해 샌들을 끌고 쫓아오는 어머니를 따돌렸다. 돌아와라, 윈! 윈! 옌핑난루에서 샤오난면을 향해 달렸다. 가게 문을 닫고 있는 화이에당 벽에 제이가 축 늘어져 기대어 있었다. 아직 공중전화 수화기를 잡은 채였다.

"제이, 무슨 일이야?"

"몰라." 그렇게 말하고 울 것 같은 얼굴로 고개를 흔들었다.

"아훙 아저씨가…… 내가 소고기국숫집에 도착했을 때는 이미…….”

"아훙 아저씨가 뭐?”

"아훙 아저씨가…… 죽었어.”

"뭐……?”

발밑의 땅이 우르르 소리를 내며 무너졌고, 나는 입을 턱 벌린 나락 위에 서 있었다. 고개를 빼 아강의 집을 바라봤다. 샤오난먼의 그늘에 가려 보이지 않았다. 가게 앞에 있는 용수나무가 보일 뿐이었다.

"죽다니. 무슨 소리야?”

"그러니까 모른다고.” 제이가 머리를 감싸 안고 주저앉았다. 왼쪽 손목에 붕대가 감겨 있었다. "내가 왔을 때는 이미 죽어 있었어. 뱀에 물린 것 같아. 목 언저리가 검게 변해 있었어. 오늘 물린 게 아니야. 아마도 며칠 전에…….”

나는 상황을 전혀 이해할 수 없어 공중에 매달려 있는 수화기만 내려다봤다. 수화기는 천천히 흔들리면서 벽을 쿵쿵 치고 있었다. 모든 일은 이 수화기처럼 있어선 안 되는 곳에서 헤매고 있었다.

"아강이…… 아강이 아훙 아저씨에게 매달려 울고 있었어. 나는 구급차를 불렀고…….”

"구급차를 불렀다고?” 녀석의 멱살을 잡았다. "왜 그런 짓을 했어?”

무슨 말인지 모르겠다는 듯 제이가 나를 바라봤다. "왜라니…… 무슨 소리야?"

"네가 뭘 하려고 했는지 잊었어?"

"경찰 말이야?" 그의 얼굴이 증오로 일그러지더니 나를 뿌리치고 벌떡 일어났다. "네가 걱정하는 게 그거야, 원?"

"걱정하는 게 나빠?" 머리에 확 피가 솟아 녀석을 밀치려고 했다. "너, 불만 있어?"

"아강의 아버지가 죽었다고!"

"우리가 죽인 게 아니잖아!"

"우리가 죽인 거나 마찬가지야!"

"아니야!"

"아강에게도 그렇게 말할 수 있어?"

"잘 들어. 나도 아홍 아저씨를 좋아했어. 작년 형이 죽고 부모님이 나를 두고 미국에 갔을 때 살뜰하게 보살펴준 사람이 아홍 아저씨였어. 하지만 이건 사고야. 우리는 분명 네 새아버지를 죽일 계획을 세웠어. 하지만 계획을 세웠을 뿐이야. 제이, 그게 다야. 계획을 세웠다고 죄가 되는 건 아니야."

"나도 아강에게 그렇게 말했어…… 하지만 뱀을 거기 둔 건 우리야."

"아니야."

제이가 눈을 흘겼다.

"우리는 마음속으로 네 새아버지에게 살의를 품었을 뿐이야.

구체적인 행동은 아무것도 시작하지 않았어."

"원, 무슨 소리를 하는 거야?"

"내가 화시지에서 사 온 것은 어디까지나 뱀술이지 사람을 죽이기 위한 뱀이 아니야. 그리고 그 뱀술은 집으로 가지고 오다가 실수로 떨어뜨려 깼어. 뱀은 죽어서 거기 버렸고. 택시에 두고 내렸다고 해도 되고 잠깐 한눈을 판 사이에 누가 훔쳐 갔을 수도 있지."

"우리 뱀이 아홍 아저씨를 물어 죽였어."

"그럴 수도 있고 그렇지 않을 수도 있어."

"원……."

"아무도 그 순간을 보지 못했어."

"하지만……."

"가능성을 말하는 거야, 제이. 작년, 완화에서 도망친 뱀이 아홍 아저씨를 물었을 가능성도 제로는 아니야. 안 그래? 그 가능성도 남아 있는데 경찰도 역시 지금의 너처럼 우리를 범인으로 몰겠지. 하지만 우리가 뭘 했는데? 아홍 아저씨의 죽음에 책임이 없다고는 할 수 없겠지만 교도소에 들어갈 정도로 무겁진 않아."

설득하는 말을 내뱉으면 내뱉을수록 더러워지는 기분이 들었다. 그리고 더러워지면 더러워질수록 나는 집요해지고 고집스러워졌다. 그리고 결국에는 아홍 아저씨의 죽음을 다른 사람의 일처럼 말간 눈으로 바라보는 내가 겉으로 드러나 있었다.

내 말에 설득되어 가는 제이 역시 뭔가를 내던진 듯했다. 초등학교 4학년이던 어느 날, 여동생들을 지키기 위해 불량배에게 분연히 맞섰던 그 자신과 점점 멀어졌다. 세상에서 모든 색깔이 사라진 것 같은 그 눈부신 오후, 나는 운동장에서 싸우는 제이에게 최대한의 성원을 보냈다. 제이를 동경했고 제이가 되고 싶어 목소리가 쉬도록 소리쳤다. 그런 자랑스러운 기억까지 역겨웠다.

빵집에서 사람이 나와 우리를 전혀 개의치 않고 가게 셔터를 내렸다.

정의감이 증발하고 용기가 부서졌다. 슬픔만이 찌릿찌릿 피부를 찔렀다. 눈앞에 있는 제이는 이미 내가 아는 제이가 아니었다.

"그 손목은 왜 그래?"

"아……" 그는 새 붕대가 감긴 왼쪽 손목을 바라보며 말했다. "아강네 계단에서 넘어져서 삐었어."

"병원에서 치료받은 거야?"

고개를 끄덕였다.

"아강은 어때?"

"몰라." 그 목소리에 차분함이 돌아와 있었다. "무척 혼란스러워했어. 당연하지. 구급차가 와서 아홍 아저씨를 살피더니 바로 갔어. 그리고 경찰이 와서 조사했고. 담배꽁초나 유리 파편을 비닐 주머니에 넣어 갔어. 그러는 동안 아강 녀석은 계속 아저씨를 안고 있었어."

"그리고?"

"그리고 구급차가 다시 와서 아홍 아저씨를 싣고 갔어. 나와 아강은 경찰에게 이런저런 질문을 받았는데 거의 기억이 안 나."

"제이, 기억해야 해. 아강이 이상한 말을 하지 않았어?"

"아강은 입을 다물고 있었어. 경찰차에 탈 때도 한마디도 하지 않았어."

"너는?"

"아강과 학교를 빼먹고 놀기로 약속했다고 말했어."

"왜 소고기국숫집에 갔냐는 질문은 안 받았어?"

"우리가 모이는 장소라고 했어."

"나는?" 제이의 눈에 경멸의 빛이 스쳤다. 개의치 않고 밀어붙였다. "나에 대해 말했어?"

그는 눈을 내리깔고 고개를 저었다.

"말 안 했지?"

"응, 안 했어."

"정말이지?"

갑자기 멱살을 잡혔다. 얼굴이 확 다가왔다. 시큼한 입김이 얼굴에 닿았다. 제이의 안에 잠겨 있던 악취에 나는 소름이 돋았고 양심의 가책에 무너질 것만 같았다. 이런 냄새가 우리 안에 있어서 좋을 게 없다. 제이의 호흡은 마치 실패에는 대가가 따른다는 사실을 알려주는 것 같았다. 실컷 두들겨 맞으면 자신을 불쌍하게 여길지도 모른다. 완전히 깨끗하게 제이와 결별할 수 있을지도 모른다. 하지만 녀석은 그렇게 하지 않았다. 산 채로 먹어버리겠다는 듯 노려보더니 고개를 돌리고 나를 내동댕이쳤다.

"아무에게도 말하지 않았어." 그 목소리에는 이쪽에 붙으려는 위약함이 들러붙어 있었다. "적어도 나는 아무 말도 하지 않았어."

"대충 사정은 알았어." 나는 안도와 낙담을 동시에 느끼면서 말했다. "오늘은 이만 돌아가."

"너는? 너는 어떻게 할 거야, 윈?"

"아강에게 연락해야지."

"여러 번 전화했는데 아무도 안 받아."

"일단 너는 집에 가." 망설이는 제이의 손을 나는 강하게 잡았다. "YO. 아무 걱정하지 마, 형제. 아강과 연락되면 바로 알려줄게."

집에 돌아와 수없이 아강에게 전화를 걸어봤으나 제이의 말처럼 전혀 연결되지 않았다. 한없이 이어지는 공허한 호출음만으로도 충분히 초조한데 거기에 어머니의 불평이 더해지자 닥치는 대로 누군가를 죽이고 싶은 기분이 들었다.

어쩌면 콜드 스타의 형을 죽인 사람은 나 같은 사람이었을지 모른다. 나는 사악한 뱀 같은 놈으로 그렇지, 이름은 쭈이서로 하자. 쭈이서가 이 세상에서 제일 증오하는 사람은 언제나 자신을 어린애 취급하는 어머니다. 어디 갔었니? 이렇게 늦게까지 애가 돌아다니다니! 나쁜 사람이 보면 어쩌려고. 얘, 엄마는 너를 생각해 말하는 거야. 너까지 무슨 일이 생기면 엄마는 더는 못 살아. 그러니까 부탁이야……

수화기를 전화기에 때려 부수듯 내려놓자 다행히 어머니가 잔소리를 뚝 그쳤다. 그러지 않았다면 수화기를 어머니의 얼굴에 던졌을지 모른다. 다시 한 번 전화기에 화풀이하고 어머니의 눈을 보지 않은 채 방으로 돌아갔다.

형광등 아래 서서, 내가 고안한 악역들을 하나씩 소환해 세상 사람을 모두 죽여버리는 방법을 생각했다. 후이엔, 리우따오, 찬랑랑, 헤이샤오, 쭈이서…… 콜드 스타의 적은 여섯 명이라는 설정이라 나머지 한 명이면 전원이 등장하는 것이다. 그렇게 생각하니 조금 기분이 좋아졌다. 마지막 하나는 가장 강인하고 가장 잔인하며 가장 똑똑하게 만들자. 이 녀석이 다른 놈들을 모아 악의 제국을 만드는 것이다.

아무래도 잠들지 못하고 침대에 시체처럼 누워 있는데 방문이 살그머니 열렸다.

책장에 있는 형광 탁상시계를 보니 오전 0시를 훨씬 넘어서고 있었다.

"원?" 복도 불빛을 등지고 아버지가 고개를 내밀었다. "자니?"

"보통은 그렇지."

"들어가도 되니?"

나는 몸을 일으켰다.

"어머니에게 들었다. 밤늦게 집을 나가면 안 되지."

"10시밖에 안 됐었어."

"어쨌든, 어머니에게 걱정을 끼치지 말아라."

대답하지 않고 있으니까 아버지가 살짝 몸을 틀었다. 한심한 딸꾹질이 들려와 술을 마셨다는 걸 알 수 있었다.

열린 창문으로 들어오는 시원한 밤바람이 커튼을 흔들었다. 나는 아버지의 실루엣을 바라봤다. 문틀에 몸을 기대고 입을 다물고 넥타이를 풀고 있다. 기분 좋은 바람이 부는 밤에 아버지는 숨이 막히는 듯했다. 어머니의 말을 듣고 하고 싶지도 않은 일을 하는 것이다.

"알았니, 원?"

"그냥 좀 내버려 둬."

아버지가 꿈지럭거리며 몸을 움직이자 바닥에 떨어졌던 어스름한 불빛 속의 그림자도 천천히 움직였다. 아버지의 그림자는 당황했고 조금은 될 대로 되라는 것처럼 보였으나 그래서 더 아버지보다 정직하게 보였다.

나는 몸을 뒤척였다.

아버지는 잠시 서 있었다. 그리고 조용히 나갔다. 벽에 비친 빛이 천천히 가늘어지더니 곧 다시 어둠으로 돌아왔다.

24.

전날의 수다가 거짓말처럼, 다음 이틀은 대단한 수확도 없이 그냥 지나갔다.

지금까지는 그와 나의 기억에 별다른 차이가 없었다. 그날 밤, 우리는 확실히 샤오난먼의 빵집 모퉁이에서 만났다.

윈을 따르기로 정했을 때 어쩌면 내 인생은 변하기 시작했는지 모른다. 나는 그의 말대로 집으로 돌아와 평소와 다름없이 그 남자에게 맞았다. 아프지도 않았다. 오히려 맞는 게 당연한 것 같았다. 내가 아파하지 않자 그는 금방 질린 듯 그만뒀다. 그날 밤의 공포와 비교하면 몸의 고통쯤은 아무것도 아니었다.

그리고 나는 변했다. 시간을 들여 천천히. 평범했던 불량소년이 자신에게 벌어진 일에 겁먹고 법률이라는 이름의 새로운 폭력에 매달렸다. 돼지처럼 비대해지는 불안을 없애기 위해서는 법률밖에 달리 방법이 없었다. 변호사로서의 오늘날의 내입지는 모두 그날 밤의 기만 위에 쌓인 것이다. 그런데 윈은 내

몫까지 걱정을 짊어지고 맨션 옥상에서 떨어지고 말았다. 다음에 만났을 때 그는 병원 침대에서 온갖 생명유지장치를 매달고 있었다.

데이브 할런 경부보를 비롯해 디트로이트 시경 제12분서의 면면들은 친절했다. 지는 싸움이 분명한 변호사에게는 모두가 약간의 배려를 할 수밖에 없었다. 그들은 내게 고개를 끄덕여줬고 친절하게 어깨를 두드렸으며 커피를 마시며 서글프게 바라보는 사람도 있었다.

"범죄자와의 접견에서 자주 있는 일 아닌가?" LA에 있는 앨리스 해서웨이가 말했다. "용의자와 무의미한 잡담이나 하는 건 빠질 때가 됐다는 거야."

"그럴지도 모르지."

나는 창가에 앉아 디트로이트의 야경을 내려다보면서 스마트폰을 고쳐 잡았다.

"그런데 더 할 수 있는 일이 있을 것 같아."

"저기, 제이. 네 대만 의뢰인도 이런 재판에서 이기지 못한다는 건 알고 있잖아. 그저 네게 색맨의 곁에 있어 달라는 의뢰였잖아?"

"그야 그렇지만……."

"게다가 색맨은 사형 존치 주에서 재판받길 바라고 있어. 그는 사형되기를 바라지. 종신형이 아니라. 그러니까 네가 지금 말한 '더 할 수 있는 일이 있을 것 같아'라는 말은 스스로 위로

하기 위해 더 할 수 있는 일이 있다는 뜻이지."

"……."

"그건 네게 중요하니까 물론 내게도 중요해. 하지만 다른 사람들, 특히 색맨에게 중요한 일이라고 단정할 순 없어."

"오히려 전혀 중요하지 않다고 말하고 싶은 거지?"

"맞아." 잠음이 우리 사이를 달렸다. "고등학교 때 내 첫 남자친구가 자살했어. 전에 말했지? 유서도 없었어. 그저 어느 날, 그는 아버지의 권총으로 자기 머리를 쐈어. 나는 충격으로 몇 년간 제대로 살 수 없었어. 그가 자살한 이유를 찾아야만 했지. 자책할 때도 있었어. 하지만 말이야, 제이. 자살한 사람의 기분 같은 거, 결국은 아무것도 알 수 없었어."

"그렇지."

"진심을 말해도 돼?"

"물론이지."

"색맨은 이미 완전히 죽었어. 너는 지금 죽은 사람과 대화하고 있지. 그리고 가능하면 죽은 사람의 입에서 용서의 말을 듣고 싶은 거야. 그가 그 변변치 못한 옥상에서 떨어진 것은 네 탓이 아니었다는 말을 듣고 싶은 거지."

이를 드러내고 달려드는 진실에 나는 어찌할 바를 몰랐다.

"하지만 그런 일은 없어. 색맨 같은 살인자는 이미 완전히 죽은 거나 마찬가지인 상태에 있어. 그리고 죽으면 아무 말도 하지 못해. 말할 필요도 없지. 죽음은 그렇게 완벽한 거니까."

"앨리스, 내가 어떻게 하면 좋을까?"

"글쎄, 나도 몰라. 그건 네가 스스로 생각해, 제이."

전화를 끊고 잠시 호텔 창으로 멍하니 밖을 바라봤다. 얼마 후 코트를 들고 방을 나왔다. 엘리베이터로 로비에 내려와 택시를 잡으려는 도어맨을 제지하고 그대로 걷기 시작했다.

눈은 내리지 않았으나 바닥에서 냉기가 올라오는 밤이었다. 싸늘한 달이 밤하늘에 걸려 있었다.

어디를 걷는지조차 알 수 없었으나 하얀 호흡을 훅훅 내뱉으면서 일단 하염없이 걸었다. 앨리스의 말을 생각했다. 나는 원에게 용서받고 싶은 걸까? 모든 의미에서 그렇게밖에 생각할 수 없었다. 나는 30년 전에 그에게 응석을 부렸고 지금도 그러려고 하고 있다. 아강이 알려줄 때까지 원이 색맨이라는 것조차 몰랐으면서. 이미 앨리스 해서웨이와 새 인생을 걷기 시작했으면서.

내가 고등학교에 다닐 때 원은 바닥 모를 악몽 속에 있었다. 내가 군대에 있을 때 원은 끔찍한 재활을 견뎠다. 내가 미국에서 변호사 경력을 시작했을 때 원도 그리 멀지 않은 곳에서 멕시코인을 위해 그릇에 그림을 그리고 있었다. 내가 앨리스 해서웨이를 얻었을 때 원은 고독 속에서 아이들의 생명을 빼앗고 있었다.

보통 때라면 결코 발을 들여놓지 않을 뒷골목으로 들어섰다. 자업자득이라는 이름의 골목에. 어둡고 위험한 곳으로 들어가기에 좋은 밤이었다. 나는 자신을 위험에 노출하고 그 위험을 통과함으로써 용서를 얻으려고 했는지도 모른다.

여러 골목을 터덜터덜 걸었다.

그리고 드디어 내가 기다리던 곳에 도착했다. 어둠 속에서 남자들이 드럼통에 불을 지피고 술을 돌려 마시고 있었다. 그들이 나라는 인간의 값어치를 저울질해줄 것이다. 이런 남자들은 위선을 감별하는 데 개처럼 예리한 후각을 가지고 있다. 나는 대형 철제 쓰레기통을 지나 천천히 그들에게 다가갔다.

말소리가 그쳤다.

"몸이 얼 것 같아." 내가 먼저 말을 걸었다. "뭘 마시고 있지?"

그들은 움직이지 않았다. 잠시 서 있으니까 한 사람이 다가와 불을 달라고 했다. 드럼통 안에 저렇게 많은데. 나보다 머리 하나는 큰 흑인이었다.

"담배 안 피워."

"아하, 그래?" 남자들은 동료들을 향해 목소리를 높였다. "이 녀석, 담배는 안 피운다네."

동료들이 웃었다.

"너, 옷이 좋네. 아주 비싸 보여, 응?"

"그렇지 뭐."

"술을 마시고 싶어? 우리 술을?"

"솔직히 그렇지도 않아."

"그런데 아까 뭘 마시냐고 물었잖아?"

"응."

"왜 이런 데 한국인이 어슬렁거리지? 게다가 흑인에게 말을 걸고. 약이 필요해?"

그 한국인은 속내를 떠보는 거야, 그의 동료가 소리쳤다. 어이, 윌리. 네 32구경을 보여주라고.

"그래?" 남자는 양손을 펼쳤다. "내 총이 보여?"

나는 그 자리에 선 채 다음에 일어날 일을 기다렸다. 남자가 종이봉투에 든 술병에 입을 대더니 내게 내밀었다. 그래서 마셨다. 달콤한 화이트와인이었다. 술병을 돌려줄 때 머리를 두 동강 낼지도 몰랐다. 불꽃이 장작을 쪼개며 불티를 날렸다. 술병을 남자에게 돌려주고 다시 한동안 나란히 서 있었다. 바람이 불어와 골목의 쓰레기들이 부스럭거렸다.

"뭐, 마음대로 안 될 때가 있는 법이지." 남자가 말했다. "하지만 내게 말한다고 더 잘되라는 법도 없어."

"그렇지."

"그럼 나는 친구들에게 돌아갈게."

"아, 나도 이제 갈게."

남자가 등을 돌렸고 나는 다시 걷기 시작했다.

하필 이런 밤에 세상은 참 다정했다.

25.

내 행운은 다음 날도 여전했다.

면회실에 들어가자마자 반짝이는 눈으로 윈이 입을 열었다.

"생각났어!" 그 목소리는 흥분에 들떠 있었다. "지금까지는 뜨문뜨문 생각났는데 꿈속에서 전부 이어졌어."

"뭘 기억하셨어요?" 나는 그의 건너편에 앉아 IC 녹음기를 테이블에 내놓았다. "천천히…… 침착하게, 천천히 말씀하세요."

"토요일이었어. 수업이 끝나자마자 나는 학교를 뛰쳐나와 택시를 잡았지. 가는 곳을 말하기도 전에 운전사가 물었어. '어딜 그렇게 급하게 가?' 그 운전사 얼굴까지 기억해. 색깔이 있는 안경을 썼고 조수석에 파란 물통이 있었어."

나는 짧게 가는 곳을 대고 창밖으로 고개를 돌렸다. 운전사는 더는 묻지 않고 잠자코 차를 출발시켰다.

목요일 밤, 그리고 금요일 내내 아강과 연락이 닿지 않았다.

그런 탓에 내 안에서 불안과 공포가 터질 것만 같았다. 교도소를 떠올리지 않을 수 없었다. 내게 교도소란 디트로이트 시경 제12분서 같은 깔끔한 곳이 아니라, 스티브 맥퀸이 주연한 〈빠삐용〉이라는 영화에 나오는 곳이었다. 줄무늬 죄수복을 입고 석조 독방에 갇혀 식사도 제대로 하지 못해 이따금 바퀴벌레를 잡아먹어야 살 수 있는 장소.

교도소만큼이나 내 신경을 긁는 것은 어머니의 앙칼진 소리였다. 지난 이틀 동안 금속성 목소리가 내내 내 귀를 괴롭혔다. 형이 죽은 다음 해 동생까지 교도소에 가는 지경이 되면 어머니는 완전히 망가지겠지.

신이루 2가에서 택시에서 내려 맨션 인터폰을 눌렀다. 대답이 없어서 계속 눌러댔다. 역시 아무 응답이 없었기 때문에 출입구 옆에서 우두커니 기다렸다. 한참 있으니까 안에서 여성 하나가 나왔다. 현관문이 닫히기 전에 나는 맨션 안으로 숨어들었다.

"잠깐, 너 여기 사니?" 등 뒤에서 여자 목소리가 쫓아왔다. "어디 왔니?"

"7층 진씨 집에 가려고 합니다."

"인터폰을 눌러봤니?"

아마도 그 여성이 타고 왔을, 마침 1층에 서 있던 엘리베이터로 도망쳤다. 상승을 계속하는 표시 등을 올려다보고 있는데 등이 땀에 푹 젖어 있었다.

반들반들한 대리석 복도 끝이 아강의 집이었다. 방범 때문에 문은 이중이었다. 바깥쪽 철제 격자문은 닫혀 있었으나 환기를 위해 안쪽 문은 열려 있어서 안을 살필 수 있었다. TV가 켜져 있었다. 나는 벨을 누르고 아강의 이름을 불렀다. 사람이 움직이는 기척이 나고 철제 격자문 너머에서 다다가 얼굴을 드러냈다.

"원?"

"다다, 아강 있어?"

"왔어?" 문이 열렸다. "아까 인터폰을 무지막지하게 누른 사람이 형이었어? 지금 어머니가 없는데, 그럴 때는 받지 말라고 해서."

초췌했으나 여전히 해맑은 다다를 보고 아강이 아직 아무 말도 하지 않았다는 걸 알았다.

"아홍 아저씨 일은…… 뭐라고 해야 좋을지."

"어머니가 지금 경찰서에 갔어. 오늘 부검 결과가 나온대."

"너는 괜찮아, 다다?"

"어떤지 잘 모르겠어…… 왜 그래, 원?"

"아니, 네 말투가 예전 같아서."

"그런가." 어깨를 으쓱한 다다가 초등학교 6학년으로는 여겨지지 않을 정도로 어른스럽게 보였다. "아버지를 생각하던 참이라 그런가."

"아강은 어때?"

"계속 울어. 젠장, 아무리 운다고 살아 돌아오는 것도 아닌데."

"다다, 무리하지 마. 울고 싶을 때는 울어도……."

"어제 말이야, 형이랑 소고기국수를 만들었어."

"⋯⋯."

"그렇게 싫던 소고기국수가 갑자기 먹고 싶어서. 둘이 시장에 가서 고기랑 팔각이랑 사서 만들었는데 너무 맛없더라. 소고기국수는 굉장히 어려워."

"다다⋯⋯."

"형은 옥상에 있어."

그렇게 말하고 훌쩍 TV 앞으로 돌아갔다.

나는 현관 옆 계단을 올라 옥상으로 나가는 철문을 열었다.

5월의 뜨거운 햇살이 눈을 찔렀고 아직 성숙하지 못한 열풍이 불어왔다. 공사 중이었던 증축하는 방은 거의 완성되어 있었다. 만들다 만 울타리에는 비에 젖지 않도록 파란 시트가 덮여 있었다. 벽돌과 쓰레기가 한군데 모여 있었고 손수레에 시멘트 부대가 실려 있었다.

아강은 증축한 방의 지붕에 가부좌를 틀고 앉아 있었다. 녀석이 먼저 말을 걸었다.

"올 줄 알았어." 만약 불길한 예감에 소리가 있다면 그때의 소리가 바로 그랬다. "포기해. 나는 경찰서에 갈 거야."

"지금 어머니가 갔다며?" 나는 맞바람에 목소리를 높였다. "왜 같이 안 갔어?"

"네게 의리를 지키려고."

"내 탓이라고 생각해, 아강?"

"너와 나와 제이의 탓이지."

"그건 사고야. 누구 탓도 아니야."

"우리 셋 탓이야."

수그러들었던 이명이 갑자기 커졌다.

"꼭 가야겠어?"

"응, 말려도 소용없어."

나는 눈을 감았다. 예상했다. 그것은 아강이 다른 어떤 것으로, 내가 결코 이해하지 못하는 뭔가로 변모하는 순간이었다. 이렇게 된 이상 더는 누구도 아강을 말릴 수 없었다. 그렇다. 아홍 아저씨와 리양 씨의 아수라장에서 단호하게 몸을 돌릴 때처럼.

"아버지는 우리 탓에 죽었다고 솔직하게 말할 거야." 아강이 말했다.

"점괘 패를 던져 정하지 않을래?"

"필요 없어."

"형제를 위해 한 걸음 내딛는 게 당연하다고 했지, 안 그래?"

"시끄러워."

"다 같이 교도소에 가게 될 거야."

"내 알 바 아니지."

"그럼 다다는 범죄자의 동생이 돼."

"……"

"왜 하필 이럴 때만 경찰에 의지하지?" 여유를 주지 않고 몰아붙였다. "애당초 경찰이 아무것도 해주지 않으니까 우리 손으로 제이의 새아버지를 죽이려고 했잖아. 경찰에 상담해도 소용없으니까 룽산사에 참배했잖아. 그런데 왜 이제 경찰이지? 너는 그저 편해지고 싶을 뿐이잖아. 누군가의 결정으로 대가를 치르고 누군가에게 용서를 받고 싶은 거야. 우리, 형제 아니야? 이럴 때 형제를 지켜야 하는 거 아니야?"

"형제?" 아강이 일어나 나를 가리켰다. "웃기지 마! 종스윈, 너는 제이의 맘에 들고 싶었을 뿐이야! 내가 모를 줄 알았어? 너는 초등학교 때부터 제이를 동경했어. 말해봐. 제이가 키스했을 때도 싫지만은 않았지? 너는, 너는……."

"성이 차나?"

"젠장!"

"거기 가도 돼?"

아강이 푹 주저앉았다.

증축한 방 벽에 스테인리스로 만들어진 사다리가 설치되어 있었다. 거기에 발을 걸기 전에 주먹 정도 되는 벽돌 조각을 집었다. 반쯤 무의식이었는데 완전히 무의식은 아니었다. 금속성 소리가 끊임없이 고막을 긁어댔다. 아강을 말리는 일, 어머니를 구하는 일, 자신을 보호하는 일이 내 안에서 드잡이하며 살의와 비슷한 것으로 모습을 드러냈다.

아강은 이쪽에 등을 돌리고 무릎을 안은 채 앉아 있었다.

평평한 콘크리트 지붕이 오후 햇살을 받아 하얗게 보였다. 빈 시멘트 부대가 떨어졌다. 머리 위로는 푸른 하늘이 펼쳐져 있었는데도 전망은 그리 좋지 않았다. 복잡하고 좁은 거리의 여기저기에 죽음과 뱀과 망가진 어머니가 잠깐씩 드러났다가 사라졌다.

"제이는 좋은 녀석이야."

"윈, 입 다물어. 아무 말도 하지 마."

"아강, 처음 제이와 놀기 시작한 사람이 너잖아. 원래 나는 그 녀석과 친구도 아니었어. 조금 전 얘기는 너무한 거 아냐? 내게 도 제이에게도?"

짧은 침묵 후에 아강이 툭 말했다. "미안해."

"기억해? 제이와 처음 말했을 때? 나와 네가 싸웠고 직원실 앞에서 대면했지."

"진심으로 그런 말을 한 건 아니야."

"제이는 사실 머리가 좋은 녀석이야. 너는 기억하지 못할지 도 모르지만, 초등학교 3학년 정도까지는 늘 학년에서 5등 안 에 드는 성적이었어."

"무슨 말을 하고 싶은 거야?"

"3학년 때 그 녀석은 타오지에썬에서 선지에썬으로 이름이 바뀌었어."

"그래서?"

"그 후로 네가 잘 아는 제이가 되었지. 성적도 너와 비슷해졌 고 담배를 피우고 싸움도 하고, 선생들도 눈여겨보는."

"그래서 뭐?" 아강이 일어나 나와 마주 섰다. "나는 우등생이니까 내 말을 들어라?"

"그 후로 제이는 해마다 내내 상처를 달고 다녔어. 싸움 상처, 새아버지에게 맞은 상처…… 초등학교 3학년 때부터 오늘까지 계속. 집에서도 밖에서도 늘 누군가가 그 녀석에게 상처를 입혔지. 나도 그 녀석에게 상처를 줬고 너도 그랬지."

아강이 눈을 피했다.

"그래서 우리는 그 녀석이 안고 있는 가장 큰 문제를 제거하려고 했어." 일단 숨을 들이켰다. "그런데 실패했지. 그 녀석은 앞으로도 새아버지에게 맞을 거고, 너 하기에 따라서는 교도소 안에서도 맞으며 다른 죄수들과 싸워야 해."

아강이 화를 내며 달려들 거라 예상했는데 그러지 않았다. 아홍 아저씨의 죽음을 놓고 아우성치는 대신 녀석은 눈물을 흘렸다.

자신이 돌이킬 수 없을 정도로 더러워진 느낌이었다. 아강의 눈물에 마음이 움직이지 않았다는 게 아니라 그 눈물에서 농락의 조짐을 잡아냈다. 나는 제이를 걱정해 그런 말을 한 게 아니었다. 아강의 정에 호소하기 위해 제이의 불행을 이용한 것일 뿐이다.

이명이 지독해져 몇 번 머리를 두드렸다. 그래도 어머니의 목소리는 사라지지 않았다. 만약 아강이 경찰에 사정을 이야기하면 어머니는 망가진다. 그리고 내 귀에는 어머니의 목소리가 영원히 각인될 것이다. 다른 누군가를 위해서가 아니라 나 자신을 위해 아강을 설득하고 있었다.

"하지만⋯⋯" 아강이 목소리를 밀어냈다. "나는 아무래도 경찰서에 가야겠어."

"알았어."

"아버지의 짐에 손목시계 두 개가 있었어."

"그래?"

"어디서 샀는지 모를 정도로 싸구려야."

아강의 목소리가 새끼 양처럼 떨리면 떨릴수록 내 마음은 차가워졌고 딱딱해져, 내 마음이 아닌 게 되어갔다.

"그 싸구려를 말이야, 직접 곱게 포장했더라. 그런 일은 지금까지 한 적이 없었어⋯⋯. 있잖아, 다다가 진지엔이에게 받은 손목시계를 내가 부쉈잖아?"

"응."

"그때 아무 말 없이 집을 나간 아버지의 얼굴을 잊을 수 없어. 어머니를 다른 남자에게 빼앗기고 게다가 아들까지 빼앗겼다고 생각했겠지. 그래서 말이야, 나만은⋯⋯ 나만은 편이 되어주어야 해. 그러지 않으면, 아버지가 너무 비참하잖아. 안 그래? 원, 그렇지?"

"맞아."

"젠장, 선물 같은 거⋯⋯ 이미 늦었는데."

나는 숨겨온 벽돌 조각을 녀석의 얼굴에 내리쳤다.

아강이 비틀거렸고 고개를 푹 숙였다. 자세를 바로잡았을 때는 왼쪽 눈언저리가 피범벅이었다.

재빨리 발을 내디뎌 녀석의 머리를 때렸다. 푹 한쪽 무릎을 꿇은 아강의 눈이 공포로 벌어졌다. 괴성을 지르며 달려들었으나 비틀거리는 다리 때문에 땅에 고꾸라졌다. 그 뚱뚱한 몸은 돼지처럼 쓸모가 없었으나 눈만은 살아 있었다. 이런 눈을 하고 있다면 인간은 예컨대 살해되더라도 진 것은 아니다.

떨어져 있던 시멘트 부대를 녀석의 얼굴에 씌우고 그 위로 수없이 내리치자 벽돌이 가루가 되었다. 방수가공을 한 부대에 피가 번졌다.

"네가 잘못한 거야! 네 잘못이라고!"

문제는 눈이야, 맨손으로 아강을 때리면서 그렇게 생각했다. 눈만 보지 않으면 친구도 때려죽일 수 있었다.

계속 때렸다. 자기 안에 있는 증오의 바닥이 도통 보이질 않았다. 그것을 찾으려고 주먹을 휘두르고 있으니 기분이 고양되었다.

정신을 차리니 완전히 늘어진 고깃덩어리를 양쪽 옆구리에 끼고 들어 올려, 옥상 끝을 향해 끌고 가고 있었다. 살의가 있었는지, 스스로도 알 수 없었다. 정체 모를 강한 충동에 사로잡혀 있었던 것만은 확실했다. 후이엔, 리우따오, 찬랑랑, 헤이샤오, 쭈이서…… 내가 공상했던 괴물들이 의기양양하게 웃으면서 손짓하고 있었다. 이쪽에 머무는 것도, 아예 저쪽으로 넘어가는 것도 결국은 마찬가지 아니냐. 아강을 끌면서 그렇게 생각했다.

하지만 맨션에서 떨어진 것은 아강이 아니었다.

용수나무에 부딪치는 바람에 낙하 궤도가 바뀌어 노점의 비닐 지붕을 찢고 길바닥으로 떨어진 것은 아강이 아니었다.

머리를 크게 부딪쳐 그로부터 2년간 잠들어 있었던 것은 아강이 아니었다.

하늘이 기울고 찢어지며 거기서 수많은 생각이 흘러나왔다. 내팽개쳐져 몸에서 중력이 완전히 사라졌을 때 내가 봤던 것은 회색 거리와 오래전 숨바꼭질을 했던 모였다.

"이쪽으로 오지 마, 윈!" 모는 손을 휘휘 저으며 나를 물리치려고 했다. 죽음에서 떨어뜨려 놓으려고 했다. "너는 안 돼, 저쪽으로 가!"

그래도 나는 울타리를 기어올라 죽은 자에게 가려고 했다. 그도 그럴 것이, 차양에 선 형은 정말 하늘을 나는 것 같았으니까.

26.

다음 날은 또 눈이 내렸고, 나는 원을 만나러 가지 않았다.

그렇다고 방에 틀어박혀 자료를 읽거나 변호 방침을 놓고 이리저리 생각한 것도 아니었다.

뭘 할 기력이 나질 않아 온종일 자기만 했다.

저녁쯤 눈을 떠 룸서비스로 식사를 마친 후 호텔 안에 있는 한산한 카지노에서 슬롯머신을 했다. 이길 마음이 있었던 것도 아니었다. 그저 한없이 동전을 넣고 레버를 잡아당겼고 회전하는 드럼을 멍하니 바라보고 있었던 터라 요란한 화재경보기 소리가 울렸을 때는 간담이 서늘했다. 사람들이 줄줄이 모여들어 내 어깨를 두드리며 축하의 말을 던졌다. 받침 접시에 동전이 콸콸 쏟아지는 걸 보고서야 겨우 잭팟을 터뜨렸음을 알았다. 화재경보라고 착각했던 건 행운의 남자를 축복하는 벨 소리였다.

환금 코너로 가져가니 정확히 1,000달러였다. 현금다발을 재킷 주머니에 쑤셔 넣고 바 카운터로 가 드라이 마티니를 마셨다. 두 잔째를 주문했을 때 옆자리에 흑발의 여자가 앉았다. 몸의 곡선이 그대로 드러나는 드레스를 입었는데 나이는 서른에서 마흔 정도였다.

"운 좋은 날이네." 그녀가 말했다. "좀 나눠달라고 해도 될까?"

그녀의 발음을 듣고 멕시코인 창녀가 아닐까 예상했다. 톰 웨이츠(Tom Waits, 유명한 팝 스타)라도 된 기분으로 그녀에게 술을 샀다. 한 잔이 두 잔이 되고, 다시 석 잔이 되었을 때 우리는 서로 몸을 기댄 채 웃었고 그녀의 손이 내 손 위에 얹어져 있었다. 그때 그녀의 오른손에 새끼손가락과 약지가 없는 걸 알아차렸다.

"옛날 남자가 총을 쐈어." 그녀가 드레스 깃을 젖히자 빗장뼈 부근에도 총상이 있었다. "질투가 심해서 내가 바람을 피운다고 착각했어."

"오해를 받았구나."

"말도 안 되는 오해지. 그 녀석이 내 바람 상대였거든."

그 말에 우리는 다시 한바탕 웃었다.

"그래서 그 남자는 지금 어떻게 됐어?"

"내 알 바 아니지. 그보다 당신, 여기 묵어?"

교태를 머금은 그녀의 눈을 보자 옛날 원이 걸인에게 동전을 줬던 일이 떠올랐다. 틀림없이 아강의 어머니가 가족을 버린 날이었다. 첫 번째 걸인에게 10위안짜리 동전을 준 직후에 두 번째 걸인이 돈을 요구했다. 조금 전 노파에게 줬어, 원이 그렇게 말하자 걸인이 이렇게 대답했다. 그 돈으로 아까 노파가 뭘 먹었으면 내 배도 불러?

아마, 하고 나는 마티니에 완전히 취한 머리로 생각했다. 그게 산다는 것이겠지. 세상으로부터 조금이라도 자기 몫만을 빼앗으려 한다. 빼앗긴 녀석은 다른 데서 빼앗으려고 한다. 누구든 그렇게 산다. 걸인도, 변호사도, 창녀도, 살인자도.

그런데 원은 늘 주려고만 했다. 결단코 뭔가를 가지려고 하지 않았다. 나를 위해 계획한 살인인데 그 실패도 전부 혼자 짊어졌다.

한 인간이 그토록 사사로움이 없을 수 있을까? 이념이나 신앙이 있다면 이해할 수 있다. 테레사 수녀도 마하트마 간디도 현세에서의 무사무욕(無私無慾)을 관철했던 것은 천국에서의 보상을 기대했기 때문이다.

"저기 있잖아." 여자가 허벅지를 만졌다. "이렇게 멋진 밤을 좀 더 즐기고 싶지 않아?"

번뜩임이 전류처럼 등줄기를 타고 내달려, 나를 의자에서 벗어나게 했다. 그렇다면 원이 소년들을 살해한 것도 뭔가를 되찾고 싶어서가 아닐까?

"왜 그래?"

나는 주머니에서 슬롯머신으로 딴 돈을 한 움큼 꺼내 눈을 동그랗게 뜨고 있는 여자에게 떠밀듯 주었다.

"잠깐…… 이거, 뭐야?"

"고마워. 오늘 밤은 즐거웠어."

방으로 날 듯 돌아왔다. 알코올 덕분에 마블 모양으로 이리 저리 흩어져 있던 사고 속에서 나는 간신히 진실을 찾아낸 것이다. 테이블 위의 스마트폰을 낚아채 앨리스 해서웨이에게 전화했다.

"알아냈어, 앨리스."

"제이…… 왜 그래, 이런 시간에? 나는 자고 있었어."

"알아냈다고!"

"뭘?"

"진실 말이야!"

"무슨 소리야?"

"윈이 살인한 이유를." 나는 거친 콧김을 냈다. "잘 들어, 앨리스. 그건, 그건 말이야……."

LA와 디트로이트 사이를 침묵이 채웠다.

"제이! 여보세요? 거기 있어?"

"젠장!"

"왜?"

"하고 싶은 말을 잊었어."

"제이, 너 취했지?"

"잠깐만, 바로 생각할게."

"술과 함께 있던 진실은 오줌과 함께 사라지지."

"누구 말이야?"

"내 말이야. 잘 자."

나는 옷을 벗고 화장실에 들렀다가 침대로 뛰어들었다. 시트에 감긴 채 한동안 진실을 찾았으나 앨리스의 말처럼 방광에 담겼던 진실은 한 방울도 남아 있지 않았다.

그래서 그냥 잤다.

하지만 그것은 사라지지 않았다. 그러기는커녕 마치 밤눈이 밝은 새처럼 밤새 내 안에서 지저귀었다.

내 얼굴이 상당히 수척했는지, 데이브 할런 경부보는 입을 열자마자 내 몸을 걱정했다.

"어젯밤, 좀 과음했을 뿐입니다. 그리고 오늘 아침 부지런히 돌아다니다가 면도를 깜빡했습니다. 그보다 부탁이 좀 있는데……."

아침이라고 해도 벌써 정오에 가까운 시간이었다.

늘 지나다니는 복도를 통과해 늘 지나다니는 계단을 올라, 늘 오는 면회실로 들어가 윈이 오기를 기다렸다.

기분 좋게 맑은 하늘이라 철제 격자가 끼워진 창문으로 신선한 햇살이 들어오고 있었다. 경찰관들이 윈의 휠체어를 밀고 들어왔다. 앞선 할런 경부보가 내게 귓엣말을 했다.

"정말 구속복 없이도 괜찮겠습니까?"

"예."

"펜처럼 무기가 될 만한 것들을 다룰 때 조심해주세요. 우리는 별실에서 감시할 테니까."

"면회실 안에 있는 경비도 내보내주십시오."

"당신은 목이 졸렸던 사람입니다."

"부탁입니다, 할런 경부보님."

맘대로 하라는 듯 그는 양손을 들어 올렸다. 경찰관들이 사라지기를 기다렸다가 내가 입을 열었다.

"오늘은 날씨가 좋네."

그는 아무 말 없이 창으로 들어오는 햇살에 눈을 가늘게 떴다.

"경찰이 잘해줘? 필요한 거 없어?"

반응은 없었다.

"중국어와 영어, 뭐로 할까?"

"오늘은 분위기가 좀 다르네."

"이게 평소의 나야. 중국어야, 영어야?"

"맘대로 해."

"내내 생각했어." 나는 중국어로 계속했다. "네가 왜 소년들을 죽였는지. 어쩌면 너는 빼앗긴 것을 되찾으려고 한 게 아닐까. 그런 생각을 했지."

그가 고개를 돌렸다.

"빼앗긴 것?"

"너는 다른 사람에게 주기만 했어. 적어도 내가 아는 너는 그랬어." 말이 넘쳐흘렀다. "사람이 그렇게까지 사사로움이 없을 수 있을까? 나는 거기서부터 생각했어. 변호사로 내가 접한 수

많은 현실은 오히려 정반대였어. 모두 자기 권리를 외칠 뿐이지. 배상금 받을 기회가 생기면 거머리처럼 매달려 떨어지지 않아. 너는 달랐어. 하지만 그건 네가 아직 어렸기 때문이지. 생활을 걱정할 필요가 없는 아이였기 때문에 손해 득실을 따지지 않고 줄 수 있는 측에 있을 수 있었어. 만약 그대로 아무 일 없이 어른이 되었다면 너 역시 주는 쪽에서 빼앗는 쪽으로 바뀌었겠지. 왜냐면 그것이 어른이 된다는 뜻이니까. 어른은 세상을 구할 수 없다는 사실을 알지. 아무리 노력해도 바뀌지 않는 게 있다는 걸 알아. 그렇기에 뭔가를 지키기 위해 어디선가 빼앗아야 하지."

말을 끊고 반응을 살폈다.

"끝났어?"

"아니." 나는 호흡을 가다듬고 정말 화를 내며 이야기를 계속했다. "네 시간은 1985년에 멈췄어. 몸은 어른이 되었는데 마음은 언제나 그때 그대로, 그 장소에, 그곳에 붙잡혀 있지. 네가 샌디에이고에서 접시에 그림을 그리던 10년 전에도 세상은 가차 없이 네게서 빼앗아만 갔지. 네가 고환을 망가뜨린 소년과 너는 친구였지. 그런데도 네게서 빼앗아가려고 했어. 네가 잠든 사이에 지갑을 훔치려고 했어. 알겠어, 원? 한 걸인에게 돈을 주면 다른 걸인들이 줄을 서서 손을 내미는 법이야. 그런 일은 네가 빈털터리가 될 때까지 계속되지. 그러니까 사람은 주기만 해선 안 돼. 누군가에게 뭔가를 줬으면 다른 누군가에게는 주면 안 된다고. 마음이 점점 졸아드니까. 거기서 신을 부르는 녀석은 그래도 다행이야. 천국을 믿을 수 있으면 현세에서는 계속 주는 쪽에 있을 수 있어. 하지만 우리는 달라. 대만인이 신불을 믿는 건 현세의 이익 때문이야. 나도 너도 천국 따위 믿지 않아. 그렇다면 빼앗긴 것을 어디서 찾아야 할까?"

"그거 질문이야?"

"아니. 내가 취해 맘대로 생각했고 오줌을 쌌더니 잊어버렸던 거야. 하지만 오늘 아침 눈을 떴더니 다시 생각났어. 충실한 개처럼 나를 기다리고 있더라."

"그래서 내가 소년들을 죽였다? 빼앗긴 것을 되찾기 위해? 왜 소년이야?"

"너는 열네 살, 열다섯의 2년을 잃었어."

"이런 억지는 처음 듣네."

"알아."

그의 표정이 부드러워졌다.

"수사 자료에 그런 것까지 적혀 있나 보네."

"너는 기억하지 못할지 모르지만, 나는 옛날…… 대만에 있었을 때, 나는 네 친구였어."

"그랬군." 그는 기뻐하지 않았다. "왠지 그런 것 같았어."

"내가 여기 이렇게 있는 것은 아강의 의뢰를 받았기 때문이야."

"아강? 소고기국숫집의 뚱보 아강?"

"그래."

"아강이 내게 변호사를 붙여줘…… 하지만 왜?"

"네가 이렇게 된 건 우리 탓이니까." 말이 입에서 떨어진 순간 나는 내가 있어야 할 곳에 있었다. "아강은 지금까지 그걸 후회하고 있어. 그래서 내게 너를 돌봐달라고 했지."

그는 가만히 나를 주시했다.

나는 혼란스러웠으나 그걸 숨길 생각은 없었다. 머릿속이 엉망이라 기가 약해졌으나 더는 허세를 떨 생각도 없었다. 아강의 목소리가 소용돌이치며 다가왔으나 귀를 막으려고도 하지 않았다.

만다린 오리엔탈 타이베이 호텔의 카페 라운지는 조용했고 편안했다.

느릿한 재즈가 아주 작게 흘렀다.

"동생에게 부탁하지 않아도 스스로 어떻게든 할 수 있었어." 그렇게 말하고 아강은 무의식적으로 왼쪽 눈의 오랜 흉터를 만졌다. "싸워서 원 같은 녀석에게 질 리 없었으니까. 기억해? 다다 녀석, 자주 우리의 얘기를 훔쳐 들었잖아."

그래서 기억난 것이 원에게 뱀술 대금을 주던 날이었다.

그날 우리는 아강의 집 옥상에 있었다. 비가 막 개어 증축 공사가 어정쩡한 상태로 방치되어 있었다. 원이 손에 넣은 뱀이 코브라임을 안 것은 이때였다. 아강이 옥상 철문에 돌멩이를 던지자 그 뒤에서 다다가 조심스럽게 얼굴을 내밀었다. 뭘 그리

소곤거려? 너와는 상관없어. 아강이 소리쳤다. 훔쳐 듣지 말라고 몇 번이나 말해야 알아듣겠냐? 우리는 드디어 되돌릴 수 없다는 사실에 당황해 귀를 틀어막았고, 그 당황스러움을 물리치기 위해서는 더 타락하는 수밖에 없었다.

"원의 바보 같은 계획에 동참하기로 정한 날 말이야." 아강은 비어버린 커피잔을 슬쩍 보고 혀를 찼다. "나는 초조했어. 아버지가 가오슝으로 가버린 직후였고 너는 너대로 옥상에서 계속 뭔가를 집어던지고, 이제 될 대로 되라는 심정이었지. 누군가에게 화풀이하고 싶은 마음이었지."

"그게 우리 새아버지였구나."

"그런데 그 새아버지란 사람 말이야……."

"아, 원이 옥상에서 떨어지고 반년도 지나지 않아 사채업자에게 당하고 사라졌지."

"그 후 소식 없었어?"

나는 고개를 저었다.

"그럼, 아마도 어딘가에 잠겨 있을 거야."

새아버지가 사라진 후 할아버지도 죽었다. 원래 목적으로는 한 번도 사용된 적 없는 검은 피리 외에 그 남자는 우리에게 아무것도 남기지 않았다. 할아버지는 포대극 인형을 몇 개 남겼는데 그 저주받은 피리와 함께 어머니가 전부 태워버렸다. 그 후로는 어머니 혼자 여동생들과 나를 키웠다. 다행인지 불행인지 나는 재해 고아에게 지급되는 장학금을 받을 수 있어서 그 덕분에 고등학교를 졸업했다. 병역을 마치고 일하면서 야학에 다녀 여동생들을 고등학교에 보냈다. 그리고 대학교 4학년 때 변호사 시험에 합격했다. 졸업 후 법률사무소에서 여러 해 일해 모은 돈으로 나는 미국으로 건너왔다.

"도대체 뭐였지?" 아강의 입에서 탄식이 흘러나왔다. "우리가 죽이지 않아도 조금만 더 기다리면 그 남자는 천벌을 받았을 텐데."

"지금이니까 할 수 있는 말이지."

"그래. 다 지난 얘기지."

"어쨌든 네 말을 알겠어." 30년 전의 피로감이 어깨를 짓눌렀다. 나는 식은 커피를 마셨다. "네가 경찰에 사정을 얘기하지 않은 건, 다다를 감싸기 위해서였지?"

"다다를 위해서라…… 내내 그렇게 생각했어. 형으로서 동생을 지켜야 한다고. 하지만 어쩌면 나도 경찰서에 가지 않을 이유를 찾고 있었을지 모르지."

아강은 오만한 태도로 웨이터를 불러 세우고 금반지를 낀 두꺼운 손가락으로 빈 커피잔을 가리켰다. 검은 유니폼을 입은 웨이터는 가볍게 인사하고 사라졌다.

"윈을 옥상에서 밀어 떨어뜨렸을 때 다다는 완전히 패닉 상태였어. 노점 지붕을 찢고 땅으로 떨어진 윈을 보고 손뼉을 치며 웃어댔어. 내가 완전히 겁먹을 정도로 요란을 떨었어. 근처를 막 뛰어다녔다고. '어때, 형! 늘 나를 따돌리려고 했는데 이제 알겠지!' 젠장, 지금도 그때의 다다 목소리가 잊히지 않아…… '내가 훔쳐 듣지 않았으면 형은 녀석에게 살해당했을 거라고!'"

"동요했겠지."

"그렇게 간단한 상황이 아니었어. 완전히 착란이었지."

"그런 다다가 4개월 전에 죽었다." 내가 말했다. "그래서 더는 동생을 감쌀 필요가 없어졌다, 그런 말이야?"

"나는 결국 경찰서에 가지 못했어. 그건 다다를 교도소에 보내고 싶지 않아서야. 하지만 만약 내가 처음부터 경찰서에 가겠다는 말을 하지 않았으면 원은 나를 때리지 않았을 거고, 다다가 원을 옥상에서 떨어뜨리는 일도 없었을 거야."

"그건 결과론이야."

"이해는 가지."

"이해?"

"내가 동생을 지키고 싶은 것만큼 원도 누군가를 지키고 싶었을 수 있어. 친구인 나를 죽이면서까지 지키고 싶은 상대가 누굴까? 제이, 너냐?"

"어쩌면 어머니일까."

"나도 그렇게 생각해."

"원의 형이 죽은 게 1년 전이었어."

"그리고 원의 어머니는 이상할 정도로 엄격해졌지. 전화를 걸어도 좀처럼 바꿔주지 않았고."

"나도 마찬가지야."

"한번은 원의 집에 가려고 했는데 옆집에 사는 할아버지가 말렸어. 리씨 할아버지라고 기억해? 이렇게 말하더라. '원을 꾀어내려고 왔어? 이 불량배야. 두 번 다시 이 근처를 얼씬거리지 마라.' 도통 영문을 모르겠더라. 나중에야 원의 어머니가 리씨 할아버지에게 우리 험담을 했던 게 아닐까 생각했지."

"너는 불량했으니까."

내가 그렇게 말하자 아강은 거대한 몸을 흔들며 웃었다.

"너 정도는 아니었어."

거의 발소리를 내지 않고 웨이터가 다가와 아강의 잔에 커피를 따르고 다시 조용히 사라졌다.

"원을 이제 원망하지 않아?"

"사람은 나이를 먹으면 여러 가지가 맘대로 사라지지." 아강은 소리를 내며 커피를 마셨다. "머리카락도 빠져. 원한이나 고통도 마찬가지야. 그렇게 맘대로 사라지는 것에 매달려봐야 좋을 게 없지. 아버지의 죽음은 확실히 사고였어. 우리가 그 원인을 만든 것만은 틀림없지만, 그건 역시 사고였어."

나는 고개를 끄덕였다.

"궤변일지 모르지만 그게 뭐? 자기 정당화? 그러라지 뭐. 모두 다 그렇게 살아."

"그렇지."

"그래서 잊지 못해."

"못 잊어?" 한기가 몸에 퍼져 나는 손을 비볐다. "뭔가에 실패할 때마다 난 그때의 벌이라고 생각해."

"원의 뉴스를 TV에서 봤을 때 내가 제일 먼저 생각한 게 뭔지 알아? 아, 원이 저렇게 된 건 내 탓이다. 나 때문에 원이 망가졌고 그 탓에 죄 없는 아이들이 죽었다고."

"아강⋯⋯."

"괜한 위로는 하지 마. 너는 그 자리에 없어서 몰라. 원은 정말 간절하게 나를 설득했어. 그런데 나는⋯⋯ 나는 머리에 부대가 씌워져 볼 수 없었어. 하지만 늘 마음에 걸렸어." 목에 음식물이라도 걸린 것처럼 아강은 가슴을 쳤다. "그때 원이 어떤 얼굴이었을지, 어떤 얼굴로 나를 때리고 있었을지⋯⋯ 지금도 꿈을 꿔. 꿈속에서 녀석은 맨션 벽을 기어 올라와, 나를 어디론가 끌고 가려고 하지. 피투성이에 슬픈 눈으로 '네가 나를 죽였어, 네가 나를 죽였다고'라고 말하면서 내 다리를 붙들고 매달려. 다다에게 말했더니 원은 자업자득이라고 딱 잘라 말하더라. 하지만 그건 본심이 아니야. 나는 알아. 다다도 계속 원의 그림자에 겁먹고 살았지. 저기, 제이. 내가 원을 죽인 건가? 나 때문에 원이 저렇게 됐니? 나 때문에 다다가 짊어지지 않아도 될 것을 짊어지게 된 걸까?"

매달리는 것 같은 아강의 눈을 똑바로 바라보면서 나는 애매하게 고개를 흔드는 수밖에 없었다. 왜냐하면 그것은 나 역시 수없이 자신에게 던졌던 질문이었으니까. 나는 가죽구두 안에서 꽁꽁 얼어붙고 있었다.

"알았어." 그렇게 말하는 수밖에 없었다. "네 의뢰를 받아들일 게."

"당연하지." 아강이 힘없는 미소를 떠올렸다. "처음부터 알고 있었어."

"의뢰비는 안 받아. 경비는 절반씩 하자."

"돈이 문제가 아니지, 안 그래?"

갑자기 몸이 뜨거워져 나는 당황했다. 주먹을 쥐면 손끝의 열기를 잡을 수 있을 정도였다. 마치 몸 안의 얼음이 순식간에 녹아버린 것만 같았다.

"그런데 그건 걸작이었어!"

"뭐?"

"뱀술 대금을 낼 때 말이야. 너는 뱀을 넣을 통, 나는 먹이를 준비하라고 했잖아? 나는 술에 취한 뱀이 정말 쓸모가 있을지 걱정했어. 그랬더니 원이 이렇게 말했어. 괜찮아. 성룡 영화에 도……"

"아, 기억해!" 내가 말했다. "성룡 영화에도 〈취권〉과 〈사권〉이 있잖아."

"술에 취한 뱀이 최강이라고?"

그의 눈동자 속에서 뭔가가 미끈하게 움직였다. 진흙탕 속에서 물고기의 은빛 비늘이 번뜩이는 것처럼, 있는 듯 없는 듯한

빛을 본 것만 같았다.

"저기, 원. 그 코브라는 어디로 갔을까?"

"무슨 소리야?"

"너는 알 거 아니야."

"……."

"1984년, 완화의 뱀집에서 뱀이 탈주했어. 너는 그걸 이용해 살인을 기획했고. 새아버지에게 늘 얻어맞는 친구를 돕고 싶어서였지. 1985년, 너는 화시지에의 뱀집에서 독사 한 마리를 손에 넣었어. 길이가 1미터쯤 되는 코브라였지. 그 녀석으로 친구의 새아버지를 죽일 생각이었어."

원이 몸을 앞뒤로 흔들기 시작했다.

"그런데 계획을 결행하는 날에 뜻밖의 일이 벌어졌어. 아강의 아버지가 그 뱀에 물려 살해당하고 말았지."

원의 눈이…… 도망쳤다. 몸을 흔드는 것만으로는 충분치 않다는 듯 그는 눈을 이리저리 굴리고 손톱을 잘근잘근 씹었다.

"조서에 적혀 있을 리 없어."

"나도 그 자리에 있었어. 그래서 알아."

"그럴 리 없어." 그 목소리에는 절대 잘못 들을 수 없는 분노가 담겨 있었다. "그럴 리 없어. 그럴 리 없…… 그 뱀에 대해 아는 사람은……."

서류가방에서 사진 한 장을 꺼내 그의 앞에 놓았다. 원이 질문을 던지는 것 같은 표정을 지었다.

"더 뚱뚱해지고 머리숱도 없어졌는데 이게 지금의 아강이야."

그의 시선이 사진으로 빨려 들어갔다.

"네가 보고 싶다고 하면 아강에게 초등학교 때 우리 사진도 보내달라고 할 수 있어."

"거짓말하지 마!"

"거짓말이 아니야. 나는 선지에썬이고 이건 린리강이야."

"그만해!" 원이 두 주먹으로 테이블을 내리쳤다. "뭘 원해? 나는 색맨이야. 나는 사형을 원해. 뭘 더 어쩌란 거야!"

나는 감시카메라를 돌아보고 할런 경부보를 제지했다. 그리고 원에게 몸을 돌렸다.

"지난 30년, 미지근한 물에서 익어가는 뱀이라도 된 것 같았어. 사는 것도, 죽는 것도 할 수 없었지."

"……."

"저기, 원. 잠깐 시험해보지 않을래?"

"시험? 뭘?"

주머니에서 1달러짜리 동전을 두 개 꺼내 테이블에 놓았다. 원의 시선이 나와 동전 사이를 오갔다.

"점괘 패야."

그가 눈을 커다랗게 떴다.

"이 동전을 던져 관우 공에게 소원을 말해보자."

나는 동전을 들고 눈을 감아 색맨을 검게 칠해 없앴다. 마음을 가다듬는다. 그리고 말해야만 하는 것을 말했다. 나는 선지에썬입니다. 정말 오랜만입니다. 정신을 차리니 저도 마흔다섯 이네요. 덕분에 지금은 미국에서 변호사를 하고 있습니다. 오늘은 아무래도 여쭙고 싶은 게 있어서 무례를 무릅쓰고 소원을 빕니다…….

"여기 있는 종스윈이 저를 선지에썬으로 믿어줄까요?"

눈을 뜨고 동전을 던졌다.

휠체어 위에서 윈이 몸을 내밀었다. 패를 대신하는 1달러짜리 동전은 포물선을 그리면서 떨어져 바닥 위에서 빙글빙글 돌았다. 길게 꼬리를 끄는 금속음이 울렸다.

"앞과 뒤…… 성스러운 패야." 동전을 주워 그의 앞에 놓았다. "자, 네 차례야."

윈은 움직이지 않았다.

"내가 선지에썬인지 부디 관우 공에게 물어봐."

그는 눈앞의 동전을 노려보더니 갑자기 손을 뻗어 동전을 쥐고 힘껏 던졌다. 즉석에서 정해진 패는 벽에 부딪히더니 튕겨 나왔는데 그 잔향이 송곳처럼 귀에 꽂혔다.

"이런 걸 해서 뭐 하게?!"

"패를 잊지 않았네." 나는 벽으로 가 동전을 내려다봤다. "또 성스러운 패야."

"나를 그냥 둬!"

"나는 제이고, 네 친구였어."

"아니, 성스러운 패가 아니었으면 어쩔 셈이었지?"

"같은 말을 했겠지."

"내게 상관하지 마!"

"나는 네가 그 일을 기억할 수 있도록 돕고 싶어. 아니, 너는 기억해내야 해."

"무엇 때문에?!" 그는 팔을 휘둘렀다. "나는 아이들을 죽였어. 과거 일을 기억한다고 해도 변하는 건 없어!"

"그렇지 않아."

"그렇지 않아? 그렇지 않다고?"

"외톨이로 죽지 마, 원."

급격히 팽창해가는 무언가가 그를 파열시키는 게 아닐까. 얼굴이 벌게지고 작은 동물의 단말마 같은 헐떡임이 새어 나왔다.

"나도 아강도 네 곁에 있어주지 못했어." 내가 말했다. "네가 우리를 기억하지 못하면 우리도 네 곁에 있을 수 없어."

나와 원은 아무래도 구원받을 수 없는 이야기를 하고 있었다. 우리의 무모한 계획 탓에 아홍 아저씨는 죽었고 그는 색맨이 되었다. 아강도 괴로웠다. 내가 미국에서 원을 생각하며 잠들지 못하는 밤에 번민했을 때 대만에 있는 아강은 원을 잊으려고 장사에 매달렸다.

지난 30년간, 우리는 셋 다 같은 장소에 갇혀 있었다. 그토록 우리의 소년 시절은 강력했고 우리의 연대는 모든 의미에서 튼튼했고 단단했으며 어떤 일에도 흐트러지지 않았다. 그런 착각이 들 정도로 느닷없이 밀려온 각오에는 흔들림이 없었다.

"생각해내, 윈." 나는 거의 명령에 가깝게 말했다. "최소한 추억 속에서만이라도 너와 마지막까지 함께 있게 해줘."

그가 엄청나게 땀을 흘리고 있음을 깨달았을 때는 이미 늦었다. 눈이 뒤집혔다고 생각한 다음 순간, 다시 골절한 오른쪽 다리를 개의치 않고 달려들었다.

나는 의자에서 굴러떨어졌고 그 틈에 그는 내가 조금 전까지 사용하던 만년필을 낚아챘다.

"그만해, 윈! 그 펜을 책상에 놔!"

그는 폭포처럼 땀을 흘리며 헉헉 거친 숨을 몰아쉬었다. 흰자위를 드러낸 채 만년필을 얼굴 앞까지 내밀었다. 워스렁싱, 워스렁싱이라고 중얼거렸다. 나는 콜드 스타, 나는 콜드 스타라고.

문이 벌컥 열리고 부하를 거느린 데이브 할런 경부보가 뛰어들어왔다.

"침착해, 윈." 나는 양손을 들어 만년필을 쥔 윈과 살기등등한 경찰관들을 동시에 제지했다. "괜찮아, 아무 문제 없어…… 자, 그 펜을 돌려줘."

"내가 말했잖아요!" 할런 경부보가 소리쳤다. "이렇게 될 줄 알았다니까!"

경찰관들이 신중하게 흩어져 윈을 포위했다. 이미 권총을 뽑은 사람도 있었다.

하지만 그 정도는 아무런 방해가 되지 못했다. 윈은 거친 호흡을 되풀이하면서 "워스렁싱, 워스렁싱"이라는 말을 점점 크게 하며 만년필 펜촉을 손톱 밑에 찔러 넣었다. 손가락과 손톱 사이에.

전원이 숨을 죽였다.

원은 익숙한 손놀림으로 펜촉을 손톱 밑에 꾹꾹 밀어 넣고 지렛대 원리를 이용해 손톱을 뜯어냈다. 손톱이 피부에서 떨어지는 소리가 너무 크게 들렸다. 신음하면서도 마치 병따개로 뚜껑을 따는 것처럼 왼손 중지의 손톱을 날려버렸다. 피가 손가락 끝을 붉게 물들였다.

그것을 플래시백이라고 부를 수는 없었다. 왜냐하면, 내 눈앞에 번뜩인 광경은 내 기억이 아니기 때문이다. 그래도 손 쓸 수 없는 파괴 행동을 억누르기 위해 자신의 손톱을 하나씩 벗겨내는 원의 등이 보였다. 어두컴컴한 방에서 원은 홀로 몸부림치며 괴로워했다.

"괜찮아……." 원은 영어로 말했다. "이제 괜찮아."

그 눈에는 검은 눈동자와 그리고 제정신이 다시 돌아와 있었다.

"원!" 나는 그의 팔을 잡았다. "왜 이런 짓을?!"

"너는 제이지?"

"응……?"

"제이지?" 그렇게 말하고 일그러진 미소를 지었다. "그렇지?"

"기억났어, 원?"

"너는 제이야. 기억났어. 너는 제이야."

너무나 갑작스러운 일이었다.

마치 코에 펀치를 맞은 것처럼 내 눈에서 눈물이 흘러넘쳤다. 황급히 고개를 돌리고 손수건으로 막으려 했으나 도무지 멈추지 않는 눈물이 나를 당황케 했다.

원은 나를 기억해낸 게 아니었다. 누가 어떻게 보더라도 그런 기적은 일어나지 않았다. 그는 전력을 다해 기억이 돌아온 척하고 있었다. 남은 얼마 안 되는 시간을 내게 맡겨주었다.

"무슨 일이죠?" 할런 경부보는 원을 내려다보고 나를 노려봤다. "그래서 우리는 구속복을 벗는 데 반대했습니다."

"괜찮아"라는 원. "정말 괜찮으니까."

"바로 응급처치를."

"필요 없어."

"어이, 지미. 의사를 불러."

"필요 없어! 부탁이야…… 정말…… 내 머리가 맑을 때……."

지미라고 불린 백인 경찰관은 눈으로 할런 경부보의 지시를 기다렸고, 할런 경부보는 나를 봤다.

"원, 정말 괜찮아?" 내가 중국어로 물었다. "몸이 안 좋으면 다른 날에 해도 돼."

"시간이 없어." 피가 나는 손을 누른 채 원이 고개를 숙였다. "다음에는 언제 생각날지 몰라."

"원……."

"제이, 왜 울어?" 원이 말했다. "몸이 안 좋으면 다른 날에 해도 돼."

갑자기 웃음이 터지고 말았다. 울다가 웃는 나를 보고 미국 경찰관들은 고개를 갸웃거릴 뿐이었다.

원 안에는 살인자가 있다. 그것도 여섯 명이나. 후이엔, 리우 따오, 찬랑랑, 헤이쌰오, 쭈이서 그리고 마지막 하나가 색맨이다. 동시에 그것을 물리치려고 하는 정의의 콜드 스타 또한 분명히 존재하고 있다. 이런 말도 안 되는 이유를 붙여 내 마음은 위로받을 수 있었다. 하지만 그런 짓을 하면 나는 다시 한 번 소중한 친구를 잃게 될 것이다. 이유 같은 건 필요 없다. 어떤 이유를 내가 끄집어내도 그건 틀렸다. 나와 원은 지금부터 이유가 없는 황무지에서, 아무리 몸부림쳐도 보상받을 수 없는 곳에서 우리의 첫걸음을 시작해야만 했다.

눈물을 흘리면서 나는 마치, 그래, 술에 취한 뱀처럼 웃었다. 원도 미소를 지었다.

"너는 사형을 당할 거야." 웃으면서 나는 그에게 알렸다. "나는 못 도와줘."

"응." 그의 얼굴에서 웃음이 사라지지 않았다. "알아."

"일곱 명이나 죽였으니까 당연해."

"응."

"사형 존치 주에서 재판을 받게 할게."

"고마워, 제이." 원은 그렇게 말했다. "너와 친구였던 건, 늘 내 자랑이었어."

기억의 단편이 와르르 흘러왔다. 너무 격렬해 나는 잠시 말을 잃었다. 아강과 함께 원을 때려눕히던 방과 후, 브레이크댄스 이외에는 아무 걱정이 없었던 무더웠던 여름, 포대극을 해낸 원의 자랑스러운 얼굴, 족발국수의 맛, 공중에 뜬 빨간 점괘 패, 얼굴에 염산이 뿌려진 아이를 같이 쫓던 골목…… 가슴속의 구멍을 행복한 기억이 바람처럼 훑고 지나갔다.

"제이, 기억해?"

"뭘?"

"우리가 처음 만났을 때 말이야."

"그런 거, 기억 안 나."

"그렇지. 정말 오래전이니까."

원은 고개를 끄덕이며 다정하고 흐뭇한 표정을 지었다. 그리고 그리운 목소리가 내 귓가에 닿았다.

"하지만 나, 생생하게 기억해."

앞으로 그와 함께 길고 긴 나선계단을 내려가야 한다. 낙원에 도착하리란 희망은 품지 않는다. 그저 같이 걷는다. 마침내 그가 이 세상에서 무언가를 잃은 곳까지.

"그래?" 나는 손수건으로 눈가를 닦고 다시 의자에 앉았다. "그럼 바로 시작할까?"

27.

내가 처음 자전거를 탄 것은 초등학교 2학년 여름이었다.

아강 녀석은 엄청 뚱뚱한 주제에 그때쯤에는 이미 삼각 타기를 끝냈다. 삼각 타기란, 커다란 어른용 자전거로는 발이 땅에 닿지 않는 아이가 자전거 프레임 사이에 한쪽 발을 빼고 선 채로 페달을 밟는 주법이다.

아강이 할아버지에게 번쩍거리는 새 자전거를 선물받았을 때 나도 어머니를 졸랐다. 하지만 어머니는 나를 달래기만 했을 뿐 조금도 진지하게 받아들이지 않았다.

"왜 그런 위험할 걸 타야 하니?"

"전혀 위험하지 않아." 나는 항변했다. "게다가 형은 있잖아!"

"모는 중학생이잖아. 너는 아직 어리니까."

"아버지! 자전거 사도 되지?"

"응?" 식탁에서 커피를 마시던 아버지는 조간에서 고개를 들지 않고 말했다. 아직 7시 반인데 양복을 다 차려입고 넥타이까지 매고 있었다. "엄마 말 들어라."

나는 아버지 옆에서 토스트를 먹고 있는 형을 봤다.

"네가 무슨 생각하는지는 알아." 모가 선수를 쳤다. "안 돼. 포기해라."

"아직 아무 말도 안 했거든!"

"안 돼!"

"왜? 형 자전거로 연습시켜주면 되잖아!"

"꿈에서라도 생각하지 마라." 토스트를 입에 쑤셔 넣고 형은 책가방을 들고 내 머리를 툭 쳤다. "이 바보야, 서두르지 않으면 지각한다."

"모, 나쁜 말은 쓰지 마라!" 집을 뛰어나가는 형에게 어머니가 소리쳤다. "오늘은 딴 데 새지 말고 곧장 집에 와라!"

나는 혀를 찼다.

"그럼 이렇게 하자." 신문을 접으면서 아버지가 말했다. "다음 기말고사에서 1등을 하면 생각해보지."

"진짜?"

"응. 그러니까 열심히 공부해라."

그날부터, 정말 그날부터 나는 눈에서 불이 튈 정도로 열심히 공부했다. 원래 성적은 좋았는데 옆 반에 거슬리는 녀석이 있었다. 타오지에썬이라는 게 그 녀석 이름으로 2학년 갑반이었다. 초등학교에 들어온 후 모든 정기시험에서, 복도에 붙이는 상위 20명의 명단 속에 이 녀석 이름이 없을 때가 없었다. 늘

대체로 5등 안에 있었고 내 이름 위에 있을 때도 있었다.

1979년 6월.

여름방학을 앞두고 산처럼 앞을 가로막고 있는 기말시험에 대만의 모든 학생이 괴로워하고 있었다. 마침 그 무렵에 흑심유품(黑心油品) 사건이 있었다. 장화 현의 한 회사가 만든 식용유에 폴리염화바이페닐이라는 화학물질이 들어가, 그것을 먹은 사람들의 피부가 변색하거나 검은 여드름이 생겼고, 시커먼 갓난아이가 태어나기도 했다. 세상에는 나보다 더 심한 일을 당한 사람들이 얼마든지 있었지만 내게는 자전거가 더 큰 문제였다.

결론부터 말하자면 나는 목적을 달성하지 못했다. 열심히 공부한 보람도 없이 겨우 2점 차이로 1등 자리를 빼앗긴 것이었다. 복도에 나붙은 성적 순위표에 나는 경악했고 타오지에썬을 증오했으며 아버지를 미워했다. 여름방학이 시작되었는데도 작은 활화산처럼 이따금 불을 뿜었다.

자전거를 타고 싶어서 매일 아강의 집을 찾았다. 그래도 자전거는 아강의 것이었다. 맘대로 탈 수는 없었다. 부탁받지도 않았는데 국숫집을 도우면서 나는 끈질기게 때가 오길 기다렸다. 그것 말고 뭘 할 수 있었겠나? 이따금 모든 걸 꿰뚫고 있는 아훙 아저씨가 놀렸다.

"원, 뭐야. 아직도 자전거를 못 받았니? 자전거는 좋지. 어디든 맘대로 갈 수 있으니까."

그러자 땀범벅이 되어 국수를 삶고 있던 아강의 어머니가 남편에게 호통쳤다.

"이런 등신아, 원래는 당신이 아강에게 사줘야 하는 거라고! 아강의 할아버지, 그러니까 내 아버지는 이렇게 말했어. '만약 아홍에게 그만한 돈을 쓰게 할 놈이 있으면 그놈은 국가 예산도 타낼 수 있을 거야.'"

"하하하. 그 노인네, 정말 말을 잘한다니까."

"아, 정말 한심해!"

그런 부모님을 거들떠보지도 않고 하얀 러닝셔츠에 반바지를 입은 아강은 지루한 듯 그릇을 날랐다. 가끔 손님에게 뚱뚱하다는 놀림을 받으면 언제나 대놓고 말대답했다.

"저기, 아강. 그렇게 살쪄서 좋은 점이라도 있니? 그 배 좀 봐라."

"적어도 유괴되긴 어렵죠." 이게 초등학교 2학년짜리의 말투였다. "아저씨, 입 다물고 먹기나 해요. 누가 그 국수를 가져다줬는지 잊었어요? 하려고 마음만 먹으면 나는 그 안에 뭐든 넣을 수 있다고요."

여기까지 하면 아강을 놀린 사람은 후회했고 다른 손님들은 껄껄대고 웃었다.

"원! 저기 손님, 소고기국수 두 그릇에 작은 접시 세 개 그리고 맥주 한 병이야."

내 일은 이런 말을 들었을 때 합계 금액을 커다란 목소리로 아강의 어머니에게 알려주는 것이었다. 다음은 유치원에 다니던 다다를 돌봤다. 다다는 고집이 센 아이로 심술이 보통이 아니었다. 누가 돌봐주지 않으면 심술을 부려 크레파스나 지우개를 먹어치웠다.

아강은 좀처럼 자전거를 빌려주지 않았다. 무리도 아니었다. 새 자전거를 내게 쓰게 하면 금방 낡아질 테니까. 내가 아강이라도 나 같은 녀석에게는 빌려주지 않을 것이다. 하지만 그것과 아강을 미워하지 않는 것과는 별개 문제였다. 특히 여봐란듯이 눈앞에서 타고 돌아다니면 이 돼지에게 한 방 먹이고 싶은 충동을 누르느라 안간힘을 써야 했다.

천재일우의 기회가 찾아온 것은 여름방학도 한고비를 넘긴 비가 갠 날의 오후였다.

그날, 소고기국숫집에는 아무도 없었다. 아강은 아홍 아저씨와 향신료를 사러 나갔던 듯한데 그런 건 중요하지 않았다. 어쨌든 오후의 어정쩡한 시간이었고 아강의 어머니는 다다와 같이 2층에서 낮잠을 자고 있었다.

아무도 없는 어두컴컴한 가게 안에서 선풍기만이 덜거덕거리며 고개를 흔들고 있었다. 나는 냄비 속에서 끓고 있는 물방울 소리를 한참 들었다. 그리고 부엌으로 들어가 뒷마당으로 이어지는 방충망 문을 열었다.

아강의 파란 자전거는 뒷마당을 감싸고 있는 물결 모양의 함석판 담장에 세워져 있었다. 함석 벽에는 작은 쪽문이 달려 있었고 안쪽으로 잠겨 있었다. 이렇게 된 이상 자전거가 아니면 죽음이다. 나는 결사의 각오로 자물쇠를 풀고 쪽문을 열어 자전거를 조심스레 밀고 나갔다.

쪽문 밖은 옌핑난루였고 샤오난먼이 바로 근처에 있었다. 길을 조금 내려간 곳에 빗물에 젖은 아지우의 과일 트럭이 햇살을 받아 빛나고 있었다. 나는 길의 양쪽을 둘러보고 잠시 망설인 후 자전거를 탔다. 아강이 쉽게 타는 모습을 늘 봤던 탓에 나는 자전거라는 녀석을 얕잡아 보고 있었다. 안장에 엉덩이만 얹으면 다음은 자전거가 알아서 달리는 줄 알았다.

페달에 양발을 댄 순간 지옥에 떨어지듯 굴러떨어졌다.

내 몸에 일어난 일을 믿을 수 없었다. 뭔가 착오가 있다. 정신을 차리고 다시 시도해봤으나 결과는 마찬가지였다. 나는 충격을 받았다. 자전거가 이렇게 반항적일 줄은 몰랐다. 세 번째 굴렀을 때 자전거가 어떤 다른 것, 이를테면 미국의 카우보이가 타는 로데오 말 같았다.

"젠장…… 아강은 타는데 나는 못 탄다고? 그건 절대 안 되지."

뭔가 할 수 있는 게 없을까 온갖 지혜를 짜낸 결과 내가 할 수 있는 게 거의 없다는 걸 깨달았다. 형에게 타는 방법을 배우는 수밖에 없었다. 그렇게 결심하고 아강의 자전거를 끌고 옌핑난루를 내려가고 있었다.

그것이 모든 잘못의 첫걸음이었다.

만약 거기서 뚱보를 맞닥뜨리지 않았다면 어떤 멍청이에게 자전거를 도난당하지도 않았을 테고, 그 탓에 아강과 치고받는 싸움을 할 일도 없었다.

하지만 신은 1979년 8월 마지막 수요일, 내가 가는 길에 뚱보를 놓아두었다. 마치 장기에서 '병(兵)'이 가는 길에 '말(馬)'을 놓듯. 생각해보면 나는 이상하게 움직이는 '말'을 싫어했다. '말'은 '차(車)'처럼 똑바로 나아갈 수도 없는데 '포(砲)'처럼 하늘을 날아 적을 격파할 수도 없다. '일(日)'이라는 글자의 대각선으로만 움직일 수 있는 '말'의 존재 의식을 나는 처음부터 의심했다.

뚱보도 마찬가지였다. '차'처럼 똑바로 오는 것도, '포'처럼 떳떳하게 살지 못하고 언제나 '말'처럼 삐딱하게 공격해왔다.

"어이, 원 아니냐?" 웃통은 벗고 반바지 차림으로 거리 건너편에서 말을 걸어왔다. "마침 잘됐다. 잠깐 이리 와봐."

나는 혀를 찼다. 뚱보의 "마침 잘됐다"라는 말은 아이들의 "마침 잘됐다"라는 말과 같지 않다. 솔직히 뚱보에게 좋은 상황은 전부 아이들의 희생 위에 성립되었다.

"뭐 해? 어른이 부르면 빨리 와야지."

상대는 어른이기에 따르는 수밖에 없었다.

"그 자전거, 네 거야?"

"예? 아니, 뭐……."

"아강이 같은 자전거를 타고 있는 걸 봤는데. 뭐, 됐고. 잠깐 심부름 좀 해라. 그 자전거를 타고 좀 달려서 난면 시장까지 가 돼지고기 좀 사 와라. 기름이 적은 데로 300그램."

"무슨 소리죠?" 내가 말했다. "두 달 전에 난먼 시장은 문을 닫았는데요. 난하이루인가 어디로 옮긴다고 들었는데."

"정말? 광저우지에에 없어?"

"어른이면서 그것도 몰라요? 그럼, 나는 바빠서."

"잠깐만." 뚱보가 자전거를 막았다. "그럼, 아지우의 가게에서 수박 반 통만 사 와."

"아니……."

"어머니가 집에서 마작을 두고 있어. 어른들이 수박을 먹고 싶다고 했다고. 어서!" 그렇게 말하고 100원(元)짜리를 내밀었다. "자전거로는 금방이잖아."

아직 자전거를 못 탄다는 말은 입이 찢어져도 할 수 없어서 수박 같은 걸 들고 자전거는 탈 수 없다고 한껏 불쌍하게 호소했다.

"그럼 내가 자전거를 보고 있을게."

"아니, 하지만……."

"빨리 갔다 와." 머리를 탁탁 얻어맞고 말았다. "너 같은 꼬마와 달리 나는 한가하지 않다고."

다음은 말할 것도 없다.

수박을 안고 투덜대며 돌아오니 뚱보도 자전거도 흔적 없이 사라지고 없었다. 어쩔 줄 몰라 나는 일단 수박을 뚱보의 집까지 가지고 갔다. 뚱보의 어머니인 씨에 할머니는 담배를 문 채 수박을 받아 들고 뚱보의 말을 전했다.

"네 자전거는 밖에 세워둔다더라."

"뚱보 아저씨는?"

"나갔어."

나는 방금 밖에서 왔는데 자전거를 본 기억이 없었다. 씨에 할머니에게 그 말을 하자 담배를 내던지며 이렇게 말했다.

"그렇게 말해도 난 모르지!"

매미가 성가실 정도로 울어댔다.

사납게 내리쬐는 햇살이 생각을 태워버렸다. 여기가 타이베 이가 아니라 다른 어떤 곳이라면, 어쩌면 자전거를 발견할 수 있을지 모른다. 하지만 여기는 타이베이임이 분명하니 어떤 기적도 기대할 수 없었다. 나는 터벅터벅 걸어서 집으로 돌아가 여름방학의 나머지 날들 동안 아강의 집 근처에 얼씬도 하지 않았다.

유치원에 들어가기 전부터 어머니는 내게 〈주자치가격언(朱子治家格言)〉을 암기시켰다. 주용순(朱用純)은 명나라 말기의 학자이고, 〈주자치가격언〉은 그 사람 집의 가훈이라고 배웠다. 다른 집의 가훈이 나와 무슨 관계가 있는지 도통 알 수 없었다.

어쨌든 그 안에는 이런 구절이 있었다.

선욕인견불시진선(善欲人見不是真善)

악공인지편시대악(惡恐人知便是大惡)

다른 사람에게 보이려고 하는 선은 진정한 선이 아니며, 사람들에게 알려지기 두려운 악은 큰 악이라는 뜻이다.

이 말에 따르면 내가 저지른 짓은 큰 악이었다. 언제 아강에게 들킬까 두려워하며 살았는데 그 순간은 달력이 넘어가듯 반드시 찾아왔다.

초등학교 3학년이 시작된 9월 첫날, 아강은 새 교실에서 나를 기다리고 있었다.

녀석은 내 책가방을 움켜쥐고 한마디도 하지 않은 채 나를 운동장 조회대 뒤로 끌고 갔다. 주위에 심어진 종려나무 때문에 그곳은 비밀기지 같은 곳이었다. 남산국초는 남산국중과 같은 부지 안에 있었고 운동장과 조회대도 공유했다.

"이 새끼." 아강은 나를 강하게 밀어 넘어뜨렸다. "거짓말하면 열 배 더 때릴 테다!"

"잠깐만…… 왜 그래, 아강? 왜 화났어?"

지금 생각해보면 내가 맞는 건 당연했다. 내가 아강이라도 나 같은 거짓말쟁이는 때려눕힐 것이다. 그래도 맞으면 같이 때리는 게 인지상정이다. 우리는 드잡이하고 잠시 때리고 차고, 코피로 그동안 쌓은 불평불만을 같이 충족시켰다. 그리고 아강의 얼굴을 후려쳤을 때 종려나무 그늘에 여자아이들의 얼굴이 얼핏 보였다.

"아강, 그만해! 애들이 봤어. 선생님이 올 거야!"

"시끄러워!" 녀석은 완전히 화가 머리끝까지 올라와 있었다.

"이 도둑놈의 새끼!"

"애들이 봤어…… 봤다고!"

멧돼지처럼 돌진해 온 아강에게 잡혀 서로 엉켜 있다가 넘어졌다. 몇 대 맞고 있으니 될 대로 되라는 심정이 되었다. 위에 타기도 하고 아래 깔리기도 하면서 군모를 쓴 교사가 둘을 떼어놓을 때까지 나와 아강은 마구 팔을 휘두르며 서로에게 상처를 입혔다.

"이 녀석이 나빠요!" 아강이 포효했다. "이 도둑놈! 거짓말쟁이!"

"생트집이에요!" 나는 교사에게 호소했다. "이 돼지가 갑자기 때렸어요!"

우리 머리에 나란히 주먹이 떨어졌고 직원실에 세워졌다. 차려 자세로 실컷 혼났다.

"새 학기 시작하자마자 싸움이냐!" 교사는 우리를 번갈아 손가락질했다. "너희들, 배짱도 좋아! 그렇게 싸우고 싶어? 그럼, 여기서 해볼래?"

고개를 숙이고 있던 나의 멱살을 아강이 잡았다. 그 덕분에 녀석만 철권을 한 번 더 맞아야 했다. 나는 속으로 고소해했다.

"이 불량배, 또 할 테야! 그럴 바에는 식칼이라도 들고 올까? 잘 들어. 집에 연락할 거야. 부모님이 오실 때까지 복도에 나가 공기의자!"

그런 굴욕은, 태어나서 처음이었다.

만천하에 부끄러움을 드러낸 우리 앞을, 여자아이들이 킥킥대고 걸어갔다. 남학생 중에는 "더 허리를 낮춰." 혹은 "좀 더 팔을 들어"라며 놀리는 한가한 녀석도 있었다.

"젠장, 전부 네 탓이야."

"아강, 오해라고. 무슨 말을 해야 알겠냐?"

"절대 용서 안 할 거야."

"분명 나는 무단으로 자전거를 꺼냈어. 하지만 그건……."

"거봐! 역시 너잖아!"

"내 말 좀 들어봐. 자전거를 무단으로 빌린 건 사과할게. 하지만 그것은 씨에 집의 뚱보가……."

"누가 떠들어!" 교사의 우레 같은 소리가 날아왔다. "아이고, 너희들 재밌냐? 수다를 떠니까 목이 마르지? 차라도 타다 줄까? 이 멍청이들아, 더 몸을 낮춰! 팔을 들고! 또 잡담하면 죽는다!"

우리는 시키는 대로 하는 수밖에 없었다.

베이지색 원피스를 입은 아름다운 여자가 몸집이 작은 남자아이를 데리고 직원실에서 나온 것은, 입을 다문 채 공기의자 자세로 무릎을 덜덜 떨고 있을 때였다. 그들 뒤를 따라 나온 사람은 키가 크고 마른 교장이었다. 교장은 우리를 힐끗 보고 마치 해충이라도 발견한 듯 혀를 찼다.

"그럼, 교장 선생님." 여자가 돌아보며 말했다. "잘 부탁드립니다."

"걱정하지 마십시오. 그런 일은 자주 있으니까요. 타오지에썬은…… 아니, 앞으로는 선지에썬이지. 선지에썬은 성적도 좋고 품행에도 문제가 없습니다. 마침 새 학기가 시작되었으니까 첫 수업에 맞춰 출석부도 바꾸겠습니다."

"번거롭게 해드리네요."

"선 군도 빨리 새 이름에 익숙해지세요."

교장이 그렇게 말했을 때 거기 있는 애가 타오지에썬이라는 것을 깨달았다. 초등학교 2학년 마지막 시험에서 나를 누르고 1등을 한 녀석이었다. 이 녀석 때문에 나는 자전거를 받지 못해 아강의 자전거를 훔쳤다.

"자, 걱정할 거 하나도 없다." 교장이 또박또박 말했다. "3학년 이 되어도 지금처럼 열심히 해라."

모자가 나란히 고개를 숙였다.

복도를 걸어가면서 타오지에썬이 물끄러미 우리를 바라봤다. 그는 살짝 의아한 표정을 지었다. 키는 작았는데 적당히 탄 피부라 물색 교복이 더욱 선명해 보였다. 영특할 것 같은 인상 의 눈이었다.

"이 자식, 뭘 보냐?" 아강이 으름장을 놓았다. "뭐 구경났어?"

타오지에썬은 움직이지 않았다. 교복 가슴에 자수로 새겨져 있는 내 이름을 보는 것 같았다.

"네가 종스원이야?"

"……"

"성적 발표 때 자주 이름이 나오더라?"

"그래서 뭐?"

"싸……웠어?"

"너와 상관없는 일이야." 아강이 말했다. "빨리 꺼져, 이 자식아."

"그러네."

그는 어깨를 으쓱하더니 어머니를 따라 복도를 달렸다.

"야, 아강." 나는 모자의 뒷모습을 바라봤다. "저 녀석 알아?"

"말 시키지 마라."

"저 녀석, 2학년 갑반이었던 타오지에썬이야."

"너와는 절교야."

"그런데 아까 교장이 선지에썬이라고 불렀어. 그게 무슨 뜻일까?"

"성이 바뀐 거지."

"왜 성이 바뀌어?"

"다른 사람의 자전거를 훔쳤다가 들킨 거 아닐까? 너도 이름을 바꾸지 않으면 경찰에 잡힐 거야."

"그러니까 그건 뚱보가……."

검은 출석부로 머리를 한 대씩 얻어맞았다. 어느새 교장이 거기로 와서 칙칙한 얼굴로 우리를 내려다보고 있었다.

나와 아강은 깜짝 놀라 허리를 낮추고 팔을 쭉 폈다.

이름이 바뀌는 데 대해 생각해봤다. 내 이름은 종스윈인데 그게 왕스윈이나 장스윈이나 이스윈이 되어버리는 상상을 했다. 잘 되지 않았다. 종스윈이니까 왕스윈이나 장스윈, 이스윈일 리가 없었다. 만약 내가 왕스윈이나 장스윈, 이스윈이 되어야만 한다면 그건 큰일이었다. 그렇다면, 아무래도 타오지에썬의 신변에 어떤 큰일이 일어난 것이다. 그렇게 생각했다.

"잘 들어. 이걸로 끝날 거란 생각하지 마." 직원실로 들어가는 교장을 곁눈질로 살피면서 아강이 다시 시작했다. "나중에 결판을 낼 테니까."

나는 딴청을 피웠다.

그것은 우리가 초등학교 3학년에 올라간, 첫날 있었던 일이었다.

　론리 라이언 출판의 찰스 카사레스 편집장은 내 원고의 결점을 100개쯤 짚은 다음 위로하듯 말했다.

　"제대로만 고쳐 쓰면 이 책이 미국에서 센세이션을 일으킬 게 분명합니다. 갈 길은 멀지만⋯⋯ 제이슨, 어쨌든 마지막이 이러면 곤란해요."

　"무슨 소리죠?"

　"대만 장면으로 이 책을 끝내면 안 돼요."

　"왜요?"

　"왜냐면, 대만은 당신과 색맨의 추억의 장소니까요. 그러니까 당신은 이 책의 마지막을 당신들의 아름다운 추억으로 장식하려 하고 있어요."

　나는 의자 위에서 다리를 바꿔 꼬았다.

　론리 라이언 출판은 찰스 카사레스가 세 친구와 함께 설립한 작은 출판사였다. 네 사람 다 밥 말리에 심취해 회사 이름을 이렇게 지었다고 한다. 책상 건너편에 앉은 카사레스 편집장은 긴 드레드 헤어를 라스타파리 컬러(Rastafari color, 레게를 상징하는 빨강, 노랑, 초록 색깔)의 니트 모자 안에 쑤셔 넣고 있었다. 홀치기염색을 한 화려한 티셔츠를 입고 있는데, 여기는 미국이다. 사람을 겉모습만으로 판단해선 안 된다. 바 밖에서 취해 쓰러져 있던 사람이 빌리 조엘일 때도 있다. 그 증거로 이 출판사는 이제까지 카리브해의 작가들, 크레올(Criole, 본래 유럽인의 자손으로 식민지 지역에서 태어난 사람을 가리키는 말이었으나 지금은 유럽계와 현지인의 혼혈을 가리킴)이라고 불리는 사람들의 책을 정력적으로 세상에 내놓았다. 그리고 마리화나를 예찬하는 책을 몇 권.

내가 이 출판사에 원고를 가지고 온 것은 앨리스 해서웨이가 권했기 때문이다. 여기라면 대만의, 그것도 작가도 아닌 나 같은 사람의 잡문에 관심을 가질 거라고 그는 말했다.

"아직 거칠긴 한데 그래도 미국 독자들에게 색맨의 진짜 모습은 전해지겠어요. 녀석은 분명 괴물이었어요. 그러나 녀석이 망가진 최대 원인은 뭘까…… 그의 의협심 같은 거라고 해야 하나요. 게다가 나는 도미니카 출신인데 대만과 중남미는 상통하는 부분이 있습니다. 특히 점술로 살인을 정하는 부분은 읽고 깜짝 놀랐습니다."

나는 양손을 펼쳐 그에게 문제의 핵심으로 들어가라고 재촉했다.

"그러니까 이런 겁니다." 카사레스 편집장은 헛기침을 하고 말했다. "만약 당신이 이 책을 색맨에게 살해된 아이들의 유족에게 바치고 싶다면…… 진심으로 그렇게 생각한다면 마지막은 색맨의 사형 집행 장면으로 마쳐야 합니다. 피해자 유족이 읽고 싶은 것은 살인마의 회한이지 제이슨, 당신들의 청춘 시절 추억이 아니에요."

갑자기 출판에 대한 흥미를 잃고 말았다.

"이 책은 팔려야만 해요."

더욱 흥미가 사라졌다.

"당신이 인세 전액을 유족의 위로금에 쓰겠다면 내용 또한 더 유족을 배려해야 합니다."

맞는 말이다.

"책은 당신 겁니다." 레게 편집장이 일어나 손을 내밀었다. "하지만 제 말을 잘 생각해보세요."

나는 이제는 될 대로 되라는 심정으로 악수하고 출판사가 있는 주상복합빌딩을 나왔다.

14번가는 한산했다. 아직 오전인데 봄 햇살 속에서 거리가 잠시 졸고 있는 듯했다. 야자나무 그늘에 서 있던, 너무나 캘리포니아 같은 분위기를 내는 밴에 사람들이 모여 있었다. 그 너머에서 앨리스 해서웨이의 토요타가 천천히 다가오는 게 보였다.

"말이 돼? 녀석들, 한 잔에 12달러나 하는 맥주를 팔더라." 선글라스를 낀 앨리스가 조수석 문을 밀어서 열어줬다. "맥주가

귀족의 음료였다는 말까지 하더라고."

나는 차 안으로 들어갔다.

"제이, 어땠어? 책이 나올 것 같아?"

"모르겠어."

"뭐라고 해?"

"특히 마지막 부분이 문제래."

"에이! 그런 마지막이 좋지 않나?" 뒤차가 경적을 울리며 재촉하자 앨리스는 OK, OK, 네가 대장이다, 라고 소리치면서 차를 출발했다. "그런데 뭘 모르네, 론리 라이언. 신경 쓰지 마. LA에 출판사는 많아. 그대로 내주는 데가 분명히 있을 거야."

"없어도 나는 괜찮아." 나는 선글라스를 꼈다. "앨리스, 솔직히 말해줘. 내 문장이 그렇게 지독해?"

"그만해. 너에게 상처 주고 싶지 않아."

"알았어. 그 얘기는 이걸로 끝내자."

"책이 될지 말지가 문제가 아니야." 앨리스가 말했다. "중요한 건, 네가 그 사건을 마감하는 거지."

"이제 그만해."

"OK."

"점심은 저기서 먹자. 폐점 소동도 일단락됐을 테니까."

"OK"

"대만의 소고기국수는 맛있어."

"그런데 왜 빅브라더 비프 누들이야? 빅브라더는 오웰의

《1984》 같은 거 아니야? 국수를 먹는 데 꼭 감시를 당하는 기분이 든다고. 누가 그렇게 말해주는 사람 없나?"

"본인에게는 말하지 마. 죽은 동생의 추억이 담긴 가게 이름이니까."

"하지만 아무리 그래도……."

"내 오랜 친구의 미국 1호점이야."

"법률 관계 일은 전부 네가 했잖아. OK. 더는 말하지 않을게. 네가 대장이니까."

조지 오웰의 《1984》은 근미래의 감시사회를 그린 SF소설이다. 이야기 속에서 모든 사람은 전부 빅브라더의 뜻대로 움직인다. 공무원인 주인공은 동료 여성과 사랑에 빠져 빅브라더의 감시를 피해 만나다가 마지막에는 가공할 고문을 당해 정신이 망가지고 만다.

"왜 그래?"

나는 창밖으로 고개를 돌렸다.

"제이, 왜 그래? 말해. 기분 나빠."

"《1984》 얘기에 생각났는데……" 내가 말했다. "계속 이해하지 못했던 문장을 방금 이해한 것 같아."

"어라, 어떤 문장인데?"

"앞뒤 문맥은 잊었는데 분명 이랬던 것 같아. '제정신이냐 아니냐는 통계상의 문제가 아니야.'"

앨리스는 잠시 잠자코 운전에 집중했다. 그리고 갑자기 고개를 끄덕였다.

"응, 그래. 맞는 말이야. 과연 오웰 선생이네."

우리는 산타 모니카의 해안선을 달렸다.

눈부신 햇살 아래에서 야자나무 잎이 바닷바람에 흔들렸다. 캘리포니아의 풍경은 어딘가 거짓말 같았다. 조금 슬펐는데 그것은 아마도 내가 여전히 통계로 모든 것을 보고 있는 탓이리라.

내가 지난 3년간 하려던 일도 통계적으로 원을 판단하지 않으려는 것이었는지 모른다. 잘했는지 아닌지 그건 모르겠다. 하지만 마지막 면회 때 내 눈에 비친 그는 조용했다. 오해를 두려워하지 않고 말하자면 만족스러워 보였다.

디트로이트에서 원과 면회한 후 나는 그의 바람을 이뤄주었다. 즉 그의 신병을 사형 존치 주인 펜실베이니아로 옮긴 것이다.

2019년 5월 19일 정오에 그의 형이 집행될 때까지 꼬박 3년 동안, 나는 거의 두 달에 한 번, 펜실베이니아를 찾았다. 1심에서의 사형 판결을 원은 항소하지 않고 받아들였으므로 우리는 면회 시간 대부분을 옛날이야기로 쓸 수 있었다.

때로 발작을 일으켜 옛날이야기나 하고 있을 상황이 아니었으나 그는 머리를 다치기 이전 일을 생각보다 선명하게 기억하고 있었다. 열네 살에 혼수상태에 빠졌으므로 그 이전의 기억이 마치 설산에서 조난한 사람의 사체처럼 그대로 보존된 게 아닐까. 이것이 나와 앨리스 해서웨이의 일치된 견해였다.

면회 때마다 나는 원의 입에서 쏟아지는 끊임없는 이야기를 받아 적었다. 누군가에게 읽혀야겠다는 생각은 하지 않았다. 그저 자신을 위해 받아 적어두고 싶었다. 스냅 사진을 찍는 감각이었을지 모른다. 곧 세상을 떠날 원을 어딘가에 머물게 하고 싶었다.

어느 날, 일을 끝내고 집에 오니 앨리스가 내 노트를 테이블에 몇 권 펼쳐놓고 울고 있었다. 사생활을 침해당했으니 화가 나야 했는데 나는 완전히 당황해 화를 내는 대신 그를 달랬다. 앨리스는 울면서 드디어 진짜 나를 안 것 같은 기분이라고 말했다. 틀림없이 이 원이라는 사람이 네 첫사랑이었지, 라며.

"아니야." 나는 딱 잘라 부정했다. "원과는 그런 사이가 아니야."

"아닌 게 아니야." 앨리스가 말했다. "너는 그와 보낸 날들을 적어둠으로써 소년 시절을 다시 살려고 하고 있어."

"나는 그저……."

"만약 색맨이 원이 아니라 그 뚱뚱한 아이였더라도 너는 역시 적어뒀을 것 같아?"

나는 아무 말도 할 수 없었다.

마지막으로 만났을 때 나는 원에게 물었다.

"내가 옆에 있게 해줄래?"

오렌지색 죄수복을 입은 원은 잠시 철제 격자 너머의 봄 하늘을 올려다봤다. 작은 새의 지저귐이 들려왔다. 그리고 조용히 고개를 저었다.

"정말? 무리하는 거 아니야?"

"간수 중에 좋은 사람이 하나 있어. 다들 버디라고 부르지. 아주 좋은 사람인데 딱 하나 결점이 있어."

"어떤 결점인데?"

"입 냄새가 나."

"뭐?"

"가끔 그 지독한 냄새가 버디의 인격 중 일부분인 것 같아."

"윈, 무슨 말을 하고 싶은 거야?"

"아니, 그냥." 그는 말했다. "그냥, 버디는 좋은 녀석이라는 말이야."

그날, 윈은 차분했다. 한동안 발작도 없었다. 형 집행일이 정해진 후의 그는 계속 그랬다. 망가지기 직전의 기계처럼 어떤 종류의 명석함을 눈동자에 드러내고 있었다.

그는 혼자 떠났다.

테이블에 묶여 팔에 정맥 카테터를 끼우고 세 개의 약물을 주사하는 방식으로 몸에 독을 주입했다. 우선은 마취제로 의식을 잃고 이어서 근이완제로 호흡을 멈추게 하고 마지막으로 염화칼륨 용액으로 심장을 멈추게 했다.

그게 다였다.

어떤 인간이든, 자신이 통계적으로 보이는 걸 원치 않을 것이다. 버디의 지독한 입 냄새와 버디 자신의 선량함에는 아무런 관계가 없듯 살인자로서의 색맨과 내 오랜 친구를, 원은 분리하고 싶었을 것이다.

"제이, 또 생각하고 있지?"

"책을 낸다고 속죄가 되진 않아." 나는 선글라스를 고쳐 썼다. "참새 눈물 정도의 인세를 유족에게 건넨다고 달라질 건 하나도 없어. 그렇다면 나는 도대체 뭘 해야 하지?"

"그래도 너는 그와의 추억을 계속 썼잖아. 그리고 그 문장을 출판해줄 곳을 찾고 있고."

"……."

"그런 거야. 어떤 것에서 도망치고 싶어서 어떤 것에 몰두하지. 그렇게 한 걸음씩 거기서 멀어지는 거야."

"그거밖에 없을까."

"응. 그거밖에 없어." 앨리스는 잠시 생각한 뒤 말투를 완전히 바꿨다. "좋았어! 그럼 알로하셔츠라도 사러 가자."

"왜 갑자기?"

"얼마 전에 TV에서 봤는데 알로하는 하와이에 이민 온 일본인들이 가난하고 힘든 생활 속에서 만든 거래. 그들은 우울해하며 자신들의 운명을 저주하기보다 현실을 알로하셔츠에 담아 웃어넘긴 거지. 그래서 알로하셔츠는 위대해. 알로하를 사자."

"참, 말하기 나름이다."

창문을 조금 열자 바다를 머금은 부드러운 바람이 차 안으로

들어왔다. 머리가 헝클어지니까 빨리 닫으라고 앨리스가 소리
쳤다.

원과의 추억도 언젠가, 알로하셔츠처럼 요란스럽게 내 인생
을 장식할까. 혹시 그렇다면 그 그림에는 소고기국수와 관우 공
과 붉은 점괘 패, 뱀과 콜드 스타와 나이키 운동화가 빼곡하게
그려질 것이다. 그래, 1984년에 우리를 둘러쌌던 모든 게.

그건 그렇고 《1984》라, 나는 생각했다. 어쩌면 우리처럼 오
웰 녀석도 1984년에 어떤 특별한 추억이 있었던 게 아닐까. 그
리고 그 책을 내게 줬던 사람을 잠시 생각했다. 나는 중학생이
고 그는 대학생이었다.

1984년.

우리는 열세 살이었다. 그해, 아강의 집 용수나무가 특별히
무성했던 것을 지금도 선명하게 기억하고 있다.

질투와 우정, 희망과 절망의 용광로였던 그때 그 시절

《내가 죽인 사람 나를 죽인 사람》은 1984년의 대만과 2015년의 미국을 무대로 소년 네 명의 운명을 그린 미스터리다. 2015년 미국에서 소년 납치 연쇄 살인사건의 범인 '색맨'이 체포되면서 이야기가 시작된다. 그리고 그 색맨의 정체를 알고 있다는 유능한 국제변호사가 그의 변호인으로 나선다. 과연 색맨은 어떤 사람이며, 왜 일곱 명이나 되는 소년들을 납치해 살해한 것일까?

이야기는 훌쩍 시공간을 뛰어넘어 1984년의 대만으로 날아간다. 얼마 전 형이 살해돼 우울증에 걸린 어머니를 둔 원과 빈둥대는 남편에게 욕을 퍼붓는 어머니가 있는 아강과 다다, 그리고 새아버지의 일상적인 폭력에 시달리고 있는 제이라는 소년의 이야기가 펼쳐진다. 저마다 문제를 안고 있으면서도 브레이크댄스와 자잘한 말썽, 놀이로 그 나이만의 일상을 천진하게 꾸려가던 이들에게 점차 파국이 닥친다. 이 파국은 30년이라는 시간을 넘어서까지 이들의 삶에 짙은 그림자를 드리웠다.

2015년, 대만을 무대로 자전적인 이야기를 그려 나오키상을 받은 《류(流)》와 같은 시간대와 공간을 그린 작품이라 그 관련성이 짙게 나타나 있다.

실제로 《류》가 과거를 긴 포물선으로 그리며 현재에 도달하는 이야기라면 이 작품은 과거와 현재가 이중 나선구조로 함께 나아간다. 1984년 소년들의 일상은 어떤 사건을 계기로 갑자기 끝나버리는데 그 진상이 드러남으로써 2015년의 사건에도 새로운 빛이 들어오기 시작하는 것이다

"20년 만에 한 번 나올 만한 걸작"이라는 평을 들은 《류》로부터 2년. 나오키상을 받은 후 너무 바빠 글을 쓰지 못하다가 드디어 본격적으로 써서 완성한 작품이 이 작품이라고 하는데, 작가는 《류》가 '빛'이라면 이 작품은 '그림자'라고 밝히기도 했다. 작가가 표현하고자 했던 것은 그림자가 존재한다면 그 이면에는 반드시 빛이 있다는 단순한 사실이었다.

지금 일본 문단의 집중 조명을 받는 히가시야마 아키라의 이력은 매우 독특하다.

1968년, 중국인 부모님 아래에서 태어나 다섯 살까지 대만 타이베이에서 살다가 히로시마의 한 대학원에서 공부 중이던 부모님이 있는 히로시마로 왔던 그는, 아홉 살 때 다시 대만 초등학교에 입학했으나 일본으로 돌아와 후쿠오카에서 쭉 자랐다. 그런데도 일본에 귀화하지 않고 중화민국 대만 국적을 유지

하고 있다.

필명에도 그의 정체성이 고스란히 담겨 있다. 히가시야마(東山)는 항일 전사였던 할아버지의 출신지인 중국 산둥(山東)에서 따온 것이며, 아키라(彰良) 역시 아버지가 살았던 곳이자 어머니의 출신지인 대만의 장화(彰化)에서 따왔다. 일본에서 생활하며 오랫동안 중국어 강사로 여러 대학을 전전했던 그는 후쿠오카 현경에서 중국인 용의자 통역을 맡기도 하고 출입국관리소에서도 일하며 중국과의 인연을 이어왔다.

그래서인지 그의 작품에는 언제나 경계와 혼돈이라는 정서가 가득하다. 중국 본토에서 건너와 대만이라는 땅에서 뿌리를 내린 외지인, 중국인과 대만인의 혼혈, 그리고 미국에서 생활하는 아시아인, 그리고 성적 소수자라는 경계. 정치, 경제적으로 혼란한 가치 속에 있는 현대 대만과 기울어가는 디트로이트의 시내, 모든 게 뒤죽박죽인 세상사는 주인공의 세계관을 규정하고 그들의 머릿속은 혼란과 폭력, 절망과 희망이 뒤범벅되어 새로운 이야기의 실을 자아내기 시작한다. 그리고 비극이 시작되었다.

곳곳에 범죄의 냄새가 나지만 작가는 범행 동기 같은 것에 애당초 관심이 없다. 객관적 사실로 독자를 설득하려는 의도도 전혀 없다. 작가는 사실이 아니라 본질을 그리며, 그에 기초해 등장인물들이 짊어진 죄와 생각들을 남김없이 밝혀나가고 있다.

문장은 시적이고 상징적이다. 그러나 무겁지 않다. 오히려 가볍고 리듬감 있는 문장으로 어리석으면서도 감정적인 행위로 가득한 청춘의 날들을 생생하게 그리고 있어서, 독자들도 자신의 추억을 불러오기에 충분하다. 만지면 아플 것 같은 기억의 바늘, 죄와 후회라는 마음을 다시 불러내는 것이다.

그 과정에서 색맨의 정체를 묻는 미스터리는 과거의 아름다웠던 동경으로 이어지고, 이제는 결코 돌아갈 수 없는 현실과의 간극은 작가의 절절한 문장들로 메어진다.

원 안에는 살인자가 있다. 그것도 여섯 명이나. 후이엔, 리우따오, 찬랑랑, 헤이쨔오, 쭈이서 그리고 마지막 하나가 색맨이다. 동시에 그것을 물리치려고 하는 정의의 콜드 스타 또한 분명히 존재하고 있다. 이런 말도 안 되는 이유를 붙여 내 마음은 위로받을 수 있었다. 하지만 그런 짓을 하면 나는 다시 한 번 소중한 친구를 잃게 될 것이다. 이유 같은 건 필요 없다. 어떤 이유를 내가 끄집어내도 그건 틀렸다. 나와 윈은 지금부터 이유가 없는 황무지에서, 아무리 몸부림쳐도 보상받을 수 없는 곳에서 우리의 첫걸음을 시작해야만 했다.

이 작품은 단순한 미스터리도 청춘소설도 아니다. 미스터리적인 구성을 취하고 있으나 수수께끼는 풀리는 것보다는 풀리지 않을 때가 더 찬란할 수 있다는 점을 청춘소설의 문맥으로 그리고 있다. 대만이라는 독특한 환경 속에 놓인 네 청춘을 그리고 있으나, 결국은 우리가 지나왔고 혹은 통과하고 있는 삶의 경로를 생생하게, 그러면서도 가슴 뜨겁게 그리고 있다.

아강과 함께 원을 때려눕히던 방과 후, 브레이크댄스 이외에는 아무 걱정이 없었던 무더웠던 여름, 포대극을 해낸 원의 자랑스러운 얼굴, 족발국수의 맛, 공중에 뜬 빨간 점괘패, 얼굴에 염산이 뿌려진 아이를 같이 쫓던 골목⋯⋯ 가슴속의 구멍을 행복한 기억이 바람처럼 훑고 지나갔다.
⋯⋯
앞으로 그와 함께 길고 긴 나선계단을 내려가야 한다. 낙원에 도착하리란 희망은 품지 않는다. 그저 같이 걷는다. 마침내 그가 이 세상에서 무언가를 잃은 곳까지.

그의 문장을 따라 독자 역시 나를 규정했던 기반들, 부모와 환경, 우정을 떠올리고 그 안에서 겪었던 질투와 동경, 절망과 희망을 소환하고 다시금 우리 마음속에 존재하는 폭력과 평화, 사랑을 환기하게 된다. 아주 특수한 이야기에서 시작해 우리 모두의 보편으로 회귀하는 셈이다.

민경욱

내가 죽인 사람과 나를 죽인 사람

초판 1쇄 인쇄 2019년 7월 24일
초판 1쇄 발행 2019년 8월 6일

지은이 히가시야마 아키라
옮긴이 민경욱
펴낸이 김문식 최민석
기획편집 이수민 김현진 박예나
　　　　　김소정 윤예솔
디자인 엄혜리
제작 제이오

펴낸곳 (주)해피북스투유
출판등록 2016년 12월 12일 제2016-000343호
주소 서울시 성북구 종암로 63, 4층 402호(종암동)
전화 02)336-1203
팩스 02)336-1209